O FILÓSOFO E O IMPERADOR

Annabel Lyon

O FILÓSOFO E O IMPERADOR

Um romance sobre Aristóteles e Alexandre

Tradução: Edmundo Barreiros

LeYa

Título original: *The Golden Mean*

Diretor editorial: Pascoal Soto
Editora: Mariana Rolier
Produção editorial: Suria Scapin

Tradução: Edmundo Barreiros
Preparação de texto: Paula Junqueira
Revisão: Bete Abreu
Diagramação: Marcelo R. Rodrigues
Capa: Victor Burton
Imagens da capa: Eric Van den Brulle e Tim Flach

Dados internacionais de catalogação na publicação (CIP-Brasil)
Ficha catalográfica elaborada por Oficina Miríade, RJ, Brasil.

L991 Lyon, Annabel, 1971-
O Filósofo e o Imperador : um romance sobre Aristóteles e Alexandre / Annabel Lyon ; tradução: Edmundo Barreiros. – São Paulo : Leya, 2010.
248 p.

Tradução de: The Golden Mean.
ISBN 978-85-62936-45-6

1. Ficção canadense. 2. Literatura canadense. 3. Romance. I. Título.

10-0037 CDD C813

Texto Editores Ltda.
Uma editora do Grupo Leya
Av. Angélica, 2163 – Conj. 175/178
01227-200 – Santa Cecília – São Paulo - SP
www.leya.com

Para meus pais,

meus filhos

e Bryant.

PERSONAGENS (EM ORDEM DE ENTRADA)

Aristóteles, *um filósofo*
Calístenes, *sobrinho e aprendiz de Aristóteles*
Pítias, *esposa de Aristóteles*
Hérmias, *sátrapa de Atarneu, antigo benfeitor de Aristóteles*
Filipe, *rei da Macedônia*
Fila, Audata, Filina, Nicesípolis, *esposas de Filipe*
Olímpias, *esposa de Filipe, rainha da Macedônia*
Leônidas, *um dos tutores de Alexandre*
Carolus, *um diretor de teatro*
Demóstenes, *um orador ateniense, inimigo de Filipe*
Arrideu, *filho de Filipe e Filina, meio-irmão mais velho de Alexandre*
Fílis, *enfermeiro de Arrideu*
Alexandros, *rei da Molóssia, irmão de Olímpias*
Antípatro, *regente-geral na ausência de Filipe*
Alexandre, *filho de Filipe e Olímpias*
Arimnesto e Arimnesta, *gêmeos, irmão e irmã mais jovens de Aristóteles*
Proxeno, *marido de Arimnesta, guardião de Aristóteles após a morte de seus pais*
Amintas, *pai de Filipe, rei da Macedônia*
Ilaeu, *um aluno de Platão, tutor de Aristóteles*
Perdicas, *irmão mais velho de Filipe, rei da Macedônia após a morte de Amintas*
Eufreu, *um aluno de Platão, tutor de Perdicas*
Hefestion, *companheiro mais próximo de Alexandre*
Ptolomeu, *outro companheiro de Alexandre*
Lisímaco, *um dos tutores de Alexandre*
Pausânias, *um oficial macedônio, mais tarde um dos guarda-costas de Filipe*
Tico, *um escravo de Aristóteles*
Artabazus, *um refugiado persa na corte macedônia*

Atéas, *uma escrava de Aristóteles*
Meda, *sexta esposa de Filipe*
A pequena Pítias, *filha de Aristóteles e Pítias*
Xenócrates, *um filósofo, sucessor de Espêusipo como diretor da Academia*
Êudoxo, *um filósofo, diretor da Academia na ausência de Platão*
Calipo, *um filósofo, companheiro de Êudoxo*
Nicanor, *filho de Arimnesta e Proxeno*
Platão, *um filósofo, diretor da Academia*
Espêusipo, *sobrinho de Platão, diretor da Academia após a morte de seu tio*
Hérpiles, *criada de Pítias, companheira de Aristóteles após a morte de Pítias*
Cleópatra, *sétima esposa de Filipe*
Átalo, *pai de Cleópatra*
Eurídice, *filha de Filipe e Cleópatra*
Pixodaro, *sátrapa de Caria, sogro em potencial de Arrideu*
Téssalo, *um ator*
Nicômaco, *filho de Aristóteles e Hérpiles*

Deve-se ter em mente que meu objetivo não é escrever histórias, mas vidas. E as maiores proezas nem sempre resultam nas descobertas mais claras de vício e virtude dos homens; às vezes uma questão de menor relevância, uma expressão ou gesto, nos informa melhor sobre suas características e inclinações que os cercos mais famosos, os armamentos mais grandiosos ou qualquer das batalhas mais sangrentas.

Plutarco, *Alexandre*

UM

A CHUVA CAI em cordas negras, vergastando meus animais, meus homens e minha esposa, Pítias, que na noite passada ficou deitada de pernas abertas enquanto eu tomava notas sobre a boca de seu sexo e que, agora, neste décimo dia de nossa viagem, chora lágrimas silenciosas de exaustão. No navio, ela parecia razoavelmente confortável, mas este último estágio por terra está além de toda a sua experiência e isso fica evidente. Sua égua se arrasta; ela soltou outra vez as rédeas, deixando o animal andar como um sonâmbulo. Ela monta de modo estranho, vergada por causa de seus finos trajes molhados. Mais cedo sugeri que permanecesse em uma das carroças, mas ela resistiu, um evento tão raro que me fez sorrir e ela, envergonhada, afastou o olhar. Calístenes, meu sobrinho, se ofereceu para caminhar a distância que faltava e com certa dificuldade nós a ajudamos a subir em seu baio grande. Ela agarrou as rédeas com força na primeira vez em que o animal se moveu embaixo dela.

– Você está firme? – perguntei, enquanto a caravana a nossa volta começava a andar.

– Claro.

Comovente. De onde venho, para onde estamos voltando agora, os homens são bons com cavalos e ela sabe disso. Eu mesmo passei o dia de ontem numa carroça para poder escrever, apesar de agora estar montado em pelo, à maneira de meus conterrâneos, um verdadeiro sacrifício para alguém sedentário há tanto tempo quanto eu. Mas você não pode ir numa carroça enquanto uma mulher monta e agora me dou conta de que essa era a intenção dela.

Eu mal a notei no início, uma garota bonita, de olhos perdidos, no canto da coleção de bibelôs de Hérmias. Isso já faz cinco anos. Atarneu ficava muito longe de Atenas, do outro lado do grande mar, abrigada no flanco do Império Persa. Filha, sobrinha, protegida, concubina – a verdade escorregadia como seda.

– Você gosta dela – disse Hérmias. – Percebo pelo modo como olha para ela.

Gordo, dissimulado, segundo boatos um agiota na juventude, assassino e mercenário mais tarde; agora, supostamente, eunuco e homem rico. E também um político, mantendo uma satrapia teimosa contra os bárbaros: Hérmias de Atarneu.

– Tragam-me meus pensadores! – costumava gritar. – Grandes homens se cercam de pensadores! Eu quero estar cercado! – E ria, dava tapas em si mesmo enquanto a garota Pítias observava sem parecer piscar com a frequência necessária. Ela tornou-se um presente, um dentre muitos, pois eu era seu favorito. Em nossa noite de núpcias, ela se vestiu com véus, se posicionou na cama e afastou os lençóis antes que eu pudesse ver se ela sangrara. Eu tinha, na época, trinta e sete anos; ela, quinze. E que os deuses me perdoem, mas fui para cima dela como um macho no cio. No cio, um porco.

– E? E? – disse Hérmias na manhã seguinte e riu.

Noite após noite, noite após noite. Eu tentei compensá-la com bondade. Tratava-a com grande gentileza, dava-lhe dinheiro, dirigia-me a ela com ternura, contava-lhe sobre meu trabalho. Ela não era burra; pensamentos cintilavam em seus olhos como peixes em lagoas profundas. Passamos três anos em Atarneu, até que os persas começaram a respirar perto demais, quente demais. Dois anos na bela cidade de Mitilene, na ilha de Lesbos, onde cobriram de pedra o fundo do mar para que os inimigos não pudessem ancorar. Agora esta viagem. Durante todo o tempo ela mantém uma dignidade intocável, mesmo quando deitada de pernas abertas enquanto eu a examino com delicadeza para meu trabalho sobre a geração. Também estou estudando peixes, animais terrestres e pássaros, quando consigo pegá-los. Lá no centro das dobras há algo semelhante a uma semente de romã, e o buraco tem bordas enrugadas como uma ostra. Às vezes úmido, às vezes seco. Observei e anotei tudo isso.

– Tio.

Sigo o dedo de meu sobrinho e vejo a cidade na planície pantanosa abaixo de nós, maior e mais extensa do que me lembro. A chuva está mais fraca, agora com pingos esparsos, sob um repentino céu límpido cinza-dourado.

– Péla – anuncio, para despertar minha mulher encharcada e com olhos inexpressivos. – A capital da Macedônia. O templo ali, o mercado ali, o palácio... Você pode identificá-los bem. É maior do que pensava?

Ela não diz nada.

– Você vai ter que se acostumar com o dialeto. É rápido, mas na verdade não muito diferente. Um pouco mais rústico.

– Eu consigo – ela diz em voz baixa.

Eu conduzo meu cavalo até o dela e me inclino para pegar suas rédeas e mantê-la perto de mim enquanto falo. É bom para ela ouvir, pensar. Calístenes caminha ao nosso lado.

– O primeiro rei era de Argos. Um grego, apesar de as pessoas não serem. Há uma riqueza enorme ali: madeira, trigo, milho, cavalos, gado, carneiros, bodes, cobre, ferro, prata, ouro. Praticamente, tudo o que é preciso importar são azeitonas. É frio demais para oliveiras tão ao norte assim, além de ser montanhoso demais. E você sabia que a maioria da esquadra da marinha ateniense é feita de madeira macedônia?

– Trouxemos azeitonas? – pergunta Pítias.

– Suponho que conheça suas guerras, meu amor, não?

Ela pega as rédeas, puxa-as com os dedos como se fossem cordas de lira, mas eu não as solto.

– Eu conheço – ela diz por fim.

Completamente ignorante, é claro. Se eu tivesse que bordar o dia inteiro, ia pelo menos bordar para mim mesmo uma ou duas cenas de batalha. Uma lembrança da conquista ateniense da Pérsia, sob a liderança do grande general Péricles, quando Atenas estava no auge de seu poderio marítimo, na época de meu avô. Depois, as guerras e batalhas no Peloponeso, quando Atenas chorou e foi finalmente derrotada por Esparta, com a ajuda de alguns músculos persas, na juventude de meu pai; e a própria Esparta derrotada por Tebas, que era então uma potência em ascensão, na minha infância.

– Vou lhe dar uma tarefa. Você vai bordar as Termópilas para mim. Para pendurarmos acima da cama.

Ela seguia sem olhar para mim.

– As Termópilas – eu disse. – Deus, mulher. O desfiladeiro. O desfiladeiro onde os espartanos detiveram os persas por três dias, uma força dez vezes maior que a deles. A maior resistência na história das guerras.

– Muito rosa e vermelho – sugeriu Calístenes.

Ela olha direto para mim por um momento. Eu leio: *Não me trate com condescendência.* E: *Continue.*

Na época, digo a ela, a jovem Macedônia estava em ascensão, sob o reinado de Filipe e suas cinco esposas. Um casamento para consolidar cada acordo e marcar cada vitória: Fila de Elimais, ao norte; Audata, a princesa ilíria; Olímpias de Épiro, a primeira entre as esposas, a única chamada de rainha; e Nicesípolis de Feras, uma mulher muito bonita que morreu no parto. Filipe também invadiu a Trácia e depois a Tessália; no entanto, não tomou uma esposa trácia. Vasculho a biblioteca em meu crânio em busca de alguma informação interessante. – Os trácios gostam de tatuar suas mulheres.

– Humm. – Calístenes fechou os olhos como se tivesse acabado de morder algo saboroso.

Agora estamos descendo a encosta, nossos cavalos fazem grande esforço na escarpa rochosa a caminho da planície enlameada. Pítias está se remexendo na sela, ajeitando as roupas, alisando as sobrancelhas, tocando o contorno de sua boca, preparando-se para a cidade.

– Amor. – Ponho a mão sobre a dela para interromper sua arrumação e atrair novamente sua atenção. Ignoro meu sobrinho. Uma mulher trácia o comeria vivo, um acepipe tenro como ele, e cuspiria os ossinhos. – Você devia saber um pouco mais. Eles não mantêm escravos como nós, mesmo no palácio. Todo mundo trabalha. E eles não têm sacerdotes. O rei desempenha essa função para seu povo. Inicia todos os dias com sacrifícios e se alguém precisa falar com um deus, faz isso por meio dele.

Sacrilégio, ela não gosta disso. Eu leio em seu corpo.

– Péla não vai ser como a corte de Hérmias. Aqui as mulheres não fazem parte da vida pública.

– O que isso significa?

Eu dou de ombros.

– Homens e mulheres não saem juntos para se divertir. Mulheres de seu nível não são vistas. Elas não saem.

– Está frio demais para sair – diz Pítias. – De qualquer forma, o que importa? Na semana que vem, a essa hora, estaremos em Atenas.

– É verdade. – Tinha explicado a ela que esse desvio é só um favor para Hérmias. Ele precisa de mim em Péla por um ou dois dias, no máximo uma semana. É o tempo de se limpar, secar, dar descanso aos animais, entregar a correspondência de Hérmias e seguir em frente. – De qualquer modo, não há muita coisa que você gostaria de fazer em público. Importa-se pouca arte. A caça aos porcos é muito popular; beber é muito popular. Você nunca provou cerveja, provou? Tem de provar um pouco antes de partirmos.

Ela me ignorou.

– Cerveja! – diz Calístenes. – Eu beberei a sua, tia.

– Lembre-se – digo ao rapaz, que tem tendência a rir quando fica excitado. – Agora somos diplomatas.

A caravana aperta o passo e as costas de minha mulher se endireitam. Seguimos em frente.

Apesar da chuva e da lama, que suga nossos tornozelos, atraímos seguidores enquanto passamos pelos limites da cidade: homens e mulheres que saem de suas casas para nos observar e crianças que correm atrás de nós e levantam as peles que cobrem as carroças repletas, tentando pegar alguma lembrança. São atraídas especialmente pela carroça que leva as gaiolas – alguns pássaros desgrenhados e animais pequenos –, para onde correm só para se afastarem, gritando de prazer e sacudindo as mãos como se tivessem sido mordidas. São crianças altas, em sua maioria, e bem formadas. Meus homens chutam preguiçosamente um grupo de pequenos mendigos para afastá-los, enquanto meu sobrinho mostra a eles alegremente o fundo de seus bolsos para provar sua pobreza. Pítias, com o rosto coberto, atrai a maioria dos olhares.

No palácio, meu sobrinho fala com os guardas e somos admitidos. Quando os portões se fecham às nossas costas e começamos a desmontar, percebo um garoto – de treze anos mais ou menos – perambulando entre as carroças, os cabelos emplastrados da chuva, pele queimada e olhos grandes como os de um bezerro.

– Saia daqui! – grito quando o garoto tenta ajudar com uma das gaiolas, por acaso a gaiola de um camaleão, e falo mais baixo quando ele se vira para mim, pasmo: – Ele vai morder você.

O garoto sorri.

– Eu?

Olhando mais de perto, o cameleão cheira a merda, é apático e está gravemente ferido. Espero que ele sobreviva até que eu prepare uma dissecação adequada.

– Vê as costelas dele? – pergunto ao garoto. – Não são como as nossas. Elas se estendem todas para baixo e se encontram na barriga como se fosse um peixe. Está vendo os dedos? Ele tem cinco, como você, mas com garras iguais às de uma ave de rapina. Quando está saudável, ele muda de cor.

– Quero ver isso – diz o garoto.

Estudamos juntos o monstro, com seus olhos que nunca se fecham e a cauda enrolada como um chicote.

– Às vezes, ele fica escuro, quase como um crocodilo – digo – ou pintado como um leopardo. Hoje você não vai ver isso, infelizmente. Ele está praticamente morto.

Os olhos do garoto examinaram as carroças.

– Aves – ele diz.

Assinto com a cabeça.

– Estão morrendo também?

Eu torno a assentir.

– E o que tem aqui?

O garoto aponta para uma carroça cheia de ânforas grandes com pedras e madeira usadas para mantê-las de pé.

– Pegue uma vara para mim.

Novamente aquela expressão de surpresa.

– Ali – aponto para o chão a alguns metros, e então me viro deliberadamente para abrir a tampa de um dos jarros. Quando me volto, o garoto está segurando a vara. Eu a pego e a enfio no jarro, uma ou duas vezes, com delicadeza.

– Isso fede – diz o garoto; de fato o cheiro da água do mar, densa e fedorenta, mistura-se com o cheiro de estrume de cavalo do pátio.

Eu retiro a vara, que sai com um caranguejo agarrado à sua extremidade.

– É só um caranguejo.

– Você sabe nadar? – pergunto.

O garoto não responde e começo a descrever a lagoa onde eu costumava nadar, a luz reluzente do sol e então o mergulho. Esse caranguejo, explico, veio de lá. Lembro-me de ir além dos recifes com os pescadores e de ajudá-los com suas redes para poder estudar o que eles apanhavam. Lá eu também nadava, onde a água era mais profunda e fria e as correntes corriam como estrias nas rochas, onde mais de uma vez fui resgatado, içado de volta para o barco. Ao retornar à margem, os pescadores acendiam fogueiras, faziam suas oferendas e cozinhavam o que não conseguiam vender. Certa vez, saí com eles para caçar golfinhos. Em suas canoas de troncos, eles cercaram um bando e bateram com os remos na água, fazendo muito barulho. Quando tentaram fugir, os animais acabaram na praia. Saltei da canoa quando ela estava perto da margem e saí andando pela água para pegar um para mim. Os pescadores ficavam perplexos com meu fascínio pelas vísceras, que não eram comestíveis e, portanto, lixo para eles. Ficavam maravilhados com meus desenhos de dissecações, apontavam assombrados para aves, camundongos, cobras e besouros e vibravam quando reconheciam um peixe. Mas assim como laranja se transforma em azul no rápido momento do crepúsculo, para a maioria das pessoas a maravilha se ofusca e se transforma rapidamente em horror. Uma bela metáfora para uma lição dura que aprendi há muito tempo. Os desenhos maiores – vaca, carneiro, bode, cervo, cão, gato, criança – eu deixava em casa.

Posso imaginar a incompreensão indiferente de meus colegas lá de Atenas. A ciência é o trabalho da mente, diriam eles, e eu aqui desperdiçando meu tempo nadando e cavando a terra.

– Não podemos confirmar as causas até termos os fatos – digo. – Isso precisa ser compreendido antes de tudo. Temos de observar o mundo, sabia? A partir dos fatos, chegamos ao princípio, não o contrário.

– Conte-me mais fatos – pede o garoto.

– Os polvos põem tantos ovos quanto as cobras venenosas. Não há sangue no cérebro nem nos outros lugares do corpo, só há sangue nos vasos sanguíneos. Filhotes de urso nascem sem articulações e só as lambidas da mãe fazem com que fiquem em forma. Alguns insetos são gerados pelo sereno e algumas minhocas são geradas espontaneamente no esterco. Há uma passagem em sua cabeça entre o ouvido e o céu da boca. Além disso, sua traqueia entra em sua boca bem perto da abertura por trás das narinas. É por isso que, quando você bebe depressa demais, a bebida sai pelo nariz.

Dou uma piscadela e pela primeira vez o rapaz dá um leve sorriso.

– Acho que você sabe mais que meu tutor sobre algumas coisas – o garoto faz uma pausa como se aguardasse minha resposta àquela importante observação.

– É possível – digo.

– Meu tutor, Leônidas.

Dou de ombros como se o nome nada significasse para mim. Aguardo que ele torne a falar, para ajudar ou se transformar em um estorvo, mas ele corre de volta para o palácio, apenas um garoto fugindo da chuva.

Agora, lá vem nosso guia, um serviçal barrigudo que nos conduz até um conjunto de aposentos do palácio. Ele está coberto de suor, mesmo nessa chuva, e dá um sorriso de satisfação quando lhe ofereço uma cadeira e água. Acho que é feito de gordura pura. Ele diz que me conhece, que se lembra de mim da infância. Talvez. Quando ele bebe, sua boca deixa pequenos farelos na borda interna da taça, apesar de não estarmos comendo.

– Ah, sim, eu me lembro de você – ele diz. – O filho do médico. Muito sério, muito sério. Ele mudou? – ele pisca para Pítias, que não esboça reação. – E esse, é seu filho?

Ele fala de Calístenes. O filho de meu primo, explico, a quem chamo de sobrinho por simplicidade e que viaja comigo como meu aprendiz.

Pítias e suas criadas se retiram para um aposento mais reservado; mandei meus escravos para os estábulos. Somos gente demais para os aposentos que nos foram reservados e lá eles ficarão quentes. E fora de vista, também. A escravidão é conhecida aqui, mas não é comum, e não quero parecer ostentador. Temos vista para um pequeno pátio com uma fonte borbulhante e árvores em vasos, amendoeiras e figueiras. Meu sobrinho se isolou ali, sob a proteção de uma colunata, e ficou discutindo um ponto de vista ou outro consigo mesmo, suas finas sobrancelhas ficam franzidas e escurecidas como uma noz, pela complexidade de seus pensamentos. Espero que esteja trabalhando na realidade dos números, um problema que tem me interessado nos últimos tempos.

– Você voltou na melhor hora – diz o serviçal. – Para a guerra, é! – Ele golpeia o peito com os punhos gordos e ri. – Veio nos ajudar a dominar o mundo?

– Vai acontecer – digo. – Chegou a nossa hora.

O gordo ri novamente e bate palmas.

– Muito bem, filho do médico – ele diz. – Você aprende rápido. Diga: "Eu cuspo em Atenas".

Cuspo só para fazê-lo rir de novo, para provocar todo aquele estremecimento.

Quando ele vai embora, volto a olhar para o pátio.

– Vá falar com ele – diz Pítias ao passar por trás de mim com as criadas acendendo candeeiros para controlar a escuridão que chegava.

Vejo luzes em outras janelas, pequenos orifícios, e ouço as vozes de homens e mulheres retornando a seus aposentos para a noite, ao final de suas obrigações públicas. A vida palaciana é igual em qualquer lugar. Fiquei bem satisfeito por ficar algum tempo afastado dela, apesar de saber que Hérmias ficou desapontado quando o deixamos. Homens poderosos nunca gostam de ser abandonados.

– Estou bem aqui – diz Pítias. – Vamos desfazer a bagagem. Pode ir.

– Há dez dias ele não consegue se afastar de nós. Provavelmente quer uma folga.

Um soldado chega e diz que o rei vai me receber pela manhã. Em seguida, surge um pajem com travessas de comida, frutas frescas e secas, peixes pequenos e vinho.

– Coma – diz Pítias.

Já se passou algum tempo. Não sei bem quanto. Estou em uma cadeira, enrolado em um cobertor, enquanto ela arruma um prato negro e uma taça aos meus pés.

– Você sabe que isso o ajuda a comer.

Estou chorando: algo sobre Calístenes, o anoitecer e a confusão desesperadora desse momento de nossas vidas. Ela toca meu rosto com a manga de seu vestido, um verde de que gosto. Ela arranjou tempo para se trocar e vestir uma roupa seca. As coisas molhadas estão penduradas por toda parte. Estou na única cadeira que não foi transformada em varal.

– Ele é tão jovem – ela diz. – Quer dar uma olhada na cidade, só isso. Ele vai voltar.

– Eu sei.

– Então coma.

Deixo que Pítias leve um pedaço de peixe até minha boca. Um gosto forte de óleo, sal. Percebo que estou com fome.

– Viu só? – ela diz.

Essa doença não tem nome, não tem diagnóstico nem tratamento descrito nos livros de medicina de meu pai. Você podia estar ao meu lado e não adivinhar meus sintomas. Metáfora: as cores me atormentam – cinza, vermelho forte, negro profundo, dourado. Nem sempre sei como seguir em frente, como ver melhor com uma angústia que não posso explicar nem curar.

Deixo que Pítias me leve para a cama. Deito-me nos lençóis que ela aqueceu com pedras da lareira, enquanto ouço o marulhar de seu despir.

– Você cuidou de mim hoje – digo. Meus olhos estão fechados, mas a ouço dar de ombros.

– Você me fez montar. Não queria que eles rissem de mim.

Uma vermelhidão reluz por trás de minhas pálpebras fechadas; ela trouxe uma vela para a cabeceira.

– Esta noite, não – digo.

Antes de nos casarmos, eu a cobria de presentes: carneiros, joias, perfumes, cerâmicas, roupas finas. Ensinei-a a ler e a escrever porque estava inebriado e queria dar a ela algo que nenhum amante jamais tivesse pensado antes.

Na manhã seguinte, vejo o bilhete que ela deixou para mim, o arranhar de camundongo que pensei ouvir enquanto adormecia: *quente, seco.*

Meu sobrinho ainda está estirado no leito quando passo por seu quarto a caminho de minha audiência. Ele está bêbado e tinha fodido: o rosto corado e tranquilo, sono profundo, um cheiro desagradável, doce, de flores. Todo mundo gosta de um banho depois. Outro dia cinzento com um travo no ar e chuva iminente. Não dava para saber que era primavera. Meu estado de espírito é delicado, mas suportável, estou andando à beira do abismo, mas por enquanto mantenho-me ereto. Talvez eu mesmo vá à cidade mais tarde, para procurar alguma memória, algo arrancado das profundezas das cavernas da mente.

O palácio parece ter se reordenado durante minha longa ausência, como uma cobra pode rearrumar a preparação para seus botes. Reconheço cada porta e corredor, mas não sua ordem, e enquanto procuro pela sala do trono, em vez disso, entro em um teatro interno.

– Puta – grita alguém –, puta!

Levo um instante para me dar conta de que o grito era para mim.

– Saia daqui!

Meus olhos se ajustam à penumbra enfumaçada. Entrevejo algumas figuras no palco e um homem cheio de raiva que escala as fileiras de assentos de pedra em minha direção. Um penacho de cabelos brancos sobre um rosto bom, um grande rosto. Olhos homicidas.

– Saia daqui!

Pergunto a ele que peça estão preparando.

– Estou trabalhando – uma veia pulsa ao lado de seu olho. Ele está bem diante de mim, seu hálito em meu rosto. Está devastado. É um homicida.

Eu me desculpo.

– Me perdi. A sala do trono...

– Eu o levo.

Desço os olhos até o garoto que apareceu de repente ao meu lado. O garoto dos portões, o que eu fingi não reconhecer.

O diretor se vira e retorna com arrogância e altivez a seu lugar.

– Todos em posição – ele grita.

– Estão fazendo *As bacantes* – diz o garoto. – Todos adoramos *As bacantes*.

De volta ao corredor, ele ergue a mão e um soldado aparece. O garoto volta para o teatro antes que eu possa agradecê-lo. O soldado me conduz por outro pátio e atravessamos uma antessala com um piso de mosaico bem trabalhado, uma caçada ao leão desenhada com pedrinhas de matizes sutis. Faz muito tempo que não venho aqui. A bocarra vermelha e aberta do leão agora está rosada; o azul-celeste do olhar aterrorizado de um caçador desbotou em um azul-ovo-de-passarinho. Eu me pergunto para onde foram todas as cores; se foram escovadas pelas solas de mil sapatos e esfregadas por todo o reino. Um sentinela afasta a cortina para mim.

– Seu monte de merda refinada – diz o rei. – Você já passou tempo demais no oriente. Olhe para si mesmo, homem.

Nós nos abraçamos. Brincávamos juntos quando crianças, quando o pai de Filipe era rei e meu pai, o médico real. Eu era mais alto, mas Filipe era mais forte: e continuava assim. Tenho consciência da roupa fina e leve que vesti para este encontro, do corte de cabelo da moda, bem rente, de meus dedos elegantemente enfeitados com anéis. A barba de Filipe está malcuidada; as unhas, sujas; ele veste um tecido caseiro simples. Parece o que é: um soldado entediado por aquela grande sala do trono revestida de mármore.

– Seu olho.

Filipe dá uma risada, um único e isolado riso, e permite que eu examine o filete pálido da cicatriz que corta sua sobrancelha esquerda, a pálpebra permanentemente fechada. Nós agora somos nossos pais.

– Uma flecha – diz Filipe. – Uma picada de abelha em relação aos meus problemas.

Os cortesãos riem. São supostamente bárbaros, mas vejo apenas homens de minha própria estatura e compleição. O pequeno Filipe é uma anomalia. Ele agora usa uma barba curta, mas eu me lembro que tem lábios cheios, testa larga, com nariz e bochechas que apresentam uma vermelhidão de bêbado. Um babaca simpático que pulou direto da infância para a meia-idade.

Interrompi meu relato para Pítias a respeito da invasão da Trácia por Filipe. De lá ele seguiu para a Calcídica, minha terra natal, três dedos de terra lançada sobre o Egeu. Uma das primeiras baixas foi a aldeia onde nasci. Nossa caravana passou por lá há três dias; foi preciso fazer um grande desvio, mas eu precisava vê-la. A pequena Estagira, no alto, dominando a área entre duas colinas de frente para o mar. A muralha oeste era apenas escombros, as torres de vigia, também. A casa de meu pai, agora minha, estava toda queimada; o jardim arrasado, apesar de as árvores parecerem estar bem. Os barcos de pesca ao longo da costa, queimados. As pedras do calçamento tinham sido arrancadas das ruas, e a população, homens e mulheres que eu conhecia desde a infância, havia se dispersado. A destruição agora tinha cinco anos. As primeiras notícias sobre isso chegaram a mim pouco antes de trocar Atenas e a Academia pela corte de Hérmias, mas eu não conseguia encará-la até agora. Ervas rastejavam sua renda verde sobre umbrais, pássaros faziam ninhos em quartos vazios e não havia fedor de cadáveres. Sons: mar e gaivotas, mar e gaivotas.

– A viagem foi fácil? – pergunta Filipe.

Os macedônios se orgulham de falar livremente com seu rei. Eu me lembro que fomos crianças juntos e tomo fôlego.

– Não, não foi uma viagem fácil – digo a ele. – Não foi fácil ver a propriedade de meu pai violada. Não foi fácil imaginar os personagens de minha infância sendo banidos. Não foi fácil ver as memórias mais antigas de minha infância serem manchadas com o mijo de seu exército. Pobre política – prossigo. – Destruir sua própria terra e aterrorizar seu próprio povo?

Ele não sorri, tampouco fica com raiva.

– Eu tive de fazer isso – ele diz. – A Liga Calcídica tinha por trás o apoio de Atenas ou teria, se eu esperasse mais. Rica, com fortificações resistentes, um bom ponto de partida para quem sentisse vontade de atacar Péla. Precisei fechar aquela porta. Você vai me dizer que estamos em paz com Atenas. Que estamos juntos no Conselho Anfictiônico, somos melhores amigos. Como eu gostaria que fosse verdade, acredite. Gostaria de acreditar que eles não estão formando uma coalizão contra mim enquanto conversamos. Gostaria de acreditar que podiam apenas explorar a porra da sua terra. Responda com a razão, de um homem sensato para outro, eles vão dominar o mundo outra vez? Será que um dia vão, de verdade? Será que estão escondendo outro Péricles em algum lugar? Será que podem tomar a Pérsia outra vez? Responda com a razão.

Ah, uma das minhas palavras favoritas.

– Com a razão, não.

– Por falar na Pérsia, acho que você trouxe algo para mim.

A proposta de Hérmias. Eu a entrego a Filipe, que a entrega a um assistente, que a guarda.

– Pérsia – diz Filipe. – Eu podia tomar a Pérsia se tivesse um pouco de paz e tranquilidade às minhas costas.

Isso me surpreende; não a ambição, mas a confiança.

– Você tem uma marinha? – a Macedônia de minha infância tinha vinte navios de guerra contra os trezentos e cinquenta de Atenas.

– Atenas tem minha marinha.

– Ah.

– É impossível ser mais bondoso do que tenho sido – diz Filipe. – Mais bondoso, tolerante, ou mais compreensivo. Sempre deixo que se safem com facilidade... liberto prisioneiros, devolvo territórios. Demóstenes devia fazer um discurso sobre isso.

Demóstenes. O orador ateniense que lança discursos venenosos e violentos contra Filipe na assembleia de Atenas. Eu o vi certa vez no mercado quando era estudante. Ele conversava enquanto comprava vinho.

– O que acha dele? – pergunta Filipe.

– Bilioso, colérico – diagnostico. – Menos vinho, mais leite e queijo. Evitar situações tensas. Evitar o calor. Mastigar bem cada bocado de comida. Deixar a vida pública. Botar panos frios sobre a testa.

Filipe não ri. Inclina a cabeça para o lado, olhando para mim enquanto reflete sobre algo. É enervante.

– O exército está em movimento? – eu questiono. – Vi os preparativos quando chegamos. A Tessália de novo, não é?

– A Tessália de novo, depois a Trácia de novo – e pergunta abruptamente: – Você trouxe a família?

– Minha mulher e meu sobrinho.

– Estão com saúde?

Eu o agradeço pelo interesse e ritualmente devolvo a pergunta. Filipe começa a falar dos filhos. Um deles é um campeão, parece um deus, um gênio, um astro. O outro...

– Sim, sim – diz Filipe –, você vai dar uma olhada no mais velho para mim.

Eu assinto.

– Olhe para si mesmo – repete Filipe, dessa vez verdadeiramente perplexo – está vestido como uma mulher.

– Eu estava fora.

– Deve ter uns vinte anos.

– Vinte e cinco. Parti quando tinha dezessete.

– Que merda – ele diz. – Para onde você vai daqui?

– Atenas. Para ensinar. Sei, eu sei, mas a Academia ainda reina sobre alguns pequenos mundos: ética, metafísica, astronomia. No meu trabalho é preciso ir aonde estão as melhores mentes, se quiser deixar sua marca.

Ele se levanta, e também os cortesãos ao seu redor.

– Vamos caçar juntos antes que eu parta.

– Seria uma honra.

– E você vai dar uma olhada em meu filho – ele diz novamente. – Quero ver se me traz algum talento.

Um enfermeiro me recebe no quarto do filho mais velho. Ele é alto, mas sua afecção faz com que seja difícil dizer sua idade. Caminha sem firmeza, trêmulo como um velho, e os olhos se movem de modo vago pelo quarto, de um objeto para outro. Enquanto o enfermeiro e eu conversamos, seus dedos sobem até a boca e beliscam repetidamente o lábio inferior. Quando ele senta, levanta, vira atabalhoadamente de um lado para outro, conforme é instruído, parece bastante afável, mas evidentemente é um idiota. Seu quarto é decorado para uma criança muito mais nova, com bolas, brinquedos e pequenos animais entalhados espalhados pelo chão. O cheiro é denso, um almíscar animal.

– Arrideu – balbucia com orgulho quando pergunto seu nome. Preciso perguntar duas vezes, tenho de repetir quando o enfermeiro me diz que o garoto não ouve direito.

Apesar da máscara da loucura, consigo ver nele o rei, seu pai, nos ombros largos e no riso franco que apresenta quando algo o agrada, quando eu respiro fundo e abro a boca o máximo que posso para mostrar ao garoto o que quero que ele faça. O enfermeiro diz que ele tem dezesseis anos e que foi uma criança extremamente saudável, bonita e amada até os cinco anos. Aí ficou doente, diz, e toda a casa chorou achando que ele não iria sobreviver à febre, às dores de cabeça e à estranha rigidez no pescoço, aos vômitos e finalmente aos ataques e à letargia nefasta. Mas talvez o que aconteceu tenha sido pior.

– Pior, não – eu estudo o nariz e as orelhas do garoto, a extensão de seus membros e testo os músculos macios contra os meus próprios. – Pior, não.

Apesar de eu particularmente me empolgar com as várias belezas e ordens do mundo, esse garoto me dá uma pontada de horror.

– Pegue isso – entrego um tablete de cera a Arrideu. – Você pode desenhar um triângulo para mim?

Mas ele não sabe segurar o estilete Quando mostro como fazê-lo, ele exulta de alegria e começa a rabiscar linhas vacilantes. Quando desenho um triângulo, ele ri. Inevitavelmente penso em meus próprios mestres na escola, com suas teorias da moda sobre o funcionamento da mente. *Sempre houve nele pensamentos verdadeiros... que só precisam ser despertados para o conhecimento por meio de perguntas...*

– Ele não está acostumado – digo. – A mente, o corpo... Vou dar a você alguns exercícios. É o acompanhante dele?

O enfermeiro assente com a cabeça.

– Leve-o para o ginásio com você. Ensine-o a correr e a pegar uma bola. Diga para o massagista trabalhar seus músculos, especialmente as pernas. Entendeu?

O enfermeiro torna a assentir.

– Ensine as letras para ele. Primeiro em voz alta, depois faça com que ele as desenhe com os dedos na areia. Isso vai ser mais fácil que usar o estilete pelo menos para começar. E atenção, com delicadeza.

– Alfa, beta, gama – diz orgulhoso o garoto.

– Bom! – eu despenteio seu cabelo. – Isso é muito bom, Arrideu.

– Por algum tempo meu pai ensinou aos dois meninos – diz o enfermeiro. – Eu era o acompanhante deles. O mais novo é muito inteligente. Arrideu o imita. Isso não significa nada.

– Delta – digo, ignorando-o.

– Delta – repete Arrideu.

– Quero vê-lo todas as manhãs antes de partir. Eu vou lhe dar instruções ao longo do processo.

O enfermeiro estende a mão para Arrideu, que a toma. Eles se levantam para sair. De repente, o rosto de Arrideu se ilumina e ele começa a bater palmas, enquanto o enfermeiro faz uma reverência. Eu me viro. Há uma mulher da minha idade parada à porta com um vestido cinza simples. Seus cabelos ruivos estão elaboradamente penteados em cachos e anéis, um trabalho de horas, presos com gemas e âmbar. Sua pele é seca e sardenta. Os olhos são castanho-claros.

– Ele contou a você? – ela pergunta. – Meu marido contou como envenenei essa pobre criança?

O enfermeiro estava imóvel como pedra. A mulher e Arrideu se abraçam pela cintura, e ela dá um beijo carinhoso em sua fronte.

– Olímpias envenenou Arrideu – ela diz sem muita expressividade. – É isso o que todos comentam. Por ciúmes do filho mais velho de seu marido. Determinada a garantir o trono para seu próprio filho. Não é isso o que dizem? – Arrideu ri, claramente sem entender nada. – Não é isso? – pergunta ao enfermeiro.

A boca do rapaz abre e fecha como a de um peixe.

– Você pode nos deixar – ela diz. – Sim, bonequinho – acrescenta quando Arrideu insiste em abraçá-la. Ele sai correndo atrás do enfermeiro.

– Perdoe-me – digo quando os dois saem. – Não a reconheci.

– Mas eu o conheço. Filipe me contou tudo sobre você. Pode ajudar essa criança?

Repito o que disse ao enfermeiro sobre desenvolver as faculdades existentes do garoto em vez de buscar uma cura.

– Seu pai era médico, certo? Mas eu acho que você não é.

– Tenho muitos interesses – eu digo. – Interesses demais, dizem. Meu conhecimento não é tão profundo quanto era o dele, mas tenho uma habilidade especial para ver as coisas por inteiro. Essa criança pode ser mais do que é.

– Essa criança pertence a Dioniso – ela leva a mão ao coração. – Há mais nele do que razão. Tenho afeição profunda por ele, apesar do que possa ouvir. Tomarei como um favor pessoal qualquer coisa que faça por ele.

Sua voz soa falsa, sua baixa vibração, a formalidade das frases, o vestígio ensaiado de sexo. Mas que razão? Ela desperta em mim um fervor de irritação, quente e sombrio e não totalmente desagradável.

– Farei o que puder pela senhora – eu me ouço dizer.

Quando ela vai embora, retorno a meus aposentos. Pítias está dando instruções às criadas sobre a lavagem da roupa.

– Com muito cuidado, dessa vez – ela diz. Sua voz é fraca, aguda e firme; petulante. Elas se inclinam e saem carregando os cestos.

– Calístenes encontrou um criado para mostrar a elas o caminho até o rio. Elas vão bater minhas roupas de linho nas pedras de novo e vão dizer que fizeram confusão com a roupa de cama. Nunca ousariam fazer isso lá em casa.

– Você terá roupas novas quando nos estabelecermos. Só mais um ou dois dias aqui. Olhe para você, tentando não sorrir. Não consegue esperar.

– Posso esperar um pouco mais – ela diz, dando um tapa para tentar afastar minhas mãos.

Bela, eu a chamava. Talvez no passado. Agora seus cabelos caem finos e escorridos e suas sobrancelhas, após dez dias sem pinça, começavam a soltar pelos rebeldes como patas de insetos. Os lábios – finos no alto, cheios embaixo, com duas rachaduras de frio e da umidade abertas – que quero beijar, por pena. Eu a puxo para perto de mim para sentir sua rigidez jovem, os quadris ossudos e os seios como maçãs pequenas. Pergunto se gostaria de um banho e seus olhos se fecham por um longo momento. Sou um idiota rude e a resposta às suas preces mais ardentes.

Quando voltamos do banho (que para minha satisfação profunda a deixaram de boca aberta: tubulações para água quente e fria, toalhas quentes exalando calor; a bica em forma de boca de leão; a banheira de mármore; as pedras e esponjas; os pentes, e óleos, e lixas, e espelhos, e aromas; durante nossa estadia, a levarei lá todos os dias), Calístenes está acordado, comendo as sobras da refeição da noite anterior. Pítias se retira para o quarto mais reservado, para suas criadas e suas costuras. O rapaz parece envergonhado, mas também satisfeito consigo mesmo. O sorridente Calístenes, com seus cachos e sardas. Ele tem uma natureza doce e a mente ágil e faz conexões que os outros não conseguem ver, indo da ética à metafísica, passando pela política e a poética como uma abelha que voa de flor em flor espalhando pólen. Eu lhe ensinei isso. Ele também pode ser preguiçoso como uma abelha banhando-se ao sol. Eu me preocupo com ele por causa dos dois extremos do movimento do pêndulo: que ele me deixe; que ele nunca me deixe.

– Você se divertiu? – pergunto. – Vai sair de novo esta noite? – A inveja tempera minhas frases, mas não consigo evitar. O pêndulo hoje pende com força para a esquerda.

– Venha comigo – ele diz. Eu respondo que tenho de trabalhar, e ele reclama. – Venha comigo. Você pode ser meu guia.

– Posso ser seu guia aqui – respondo.

– Acho que notei um vislumbre da proporção áurea ontem à noite, perto da barraquinha de flores no mercado – ele diz. – Estava escondido atrás de um pé de laranjeira.

– A proporção áurea é conhecida por sua timidez – digo.

– Péla está muito maior do que você se lembra?

– Não consigo me lembrar de nada – respondo com sinceridade. – A cidade provavelmente triplicou seu tamanho. Eu me perdi esta manhã enquanto procurava pelos banhos bem aqui no palácio.

– Não gostaria de encontrar a antiga casa de seu pai?

– Acho que agora ela faz parte do forte. Quer que eu lhe mostre os banhos, agora que sei o caminho? Podemos trabalhar depois. Você está com dor de cabeça, mesmo.

– Dor de cabeça – confirma Calístenes. – Vinho ruim. Na verdade, tudo ruim. Ruim, não, mas... vulgar. Você já viu as casas? São grandes. E espalhafatosas. Como esses mosaicos por toda parte. O jeito de falar, de comer, a música, a dança, as mulheres. Não sei, há dinheiro por todo lado e não sabem o que fazer com ele.

– Não me lembro de ser assim – digo. – Eu me recordo do frio e da neve. Aposto que você nunca viu neve. Eu me lembro da dureza do povo. O melhor carneiro, carneiro da montanha.

– Vi uma coisa ontem à noite – diz Calístenes. – Vi um homem matar outro por causa de uma bebida. Ele o segurou pelo ombro e começou a socá-lo na barriga até que o homem começou a sangrar pelas orelhas, pela boca, pelos olhos, chorando sangue. Então morreu. Todo mundo riu muito. Homens, meninos... Que espécie de gente é essa?

– Diga-me você.

– Animais – diz Calístenes. Ele olha diretamente em meus olhos, sem sorrir. Uma rara paixão para uma criatura tão moderada.

– E o que separa o homem dos animais?

– Razão. Trabalho. A vida da mente.

– Vai sair de novo esta noite? – pergunto.

PELA MANHÃ VOLTO A visitar Arrideu em seus aposentos. Seu rosto tem marcas de choro e catarro ressecado. O enfermeiro olha pela janela e finge não me ouvir entrar. O garoto sorri, doce e frágil, quando me vê. Eu lhe dou bom dia e ele diz:

– Uh.

– Algum progresso? – pergunto ao enfermeiro.

– Em um dia?

Pego uma capa que está pendurada no espaldar de uma cadeira e a jogo sobre os ombros do garoto.

– Onde estão seus sapatos?

O enfermeiro agora está observando. Ele é um merdinha presunçoso e percebe que é seu momento.

– Ele não pode andar muito – diz. – Não tem sapatos de inverno, só sandálias. Na verdade, ele nunca sai.

– Então vamos pegar os seus emprestados.

Ele ergue as sobrancelhas.

– E o que eu vou usar?

– Pode usar as sandálias de Arrideu, já que não vai conosco.

– Tenho a obrigação de acompanhá-lo por toda parte.

Não sei dizer se está com raiva de mim ou com medo de ser pego longe de seu posto. Ele olha para Arrideu e automaticamente estende a mão para afastar o cabelo do rosto do garoto. Arrideu se encolhe, com medo, ao seu toque. Então, aquele foi o tipo de manhã que tiveram.

– Dê-me a merda de seus sapatos! – ordeno.

Arrideu quer segurar minha mão enquanto caminhamos.

– Não, Arrideu. Só crianças seguram as mãos. Homens caminham sozinhos, entendeu?

Ele chora um pouco, mas passa quando vê para onde o estou conduzindo. Ele balbucia algo que não consigo compreender.

– Isso mesmo – digo. – Vamos dar um passeio na cidade, que tal?

Ele ri e aponta para tudo: os soldados, o portão, os redemoinhos cinza no céu. Os soldados olham com interesse, mas nenhum deles nos para. Fico a me perguntar quantas vezes ele deixara seu quarto, se os guardas sequer sabem quem ele é.

– Onde você mais gosta de passear?

Ele não entende. Mas quando vê um cavalo, um grande garanhão, sendo conduzido portão adentro, bate palmas e balbucia um pouco mais.

– Cavalos? Gosta de cavalos?

Vislumbrei a cidade através do portão – pessoas, cavalos, casas monstruosas que tanto incomodaram meu sobrinho – e me dou conta de que meu coração não está pronto para ela, então fico satisfeito em conduzi-lo de volta aos estábulos. No meio de uma longa fileira de baias, encontro nossos animais, Beliscão, Alcatrão, Dama, Precioso e os outros. Arrideu está aflitivamente excitado e quando tropeça em mim me pergunto, pelo cheiro, se ele se mijou. Os outros cavalos olham de lado, e só o grande e negro Alcatrão demonstra algum interesse por nós, levantando a cabeça ao me reconhecer e caminhando em nossa direção em busca de afeição. Mostro a Arrideu como oferecer ao animal uma cenoura com a mão aberta, mas quando o cavalo o toca, ele grita e se afasta assustado. Tomo sua mão e o trago de volta, faço ele tocar a marca na testa de Alcatrão. Arrideu quer usar os nós dos dedos e, quando olho com atenção, vejo que a palma de sua mão está marcada por feridas, algum tipo de erupção. Preciso encontrar uma pomada para lhe dar.

– Você monta? – pergunto a ele.

– Não, senhor – uma pessoa grita. É um tratador que estava retirando o feno para os animais. – Aquele outro o traz aqui de vez em quando e o deixa sentado num canto. Ele fica horas sentado. Mas não tem equilíbrio para montar. Não precisa cair outra vez de cabeça, precisa?

Conduzo Alcatrão até o pátio e o selo. Está chovendo de novo. Pego o pé de Arrideu com minhas mãos em concha e então ele fica preso. Pelo menos parou de rir e passou a me olhar em busca de ajuda. Tento lhe dar impulso para cima, mas o garoto é fraco demais para subir no cavalo. Ele pula um pouco em um pé só, com o outro erguido no ar, o que me permite ver sua virilha molhada.

– Aqui – diz o tratador e rola um barril para que o garoto suba nele.

Nós dois juntos conseguimos erguê-lo de pé ao lado do cavalo e o convencemos a lançar uma perna por cima das costas do animal.

– Agora abrace-o – diz o tratador, inclinando-se para a frente com os braços em torno do pescoço de uma montaria imaginária. Arrideu joga-se com vontade sobre as costas de Alcatrão e abraça com força seu pescoço. Tento fazê-lo se sentar, mas o tratador diz:

– Não, não, deixe que o animal caminhe um pouco e que ele se acostume com o movimento.

Conduzo Alcatrão lentamente pelo pátio enquanto Arrideu o agarra com todo seu corpo e com o rosto afundado na crina. O tratador observa.

– É um bom cavalo? – ele pergunta para Arrideu.

O garoto sorri de olhos fechados. Está em estado de graça.

– Agora, veja isso – diz o tratador. – Esse bastardo de miolo mole. Será que se mijou?

Assinto com a cabeça.

– Vamos lá, agora. – Ele conduz Alcatrão de volta até o barril e ajuda Arrideu a desmontar. Achei que o garoto fosse ficar chateado, mas ele parece embasbacado demais para fazer qualquer coisa além do que lhe dizem para fazer.

– Você gostaria de voltar aqui? – pergunto a ele. – Aprender a cavalgar direito, como um homem?

Ele bate palmas.

– Quando incomodaríamos menos? – pergunto ao tratador.

Ele descarta a pergunta com um aceno. Seus olhos negros são brilhantes e curiosos e examinam ora Alcatrão, ora Arrideu.

– Não conheço você – diz sem me olhar diretamente, enquanto dá tapinhas carinhosos no pescoço do cavalo.

– Sou o médico do príncipe – pouso a mão sobre o ombro de Arrideu – e seu tutor. Apenas por alguns dias.

O tratador ri, mas não de um jeito que me faça não gostar dele por isso.

Eurípedes escreveu *As bacantes* no fim da vida. Ele deixou Atenas desgostoso com a derrota de suas peças nas competições, diz a história, e aceitou um convite do rei Arquelau para trabalhar em Péla, para um público mais compreensivo, menos exigente. Naquele mesmo inverno, ele morreu de frio.

Trama: com raiva por sua cabeça divina ter sido rejeitada pela casa real de Tebas, Dioniso resolve se vingar no jovem e pudico rei Penteu. Penteu prende Dioniso. O deus, por sua vez, se oferece para ajudá-lo a espionar os rituais de suas seguidoras, as Bacantes. Penteu, fascinado e repelido pelo comportamento desvairado dessas mulheres, concorda e se disfarça em uma delas para se infiltrar em seus cultos no monte Citéron. O disfarce não funciona e Penteu é despedaçado pelas bacantes, entre elas sua própria mãe, Agave, que volta para Tebas com a cabeça dele acreditando ter matado um leão da montanha. Só aos poucos ela se recupera daquele estado de possessão para se dar conta do que fizera. A família real é destruída, morta ou exilada pelo deus. A peça ganhou o primeiro prêmio no concurso de Atenas no ano seguinte à morte de Eurípedes.

Todos adoramos As bacantes.

Os atores se amontoam na frente do palco, menos o homem que interpreta o deus, que está no alto de um caixote de maçãs para olhar os mortais de cima. Ele não é muito alto. Para a apresentação deviam vesti-lo com uma túnica comprida o bastante para esconder o caixote. É uma boa ideia.

– Penteu, meu filho... meu bebê... – diz o ator que interpreta Agave. – Tu descansaste tantas vezes em meus braços, tão indefeso, e agora novamente precisas de meus cuidados amorosos. Minha criança doce e querida... eu te matei. Não! Não vou dizer isso, eu não estava lá! – diz o ator. – Eu estava... em algum outro lugar. Foi Dioniso. Dioniso me possuiu, Dioniso me usou e Dioniso te assassinou.

– Não – retruca o ator que interpreta o deus. – Aceitem a culpa, acusem a si mesmos.

– Escute-nos, Dioniso – diz o ator que interpreta o pai de Agave, Cadmo. – Estávamos errados.

Após um momento de hesitação, o diretor grita:

– Agora tu entendes.

– Agora tu entendes, mas é tarde demais. Estavas cego quando devias ter visto – diz o ator que interpreta o deus.

– Sabemos disso, mas o senhor é como uma maré, que vira e nos afoga.

– Porque nasci com o domínio sobre vós e vós me abandonastes. E eu não tenho...

O diretor interrompe com um grito:

– Cadmo!

– Então, o senhor não deveria ser como nós, seus súditos. O senhor não deveria ter paixões – diz o homem no fundo do palco em tom de reprovação.

– E não tenho – repete o ator, e quando ninguém o interrompe, ele prossegue –, mas essas são as leis... as leis da vida. Não posso mudá-las.

– As leis da vida! – grita o diretor.

– As leis da vida – repete o ator.

– Está decidido, pai – diz o ator que interpreta a mulher, Agave. – Devemos partir e levar conosco nosso pesar.

Algo feito com um lençol de pano permite que o ator que interpreta Dioniso saia do palco sem ser visto pelo público, deixando para trás o caixote. Eu teria aperfeiçoado a ideia com pernas de pau.

Quando o ator que faz Agave respira fundo e não diz nada, o diretor grita:

– Ajude-me. Leve-me para junto de minhas irmãs. Elas vão compartilhar de meu exílio e meus anos de pesar. Leve-me para onde eu não possa ver o monte Citéron, onde galhos cobertos de hera não podem me lembrar do que aconteceu. Deixe que outra pessoa seja possuída. Eu me degenerei, eu me degenerei.

Mais tarde, bebendo vinho nas coxias, o diretor sacode a cabeça e diz:

– Amadores.

– Você não vai conseguir profissionais aqui – eu digo.

Carolus é ateniense, com um nariz simpático de bêbado e um jeito autoritário, rústico e bem-humorado de ver o mundo. O ator que interpreta a mulher, Agave, sentado a uma mesa mais animada do outro lado da sala, tem gestos afeminados.

– Aquele pelo menos tem o físico para o papel.

– Tem, sim, é verdade – diz Carolus. – Esse pode ter sido meu erro.

Há grande barulho de alegria e arrastar de cadeiras de modo a abrir espaço para mim, embora eu me recuse a sentar. Eles ainda estão com os figurinos e se divertem vorazmente.

– Cada vez melhor – digo.

Passei a assombrar os ensaios desde que esbarrei com eles no dia em que chegamos. Quando voltei mais tarde, para me desculpar com Carolus pela interrupção, ele se desculpou também. Sofria de dores de cabeça e insônia e o elenco era composto de pessoas do lugar, em sua maioria palhaços e malabaristas, acrobatas e um ou dois músicos.

– Penso em Eurípides vendo isso e fico para morrer – conta-me ele. – Fico mesmo para morrer!

Quando ele descobriu que eu conhecia a peça, que a havia visto em Atenas nos meus dias de estudante, comparamos recordações e me dei conta de que tinha visto o Dioniso feito por ele. Na época, ele ainda era jovem o suficiente para interpretá-lo: cabelos escuros em vez de brancos, voz empolgante, intensa. O rapaz que ele agora tinha arranjado para o papel é bonito o bastante, mas estúpido e estranhamente afetado. Ele precisa ensiná-lo a andar como um galo, não como uma galinha. O envelhecido Cadmo, treinado para ser palhaço, se acha um profissional, apesar de nunca ter feito tragédia, e se considera o porta-voz dos atores. Ele leva suas reclamações para Carolus e as transmite de modo lento e empolado, satisfeito com sua própria dicção. Agave fica bem de peruca, mas anda e fala de modo afetado demais, e esquece suas falas. Proteu costuma faltar aos ensaios sem dar explicação. Hoje ele não veio.

Os atores se divertem com um jogo de bebida. Jogam entre eles uma bola de pano que usam para representar a cabeça de Penteu; quem a deixa cair tem de se levantar e virar o copo enquanto os outros gritam, zombam e assoviam. Volto a me juntar a Carolus. Gosto dele.

Gosto de ter um amigo mais ou menos da minha idade. Na verdade, mais velho, não o bastante para ser meu pai, também gosto disso. E também ardem brasas de uma sexualidade não de todo consumida; dá para ver quando fica com raiva. Ele me disse que gosta de homens, contou-me logo de cara, e não se importou quando disse a ele que eu não gosto. Converso em dialeto com os atores, mas não com ele. Em geral, falamos sobre peças e teatro, contamos um ao outro sobre as produções a que assistimos. Não tenho muito a oferecer que ele já não conheça.

Pergunto a ele o que faz uma boa tragédia. Ele pensa um pouco sobre o assunto. Há um silêncio amistoso entre nós enquanto os atores aos poucos vão embora, trocando despedidas teatrais e a chuva aumenta, tamborilando no telhado como dedos. Ele tem bom vinho de algum lugar, não é daqui.

– Pergunta engraçada – ele diz. – Uma boa morte, boa dor, uma boa tragédia. "Boa" é uma palavra engraçada.

– Estou escrevendo um livro – é minha resposta padrão quando meu interlocutor começa a me olhar de modo estranho. E, de repente, talvez esteja, talvez esteja. Um pouco de trabalho para me trazer de volta a este lugar quando eu vier a relê-lo daqui a alguns anos, para esta chuva, esta taça de vinho e este homem, de quem estou disposto a gostar muito. O conforto daqui, deste pequeno santuário.

– Pelos deuses – ele diz. – Você está chorando?

Digo a ele que não estou me sentindo bem.

– Que tipo de livro? – pergunta.

– Uma análise – penso em voz alta. – Em duas partes, tragédia e comédia. Os elementos constituintes de cada uma, com exemplos.

– Tragédia para principiantes.

– Isso mesmo – digo. – Uma introdução benevolente.

– O que você está sentindo?

Conto a ele que choro com facilidade, rio com facilidade, me irrito com facilidade. Sou tomado pelas emoções.

– Isso é uma doença?

Pergunto como ele chamaria aquilo.

– Histrionismo – ele diz. – O que você faz para isso?

Respondo que escrevo livros.

Ele assente e em seguida sacode a cabeça.

– Meu pai tinha a mesma coisa. Queria que ele tivesse escrito livros. Era um bêbado.

Espero mais, porém não há mais nada.

– Uma boa tragédia – ele diz. – Acho que você é só um amador.

Inclino-me para frente. Digo a ele que isso é exatamente o que sou. Eu sugiro as pernas de pau.

Ele ri, então torna a ficar em silêncio, por tempo o bastante para que eu me pergunte se nossa conversa acabou ou se ele espera que eu vá embora. Então, pigarreio.

– É todo o curso da vida de um personagem – ele diz. – As atitudes que toma, decisões, escolhas que o trazem até o momento presente. Ter de escolher – ele aponta para mim. – É isso o que eu quero dizer. Você está cercado de maldades, um banquete de maldades e tem de encher seu prato e comê-lo.

– E a comédia?

Ele me olha como se eu fosse burro.

– A comédia o faz rir. Dois escravos se sodomizando, eu ia gostar disso, e pronto, muito obrigado. Como se diz isso aqui?

Penso por um minuto.

– Enrabar – digo em dialeto.

Ele solta um gemido. Gostou disso.

– É só isso? – pergunto.

Carolus sacode um dedo reprovador em minha direção.

– Não vou deixar você menosprezar as comédias. Foram meu ganha-pão no início da carreira. *Lisístrata.* Sem objetos de cena, se é que você me entende. Conquistei reputação com essa peça. Eu era só um adolescente naquela época.

– Você começou cedo.

– Comecei mesmo – ele agarrou a virilha com a mão e nós rimos. – Era o ofício da família. Meu avô foi Tirésias na primeira montagem de *Édipo rei.*

– Não!

– Foi sim. Depois dele, meu pai assumiu o papel. – Ele olha para mim e nada diz por um instante. Então, prossegue: – Guardei a máscara que ele usou naquela noite. Um dia eu lhe mostro, se quiser.

– Eles deixaram? – estou falando da companhia teatral. Máscaras boas são caras, insubstituíveis.

– Ele a roubou.

Assinto com a cabeça.

– Esse grupo não tem máscaras – Carolus gesticula na direção da mesa que os atores tinham acabado de deixar para dar uma volta na cidade. – Não tenho tempo ou dinheiro. De qualquer modo, eles são tão grossos que duvido que alguém perceba a diferença.

– Você é duro demais com eles. Dioniso está melhorando, com sua ajuda.

Seu discurso fica amargo.

– Não seja condescendente comigo – ele diz. – Acha que eu queria acabar aqui?

– É engraçado a frequência com que ouço dizerem isso sobre Péla.

Ele não está interessado.

– Sabe quem vai ficar bem? O único? Penteu. Sabe por quê? Porque vou acabar eu mesmo interpretando o papel se ele faltar a mais um maldito ensaio.

– Porra – digo.

– Mais um ensaio e deixo você fazer o papel de um nativo até sexta-feira. De qualquer modo, onde está esse babaca?

Algo aterrissa na mesa entre nós dois: a bola de pano que os atores usavam como a cabeça de Penteu. Ela desceu com suavidade, uma tira de pano solta como uma estrela cadente. O amontoado disforme, branco e macio aterrissa quase sem fazer barulho, sem sequer virar nossas taças. A pintura sobre ela, olhos e boca e um pouco de sangue rosado, está borrada como um desenho de criança.

– Isso não assusta ninguém – o garoto sai das sombras. Eu me pergunto há quanto tempo ele está nos ouvindo.

– É você, não é? – Carolus pisca para mim. – Engraçadinho. Então, o que poderia nos assustar?

O garoto ergue os olhos para o teto.

– Uma cabeça de verdade – ele diz.

É bravata de criança, mas Carolus assente com as sobrancelhas erguidas. Uma demonstração de seriedade; vou entrar no jogo.

– E onde eu conseguiria uma? – pergunta o diretor.

A expressão do garoto permaneceu vazia como se a pergunta fosse tão idiota que ele estivesse achando que Carolus não havia entendido alguma coisa.

– Em qualquer lugar.

– Problemas logísticos – digo. – Você ia precisar de uma cabeça nova para cada apresentação. Duvido que elas durem.

– Só vamos fazer uma noite – diz Carolus.

– Muito sangue – digo –, muita sujeira.

– Muita sujeira – diz Carolus para o garoto.

– Ora, é claro – ele diz. – Não quer que pareça real?

– Nós usamos os figurinos várias vezes – diz Carolus. – Penteu hoje, Creonte amanhã. Quer que a gente faça tudo vestido de rosa? Real, mas apenas real o bastante, entende o que quero dizer?

– Você podia cauterizá-la – digo. Eles olham para mim. – Cauterizar. Você esquenta uma placa de metal sobre um braseiro. Então aperta a parte cortada contra o metal para queimá-la. Isso vai selá-la imediatamente, interrompendo o sangramento.

O menino franze a testa.

– Como fritar carne.

– Exatamente.

– Ora! – Carolus bate palmas uma vez. – Problema resolvido – ele joga a bola de volta para o garoto. – Então vou incumbi-lo disso. Agora a cabeça de Penteu é sua responsabilidade.

O garoto parece satisfeito e vai embora jogando a bola para o alto e a pegando de volta enquanto se afasta.

– Interessante – digo.

– Ele gosta de ver os ensaios, como você – diz Carolus. – Não atrapalha, não fala muito. Os atores parecem gostar de tê-lo por perto. Como um animal de estimação.

– De qualquer modo, ele tem talento para o teatro.

As sobrancelhas se erguem novamente.

– Ele tem talento para alguma coisa – diz Carolus.

O garoto está de volta.

– Ah, já ia me esquecendo. Eu sei onde está Penteu.

Dou um pigarro, formando uma apresentação formal. Está na hora.

– Moleque – Carolus me ignora. – Onde, então?

– Está doente – o garoto diz. – Ouvi os atores conversarem sobre ele. Não consegue comer, não consegue cagar e há alguns dias não consegue nem sair da cama.

– Porra, o enrabado – diz Carolus, satisfeito consigo mesmo.

O garoto se vira, ergue a cabeça de pano acima da sua e vai embora de vez.

Aprendi na última semana que consigo que Arrideu faça qualquer coisa, desde que tenha relação com cavalos.

– Quantos? – eu aponto para as cocheiras.

– Um, dois, cinco – ele diz e realmente há cinco cavalos ali dentro nesse dia, entre eles meu favorito, meu grande Alcatrão.

– Que cor? – pergunto sobre Alcatrão e ele ri, se balança, bate palmas e tenta pegar o arreio que está pendurado num prego na parede. – Não – afasto a mão dele –, daqui a pouco, ainda não. – Qual é a cor de Alcatrão?

– Peto, peto, peto – ele diz.

– Preto.

– Pu-eto. Pu-eto.

– Re, re, re – digo. – Pre, pre, pre. Preto.

Ele ri de mim. É bastante justo. Dou a ele uma vara e lhe digo para desenhar formas na lama: círculo, triângulo. Ele faz o quadrado com muito esforço e vejo que sua atenção está quase acabando como o óleo de um candeeiro a se apagar. Ele tem uma espécie de inteligência selvagem, sabe mais ou menos conseguir o que precisa – comida, bebida, companhia básica, o penico –, mas é só tentar levá-lo a um nível acima disso que ele rapidamente fica exausto. Literalmente: o vermelho toma seus olhos, ele boceja, até sua pele parece ficar mais pálida.

Abandono as formas e o faço pular dez vezes enquanto conto para ele. Disso, também, ele logo se cansa, apesar de ter parado de chorar sempre que não quer fazer algo. Pedi ao tratador que arranjasse algumas tarefas para ele junto aos cavalos – varrer, essas coisas –, algo para tirá-lo de dentro de casa e fazê-lo tomar ar e se mexer. Antes de partir, vou pedir a Filipe que se livre do enfermeiro e que encontre alguém mais agradável, alguém com mais vontade de reconhecer seus progressos e contribuir para isso. Deve haver alguém.

– Está na hora de montar? – pergunto.

Agora ele monta com mais facilidade e consegue ficar sentado ereto. Montado, ele é mais coordenado, tem mais equilíbrio do que sobre os próprios pés. Isso me surpreende e não consigo pensar em uma razão para isso, apesar de o tratador me dizer que já viu isso antes. Ele parece o tipo que já viu de tudo antes e não gosta que lhe digam muito sobre coisa alguma ou pelo menos não está disposto a demonstrar surpresa, mas é agradável, alerta e prestativo, sem se intrometer, e não me perguntou por que eu me preocupo. Ele diz que já viu crianças estranhas e desajeitadas ficarem graciosas sobre seus animais. Também já viu o mesmo com soldados feridos que têm de aprender a montar de novo. Às vezes, pode ser um ferimento na perna ou na pelve, ele diz, homens sem qualquer sinal exterior de debilidade que sofreram algum dano à cabeça e não se lembravam de como erguer as mãos até que lhes deram as rédeas. Pergunto o que acha disso tudo e ele dá de ombros.

– As pessoas gostam de cavalos – ele diz. – É parte de nossa natureza. Eu sou mais feliz em cima de um cavalo, você não? Eu podia me esquecer de tudo, mas ainda ia me lembrar de como montar. Meu pai era assim. No fim da vida, um idiota que mal conseguia falar, não muito diferente desse aqui – aponta para Arrideu. – Mas montava como um general. Você não é mais feliz em cima de um cavalo? – pergunta novamente.

Não tenho coragem de dizer a ele que, na verdade, não. Eu me pergunto onde transcorre o resto de sua vida quando não está nos estábulos: que quarto, que carne, que sono, quem ele monta em sua cama. Lembro Arrideu de manter os calcanhares baixos e prestar atenção no tratador que o conduzia em círculos por uma guia. Ande, o homenzinho ensinou a ele, e pare. Uma realização hercúlea em apenas sete dias. De costas Arrideu parece majestoso e adoro ouvir sua voz dar essas ordens. Mandei que seu enfermeiro o banhasse diariamente e que mantivesse sua roupa limpa. Disse àquele sujeitinho mal-humorado que mandarei trocar toda a roupa se o que o príncipe estiver vestindo não for adequado. Cuido de me referir a ele como "o príncipe". Adoro ouvir minha voz dando essas ordens e, às vezes, me pergunto por que desenvolvi tamanha antipatia pelo enfermeiro. Ele tem um emprego que eu abominaria, é bastante natural para ele me desprezar, eu que brinco de fazer o trabalho de sua vida durante uma ou duas horas por dia. Pergunto-me que ambições ele teria se não estivesse preso a um idiota vinte e quatro horas por dia. Pergunto-me o que faz quando o dispenso. Tenho de segui-lo um dia desses para descobrir.

Depois de montar, ensino Arrideu a esfregar seu animal. No começo ele é bruto e tenho de explicar-lhe sobre a natureza do couro do cavalo e os lugares macios no corpo do animal. Ele ainda fica nervoso quando alimenta Alcatrão com as próprias mãos e as erupções e o descamado de sua pele não melhoraram, apesar das misturas que dei ao enfermeiro.

– Ele o come – disse o enfermeiro, hoje, quando conduzi Arrideu de volta a seus aposentos. – Lambe tudo. O senhor pôs mel naquilo? Deve ser por isso.

Ele está arrumando o quarto, varrendo, sacudindo cobertores ou pelo menos soube de nossa chegada a tempo para montar aquele teatro. Ele já preparou a comida de Arrideu, que começa a comê-la com ambas as mãos, imediatamente, ignorando nós dois.

– Ele tem isso todo inverno – prossegue o enfermeiro antes que eu possa dizer algo crítico ou mordaz. – Já tentei um cataplasma com mel, antes. Nos pés dele, também. Mas cura assim que o tempo esquenta. Eu ponho ataduras quando sangram, mas normalmente deixo assim, ao ar. Os pés também. Por isso as sandálias e, quando posso, deixo que fique descalço. O ar fresco me parece o melhor.

– Você sabe ler?

Ele fica rígido.

– O senhor já me perguntou isso. Tenho trabalhado as letras com ele, pode perguntar.

– Eu digo para você mesmo.

– Livros?

Eu assinto.

– Por quê?

Aí está meu prêmio. Ele está desconfiado porque deseja terrivelmente o que eu estou oferecendo, sem saber exatamente o que é.

– Trouxe minha biblioteca comigo. Pensei se você não gostaria de pegar algo emprestado enquanto eu saio com o príncipe.

– Fico na dúvida se não deveria acompanhá-los – ele diz. – Para saber como prosseguir quando o senhor partir.

– Ainda vou ficar aqui por alguns dias – digo. – Deixe-me trazer algo para você amanhã. De que gosta mais? Poesia, história, os hábitos dos animais?

Ele ri disso, com desprezo. Acha que fiz uma piada à custa de Arrideu e procura entrar no jogo.

– Talvez algo sobre educação – eu digo.

Ele tirou aquela expressão do rosto. A trégua tinha acabado.

– Não entendo – ele diz, vendo que o momento havia passado. – Ele é um inútil, não serve para nada. O senhor, mais que todas as pessoas, devia entender. Achei que seria o primeiro a ver. Sei quem o senhor é. Como aguenta passar tanto tempo com ele? Como isso pode não incomodá-lo? O senhor que entende tudo o que uma mente humana pode ser, como consegue aguentar? Não tenho uma centésima parte de sua mente e há dias em que acho que vou enlouquecer. Posso sentir. Ou ouvir. É mais como ouvir algo rastejando pelas paredes, bem atrás de minha cabeça e chegando cada vez mais perto. Um inseto grande, talvez um escorpião. Um rastejar seco – é esse o barulho da loucura para mim.

Versos, então. Ainda um rapaz, afinal, apaixonado por sua própria melancolia, forçado a refletir sobre sua própria inteligência desperdiçada. Mas então vejo que está chorando, os olhos reluzentes com as lágrimas. Ele se vira para que eu não o veja em suas profundezas. Pergunto há quanto tempo ele é o acompanhante do príncipe. Ele toma fôlego, trêmulo, e diz que não importa.

– Quantos anos você tem?

– Vinte.

Tem a idade de meu sobrinho.

– Onde você dorme?

Ele dá de ombros.

– Aqui. – E em seguida: – Ali. No chão. – Ele aponta para uma parede. Precisa desenrolar um colchão de palha à noite e guardá-lo durante o dia para deixar mais espaço para o príncipe brincar. As lágrimas já foram absorvidas, de volta, para dentro dele, seus olhos, seu nariz e ele fica mal-humorado de novo. Esses acessos fáceis de choro me são familiares, assim como a disfunção estranha entre o que mostra o rosto e o que a mente pode estar pensando. Eu mesmo posso chorar enquanto trabalho, como ou tomo banho, e já despertei à noite com um rastro de lesma em meu rosto.

Arrideu terminou de comer e está puxando o braço do enfermeiro. Este, obediente, se ajoelha e apanha o penico que está embaixo da cama. Ele o coloca atrás de um biombo para Arrideu, que já tirou a roupa e corre até lá fazendo quase tanto barulho quanto quando comia, resmungando e gemendo para si mesmo.

Ele faz força, com bastante barulho. O fedor é forte. Estou pronto para ir embora.

– Pitágoras – diz o enfermeiro.

Eu assinto. Minha própria escuridão salta sobre mim agora e preciso ir. Vou trazer-lhe meu Pitágoras.

– Quero estudar – ele diz.

Contudo, não consigo mais ouvi-lo. Saio do quarto e chego ao corredor, caminhando cada vez mais rápido, concentrando-me no padrão das lajotas, pensando na geometria das formas de estrela.

Sou lixo. Esse conhecimento é meu clima, minhas nuvens particulares. Às vezes, baixas, negras e pesadas; em outras, altas e velozes, o rebanho branco imaculado de um belo dia de verão. Às vezes, conto a Pítias, um boletim urgente das terras sombrias: *sou lixo.* Ela não diz nada.

Eu deveria ser um convidado de Filipe na apresentação, mas Carolus me pergunta se posso ficar com ele nos bastidores, segurar sua cópia do texto, ajudar com os objetos de cena e ser, em geral, uma influência tranquilizadora.

– Para eles, não para mim – diz. – Eles agora estão acostumados com você. Mas diga-me: por que até atores ruins ficam tão tensos? – Abro a boca para responder, mas ele diz: – Ah, cale a boca. Isso foi uma pergunta retórica. Você gosta de falar, não é? Venha, segure isso.

É a cabeça de Penteu, uma segunda bola de pano depois que o garoto sumiu com a primeira e não devolveu. Esta, pelo menos, foi amarrada com mais força e não deve se desfazer, apesar de o rosto ainda ser um pouco grosseiro: olhos negros fixos, dois terços de um triângulo como nariz, boca vermelha e um único corte vermelho na garganta.

– Isso também – Carolus me entrega um punhado de varas cobertas de hera. Ele mesmo está vestido com a túnica de Penteu. Assim como o garoto, o ator desapareceu e ninguém parece saber o que aconteceu com ele. Acho que, na verdade, Carolus quer que eu sirva de ponto para seus atores quando ele estiver no palco.

Filipe, de qualquer forma, está ocupado com seu mais recente convidado, o irmão de Olímpias, Alexandros. Ele passou anos como protegido do rei em Péla, enquanto Filipe esperava que ele crescesse. Agora Filipe acabou de coroá-lo rei da Molóssia e esta é sua primeira visita oficial à corte que por tanto tempo ele chamou de lar. Ele tem a tez da irmã, rosada; cabelos cor de ferrugem e olhos escuros; e Filipe gosta dele. Por trás da cortina posso vê-los beber sem parar, as cabeças próximas conversando e rindo com frequência. Duvido que prestem muita atenção à peça.

Guardo a cabeça embaixo do braço e fico pronto para entregar as varas para o coro quando passar. Minhas palmas reluzem de excitação. Passei o dia inteiro atordoado. Adoro esse ponto de observação privilegiado, ver a peça por trás e enxergar tudo o que acontece nela. Isso de estar do lado de dentro, atrás, do lado de baixo de qualquer coisa e ver o que normalmente não é visto.

– E... – Carolus ergue e baixa a mão. A música começa.

Não estou bem certo do momento em que o garoto surge ao meu lado. Eu olho e ele simplesmente está ali, observando o palco, tão arrebatado quanto eu. Ele percebe o movimento da minha cabeça, olha para mim e nós dois sorrimos. Isso agora é de verdade. Ele pega a cabeça sob meu braço, solícito, e aceno com a cabeça para dizer que vou dar a ele o sinal quando for o momento de entregá-la ao ator.

– Olhe, lá vem ela – dizem os atores do coro uníssono. – Agave, sua mãe, correndo de volta para casa. Seus olhos! Vejam seus olhos. Estão fixos. Ela está possuída. Tragam-na para perto de nós, ela está cheia do deus e de seu êxtase.

Faço um gesto com a cabeça para o ator que interpreta Agave e ele entra correndo no palco. Então, há um momento de silêncio. Carolus, vacilante ao meu lado, ergue os olhos do texto e sussurra:

– Mulheres do Leste.

Eu olho para o garoto. Ele lança ao ar a cabeça de trapo que tomou de mim, a pega novamente e olha para o palco.

– Mulheres do Leste – Carolus sussurra mais alto.

– Mulheres do Leste... bacantes – diz Agave.

Eu lembro que o ator no papel de Penteu tinha cabelos lisos, mas barba crespa e uma verruga embaixo do olho esquerdo. Eu me lembro porque estou olhando para sua cabeça agora, aninhada nos braços do ator que interpreta Agave.

– O *senhor* nos conhece? – diz um dos membros do coro. Os outros, sem conseguir tirar os olhos da cabeça, se esqueceram de falar. – O senhor sabe quem você é? Nossa verdadeira natureza?

– Vejam. É um filhote de leão. Eu o peguei. Eu o peguei sem redes. Vejam – diz Agave. Sua voz ficou estridente e seus olhos estão paralisados. Está drogado, em choque.

Na plateia, Filipe parou de conversar com seu convidado. Suas sobrancelhas estão erguidas, ele olha para o palco. Agora está interessado.

Mais tarde, Carolus não consegue parar de sacudir a cabeça.

– Essa porra de apresentação foi a melhor que já vi na porra da minha vida inteira.

A cabeça sumiu. Ele mandou que um assistente de palco a enrolasse de volta no pano em que fora trazida pelo garoto e que se livrasse dela em algum lugar.

– Eu cauterizei como o senhor disse – conta-me o garoto. – Funcionou.

– Moleque levado filho da mãe – diz Carolus.

– Achei que eles podiam não fazer se soubessem antes – diz o garoto. – Andei pensando no que você falou sobre as coisas parecerem reais o bastante e como sempre estava reclamando sobre eles serem atores tão ruins. E pensei: e se eles não precisassem atuar? E se só tivessem de ser eles mesmos?

Os atores já tinham ido embora fazia muito tempo. Na coxia, o cheiro de mijo e vômito: piedade e medo. Afinal de contas, Carolus tinha muita limpeza a fazer pela frente.

– Ele morreu ontem à noite – prossegue o garoto. – Eu disse que ele estava doente. Acho que as coisas acontecem por alguma razão, não acham? – pela primeira vez ele parece... não titubear de dúvida, mas talvez impaciente. – O quê? – ele olha para mim e para Carolus, de um para o outro. – Vocês sabem que isso foi perfeito. O quê?

Esta manhã, antes da apresentação, Filipe mandou me chamar. Eu o encontrei em um pátio, cercado por varas de diversos tamanhos, investindo contra um soldado que se defendia com um escudo. Notei as lanças enormes dos guardas e pensei que eram decorativas, mas ali estava o rei, utilizando com destreza varas mal acabadas de comprimento parecido.

– Minha própria invenção – ele diz. – A sarissa. Veja só, esta aqui é uma lança trácia, esta é ilíria e há algumas outras aqui. A sarissa é cerca de um terço maior. Vê as implicações?

Eu via, mas estava mais interessado na física e apanhei uma.

– É mais pesada.

– Não muito. Você ajusta o peso usando um escudo menor.

Ensaiei alguns golpes enquanto ele me observava.

– Você está enferrujado – ele disse finalmente. – Mas pelo menos trocou de roupa.

Ele me apresentou ao soldado que na verdade era um de seus generais mais antigos, Antípatro. Cabelo curto, barba curta, olhos cansados. Quando Filipe partia para a guerra, Antípatro ficava como regente. Nós três ficamos ali sentados sob a colunata enquanto a primeira chuva do dia sarapintava o pátio, bebendo vinho misturado com água. Enquanto conversávamos, pensei em Filipe quando menino. Nós brincávamos juntos, talvez neste mesmo pátio. Eu tinha a impressão de me lembrar de uma luta, cheiro de suor e grama; violento, reservado e doce. Não conseguia me lembrar quem tinha vencido.

– Ele lhe oferece sua lealdade e pede sua ajuda – eu disse, agora sobre Hérmias.

Filipe releu o tratado que eu trouxera para ele, devagar, enquanto um pajem juntava as lanças variadas e as levava com ele para dentro, para escapar da chuva que tamborilava. Imaginei Filipe em vários campos de batalha, observando atento em busca de uma peça nova para acrescentar a sua coleção e imediatamente matando seu portador quando encontrava uma. Será que isso também era um tipo de ciência?

– Beba – ordenou Filipe sem erguer os olhos quando me mexi em minha cadeira.

Eu bebi. Eu, um estudioso cercado por estudiosos, tinha me esquecido de como algumas pessoas leem devagar. Depois de um bom tempo, Filipe começou a falar sobre suas ambições.

– Gosto desse seu amigo aqui – disse, sacudindo o tratado. – Ele é astuto. Um sobrevivente.

– Ficarei feliz em transmitir essa mensagem a ele.

– Alguém vai. Você, não. Eu agora vou precisar de você.

Olhei para o pajem, um rapaz de pele morena com cachos bem crespos e palmas amareladas. Ele viera de longe, do Egito, talvez, ou da Etiópia. Pode ter trocado de mãos muitas, muitas vezes antes de chegar aqui com essas lanças e esses bonecos para treinamento. Filipe estava falando de Atenas. Atenas estava velha, Atenas estava em decadência, Atenas estava morrendo, mas ainda era importante. Antípatro estava de cócoras, os pés postados no chão, as mãos espalmadas sobre as coxas, encarando fixamente o ar entre seus joelhos. Eu perguntei, apesar de ele ter se defendido com bastante energia, se estava sentindo dor. Atenas, entretanto... estava bem. Por um momento Filipe me assustou, quando disse que precisava de mim.

– Nós esperávamos – ele disse –, depois da morte de Platão, que você assumisse a Academia. Então, teria alguma influência. Eu não gosto desse Espêusipo que está lá agora.

Eu estava confuso. Platão, meu mestre, morrera há cinco anos. Filipe estava me observando há cinco anos?

– Espêusipo é sobrinho dele – eu disse. – Também não gosto dele – com suas mãos pequenas e modos brandos e sua mente pequena e branda. Ele escrevia diálogos, como o tio, nos quais o desafiante sempre desmoronava em confronto com a reflexão profunda e despreocupada do interlocutor. Certa vez, eu disse a ele para não ter medo de entrar em uma discussão cuja saída ele não conhecesse de antemão. Eu queria ajudar, mas depois disso ele passou a me considerar um inimigo do seu jeito brando.

– Ele escreve cartas – disse Filipe – me aconselhando. Ele me compara ao deus Herácles. Faz um paralelo surpreendente entre nós dois.

Antípatro e eu demos sorrisos iguais, contidos e secos; nossos olhares se cruzam e se afastam. Amigos, rápido assim.

Filipe, com inteligência hábil o bastante para passar rapidamente por suas próprias piadas, sacode a cabeça.

– Mas eles vão considerar seu nome outra vez, quando Espêusipo morrer. Ele é velho, não é? Porque esse é o tipo de poder de que preciso. Não se pode fazer tudo com lanças. Eles olham para mim e veem um bárbaro, mas olham para você e veem alguém como eles. Eles vão lutar contra o poder militar e vão lutar como um bode teimoso, mas você podia influenciá-los. O chefe da Academia, esse é o tipo de coisa que eles respeitam. Platão usava o cargo como um diplomata, negociando poder, influenciando a política. Reis lhe davam ouvidos.

– Como você dá ouvidos a Espêusipo?

– Você não é um palhaço afeminado. Bem, você não é um palhaço. Eles também vão ouvi-lo quando chegar a hora. Enquanto isso, tenho um emprego para você aqui.

Não.

– Aqui.

– Você pode ser o tutor do meu filho.

A chuva parou no ar e então tornou a cair.

– Isso está abaixo de você?

– Claro que está abaixo de mim – respondi. – Tenho trabalho a fazer.

– Mas ele já gosta de você. Ele mesmo me disse isso.

– Arrideu?

Antípatro ergueu a cabeça.

Filipe por um momento ficou atônito. Então, seu rosto se abriu num sorriso.

– Não, seu merda – ele disse. – Alexandre.

Depois da apresentação, fico deitado na cama observando minha mulher tirar os compridos alfinetes de ouro dos cabelos e os prendedores afiados de sua túnica. São necessários muitos grampos para mantê-la inteira. Enquanto os homens estavam no teatro, ela passou a tarde bordando com Olímpias e suas acompanhantes. Ela diz que a rainha mantinha uma cesta aos seus pés e quando percebeu que Pítias olhava para ela, acenou para que fosse ver o que era. Lá dentro havia uma cobra preta não maior que um bracelete. Quando chegou a refeição, Olímpias a alimentou com a comida de seu próprio prato como se fosse um bebê. As mulheres falaram com entusiasmo da refeição e sobre as maneiras diferentes de preparar feijões e carne. Elas demonstraram seus cortes de carne favoritos batendo nas próprias nádegas e pernas, rindo, até que minha pobre Pítias teve de afastar seu prato. O único momento agradável da noite, segundo ela, ocorreu cedo, quando o menino Alexandre passou por lá para dar um beijo na mãe. Isso deve ter sido antes do teatro. Apresentado a Pítias, ele a saudou calorosamente com grande charme e cortesia, e cheirava, ela disse, estava muito limpo e tinha um aroma agradável de especiarias. Não consegui contar sobre a cabeça. Talvez ela nunca precise saber.

– Faremos o que tivermos de fazer – diz outra vez.

– Você não pode não ter opinião. Não pode não significar nada para você. Se ficarmos, pode ser por anos.

– Você tem escolha?

Eu nada digo.

– Eles são grosseiros – ela diz. – Todos eles. Seus corpos fedem. As mulheres fazem trabalho de escravos. O vinho é ruim. A rainha – ela me olha sobre o ombro – é louca.

– Eles vão dominar o mundo.

– Não duvido.

Ela vem para meu lado e se deita de costas. Eu me apoio sobre o cotovelo para olhar para ela.

– Eu queria levar você para Atenas – digo. – Lá você estaria em casa.

– Eu estava em casa em Mitilene.

Como seu tom é petulante, não respondo, mas toco seu quadril. Ela abre as pernas. Seca de novo. Ela se encolhe quando eu a toco. Diz algo mais sobre minha decisão, pergunta alguma coisa. Eu levo minha língua até lá, até a semente de romã, e os tendões em sua virilha ficam tensos como a corda de um arco. Pena e medo, purgação, alívio. Minha língua trabalha. Uma substância parecida com clara de ovo.

Naquela mesma noite sonho com Estagira. Quando desperto, fico longo tempo sentado à janela, enrolado em um cobertor, a recordar. Eu era uma criança infeliz, solitária e me assustava quando meu pai era chamado no meio da noite ou viajava, o que era frequente. Ele era o único médico para muitos pequenos vilarejos costeiros e, à medida que sua reputação crescia, era chamado de cada vez mais longe, por cidades cada vez maiores. Os gêmeos ainda podiam dormir com nossa mãe, mas eu não tinha ninguém. Sofria com horrores noturnos até que minha mãe me ensinou o truque de me concentrar no que estivesse mais perto de mim – o tamanho e a textura dos pelos da pele sobre a qual eu dormia, contar o ritmo de meu pulso ou sentir a maré da respiração em meu corpo – e assim me distrair. Ela disse que esse truque a ajudara com o mesmo problema. Logo eu exercitava isso em todo lugar que fosse, observando, analisando e categorizando compulsivamente até ninguém mais querer falar comigo por causa das perguntas que eu fazia e da informação que eu derramava. Você já percebeu? Eu perguntava a garotos da minha idade. Pode me dizer? Perguntava aos adultos. Logo comecei a passar todo o meu tempo sozinho; nadava de olhos abertos, capturava insetos, lia os livros de meu pai, cortava-me para observar o sangue, desenhava mapas, copiava os padrões das folhas, mapeava estrelas e tudo ajudava um pouco e nada disso ajudava muito. Nos piores dias, eu ficava na cama, sem conseguir falar ou comer até que o negrume se dissipasse.

– Ele é um menino estranho – entreouvi meu pai dizer a minha mãe em uma de suas cada vez mais raras visitas a casa. – Ele me preocupa. Não sua saúde, mas sua mente. Não sei se ele tem disciplina demais ou nenhuma. Ele vai a lugares aonde não posso segui-lo, dentro de si mesmo.

– Ele sente sua falta – disse minha mãe.

OBSERVO ALEXANDRE COM mais atenção, agora. Na véspera da partida de Filipe para a Tessália, durante um amanhecer de início de inverno, saímos a cavalo para caçar. Chego em minha segunda melhor roupa, desarmado, no lento e confiável Alcatrão. Filipe e seu séquito de pajens e companheiros estão vestidos de capas púrpuras com o uniforme de combate completo. O chão sob suas montarias agita-se com cães. Após alguns insultos – sugerem que eu fui feito para vestir um colete de couro como um garoto que ainda não realizou sua primeira morte –, me dão uma lança curta e um escudo que estavam sobrando e deixam eu me arrumar o melhor que posso. Cavalgamos até o parque real, onde os festejos do dia começam com o sacrifício de um leitão que berrava e jorrava sangue. É um dia de pompa e etiqueta que vejo como uma sucessão de imagens congeladas como uma série de moedas que surgiam e ressurgiam reluzentes ao sol. Filipe de perfil com seu elmo. Um cão se preparando com a cabeça baixa enquanto seu dono retira sua guia. Uma lança equilibrada sobre um ombro. Um javali entrando correndo em uma clareira. Alexandre desmontando seu cavalo, a faca desembainhada. O javali se sacode e se livra de uma lança que não penetrou fundo em seu flanco, escoiceia o crânio de um cão e sai correndo outra vez. O cachorro com uma perna em espasmos. O cachorro morto. Um odre de vinho passa de mão em mão. Alexandre procurando sua montaria.

Filipe começa a provocá-lo, oferecendo a ele um cavalo arisco, desafiando o filho a montá-lo. O animal chama-se Bucéfalo por causa da mancha branca em sua testa. O garoto vira na direção do sol, cegando-o, e o monta com facilidade. Filipe, bêbado, faz uma observação sarcástica. Do alto do cavalo, o garoto olha para o pai como se ele estivesse coberto de imundícies. Essa é a moeda que vou levar por mais tempo no meu bolso, a imagem com a qual vou me preocupar repetidas vezes com meu polegar.

Eu podia ajudá-lo, assim como a seu irmão. Eu podia me satisfazer. Eu podia ficar.

DOIS

QUANDO EU TINHA QUATORZE ANOS, meu pai chegou em casa para anunciar que íamos nos mudar para a capital porque ele tinha sido nomeado médico pessoal do rei. Suas viagens cessaram abruptamente e por algumas semanas finais ele permaneceu em Estagira, tratando apenas de casos locais, preparando a mudança. Enquanto minha mãe, minha irmã e os criados estavam ocupados, arrumando e empacotando as carroças, eu me permiti surtos precoces de nostalgia, caminhando a esmo do penhasco até a praia, nadando e me perguntando quando voltaríamos. Estava com medo de Péla, da falta de solidão, de uma paisagem com a qual não tinha intimidade, de ficar muito mais sob os olhares de meus pais do que jamais ocorrera em nossa aldeia. Eu temia meu pai. Apesar de sentir muito sua falta quando eu era garotinho, agora o achava rígido, distante e frequentemente desapontado comigo. Seus estímulos vinham em doses mínimas e normalmente de modo aleatório; por que era bom assistir ao nascimento de uma ninhada de cachorrinhos, mas bobagem e desperdício trabalhar na relação matemática entre o comprimento de uma corda de lira e o tom que ela produzia?

Ele gostava mais de mim quando eu o acompanhava em seu trabalho e o ajudava junto aos leitos, quando eu falava pouco e me lembrava, de uma visita para outra, que pó era usado para tratar que doença; e quando eu recitava corretamente os aforismos que me fazia decorar: use dieta líquida para tratar uma febre; evite alimentos pesados no verão; é melhor uma febre após uma convulsão que uma convulsão após uma febre; purgar no início de uma doença, nunca em seu auge; o nascimento de dentes pode provocar febre e diarreia; o período mais seguro para se ministrar drogas a uma grávida é entre o quarto e o sétimo mês de gestação, depois disso as doses devem ser reduzidas; urina arenosa indica uma pedra em formação na bexiga; eunucos não sofrem de gota; mulheres nunca são ambidestras; e por aí seguia.

Meu pai era um homem de causas e efeitos, impaciente com amadores que tentavam expulsar as doenças com rezas ou magia. Ele aceitava usar uma pedra amarrada ao pulso para baixar uma febre somente se tivesse a comprovação de dois ou três pacientes no passado. Ele acreditava nas propriedades médicas dos opostos: frio para curar calor; doce para curar bílis – e por aí vai. Ele usava luvas, e claro que sacrifícios eram convencionais, apesar de ele se opor a qualquer tipo de ostentação e de, certa vez, ter se recusado a tratar um homem com febre, cuja família tinha ido à ruína para comprar e sacrificar um boi em seu nome. O desperdício histérico revoltou meu pai e (provavelmente algo mais racional) o deixou desconfiado de que eles não seguiriam quaisquer de suas instruções menos glamorosas e mais pragmáticas. O homem morreu. Meu pai também não gostava de um procedimento chamado incubação, no qual um paciente passava uma noite sozinho em um templo na esperança de que o deus lhe mandasse um sonho que mostrasse como poderia se curar. Meu pai achava isso uma blasfêmia. Ele me ensinou a fazer estudos de casos, registrando o progresso de uma doença dia a dia, à maneira moderna, apesar de ele parecer preferir problemas que precisavam apenas de uma visita. "Entrar e sair", dizia com satisfação após algum tratamento único espetacular; certa vez eu o vi botar um ombro deslocado no lugar no tempo que levou para cumprimentar o homem. Ele tinha talento para partos, apesar de desprezar as curandeiras, e tolerava as parteiras só de muita má vontade. Elas praticavam feitiçaria, em sua maioria, ele me contou, eram irracionais, não mereciam confiança e muitas vezes faziam mais mal a uma mulher do que se ela fosse deixada em paz e seguisse seus próprios instintos animais básicos. Em geral, ele falava das mulheres nesses termos: bruxas, animais. Apesar disso, agia com grande gentileza com uma mulher em trabalho de parto, elogiava muito, mas sem tratá-la como criança e saudava cada bebê púrpura gotejando sangue com alegria silenciosa, erguendo-o para a luz num ritual particular que só eu reconhecia como tal, já que o vira várias vezes.

A primeira cirurgia que eu o vi fazer foi em uma moça da aldeia que estava em trabalho de parto há dois dias. Ela estava apenas semiconsciente quando chegamos lá e, apesar de morarmos a alguns minutos de caminhada, a família já havia começado a preparar a casa para sua morte: mulheres da vizinhança tinham se reunido diante da porta da frente à espera de serem contratadas como carpideiras e nós tivemos de passar por uma bandeja de óleos para a unção e panos brancos do lado de fora da porta do quarto da enferma, assim como a moeda para o barqueiro que deveria ser posta em sua boca assim que morresse. Meu pai a examinou apressadamente, apalpou sua barriga e disse que o bebê tinha começado a sair pelos pés e estava preso. Rapidamente ele limpou toda a cama, trocou as roupas da moça e pediu lençóis novos. Fiquei encarando a grande montanha de sua barriga, tentando imaginar o arranjo que havia lá dentro. Eu tinha dez anos e nunca vira uma mulher nua antes.

– Consegue ver? – meu pai disse inesperadamente.

Achei que ele havia me esquecido. Sabia que ele estava perguntando se eu podia imaginar a posição do bebê através da carne e eu disse que não tinha certeza. Os lençóis molhados foram substituídos por novos.

– Isso é para que eu possa ver o progresso dos fluidos, a cor, a quantidade, essas coisas – meu pai disse apenas para mim, com calma, como se aquilo tudo (a garota à beira da morte, a família em prantos e o marido já sem palavras, imóvel em uma cadeira no canto, tomado pela tristeza) fosse apenas para minha instrução particular.

– Você trouxe minhas facas?

Uma pergunta retórica. Minha tarefa era preparar seu equipamento toda manhã antes de sairmos e limpá-lo toda noite quando chegávamos em casa, e apesar de normalmente termos uma ideia dos pacientes que iríamos visitar ao longo de determinado dia – um parto, uma fratura, algumas febres na mesma casa, um bebê com pintas na pele, um velho cuspindo sangue, por exemplo –, meu pai sempre me dizia para não levar apenas aquilo que achávamos que íamos precisar porque seríamos inevitavelmente surpreendidos e ficaríamos desprevenidos. Aquele equipamento todo amarrado às minhas costas era pesado demais para que eu conseguisse caminhar ereto, mas eu sabia muito bem que não devia reclamar. Mantas, ataduras, chumaços de lã, talas, esponjas, potes e ampolas para coletar fluidos e outras excreções, uma prancheta e um estilete para anotações, uma seleção de ervas e remédios para as enfermidades mais comuns (ele tinha uma farmácia bem maior em casa), compressores de língua, torniquetes, tesouras, lâminas, tubos de bronze para sangrias e uma ânfora pequena com água de pântano e sanguessugas. E também uma bolsa com moedas variadas para dar troco quando fosse pago.

Desenrolei o pacote e saquei o estojo de facas que eu afiava habitualmente e que ainda não o havia visto usar.

– Terceira a partir da esquerda – ele me disse sobre o ombro. Ele havia chamado quatro homens e mostrava a eles como segurar a moça, um em cada membro. Eu peguei a faca, não muito menor que uma faca de mesa, apesar de não ser a menor das lâminas, e a entreguei a ele. ("Olhos e ouvidos", ele me disse sobre as duas primeiras, quando lhe perguntei certa vez.)

A garota despertou com o corte, um talho do tamanho de minha mão do umbigo até os pelos pubianos. No início, parecia um arranhão e então começou a sangrar. Meu pai o examinou com o dedo e então passou a faca pela segunda vez sobre a mesma linha, aprofundando o corte. A garota agora estava gritando: tirem, tirem.

– Rápido – meu pai disse erguendo os olhos para mim –, se quiser ver.

Eu queria ver. Através do sangue e da gordura amarela eu vi a cabeça e, então, meu pai enfiou as mãos lá dentro e tirou o bebê. Ele não estava se mexendo. O cordão umbilical era grosso, parecia uma corda e era de um cinza que não parecia carne. Meu pai segurava o bebê com uma das mãos e apontava de volta para o interior da garota dizendo o nome de partes que eu não conseguia identificar bem por causa do sangue. Uma parteira surgiu do lado dele com um pano limpo; ele entregou o bebê a ela para poder cortar o cordão. Felizmente, ele já a conhecia, uma mulher competente e fria quase de sua idade. Foi ela que convenceu a família a chamá-lo quando suas habilidades se mostraram insuficientes. Ela agora não esperou pelas instruções dele, limpou a boca do bebê com o dedo mindinho e aproximou o rosto do nariz do bebê para sugar o sangue e o muco. Com os próprios lábios, agora vermelhos de sangue, como um predador se alimentando, ela deu um tapa rápido em seu traseiro púrpura e ele começou a engasgar, depois a chorar.

– Bom – meu pai, surpreso, ergueu os olhos do cordão, que ele amarrava para interromper o sangramento –, tem um estojinho de costura igual ao que sua mãe usa – disse-me ele, mas eu já o havia apanhado. Ele fechou a abertura na barriga da garota com pontos pequenos e apertados, um processo trabalhoso que ficava ainda pior com os gritos e espasmos de dor da moça. No canto, o marido vomitava um fluido ralo e amarelo no chão. Meu pai me mandou segurar um pano grosso sobre a incisão, para absorver o sangue que continuava a escorrer, e estendeu os braços para segurar o bebê. Isso tudo em questão de minutos.

– É menino – disse a parteira e então o entregou.

– Um belo menino – meu pai ergueu o embrulhinho todo enfaixado até a luz e depois o baixou até perto do rosto da mãe para que esta pudesse ver. Seu olhar voltou-se para o bebê e ficou ali. Meu pai gesticulou com a cabeça para um dos escravos, que soltou o braço dela para que pudesse levar a mão até a criança e tocar seus cabelos. Quando saímos, ela ainda estava sangrando.

– O bebê vai viver – disse meu pai quando caminhávamos de volta para casa. Nós dois estávamos sujos de sangue, especialmente meu pai, e eu carregava os instrumentos ensanguentados em uma bolsa separada para manter o resto limpo. – A mãe vai morrer esta noite ou amanhã. Normalmente, em casos assim, você perde os dois. Hoje foi um bom dia de trabalho.

– E se o senhor selasse a incisão com cera para parar o sangramento? – perguntei.

Meu pai sacudiu a cabeça.

– Você tem uma cabeça boa para isso. Hoje fiquei orgulhoso de você. A cera entraria na ferida e entupiria as veias, matando-a por dentro. Você viu a placenta? – perguntou. – Ela tem de sair pela barriga, como fizemos hoje, ou pela vagina, se for um parto normal. Ela apodrece se ficar lá dentro e mata a mulher. Às vezes, você pode dar um talho para aumentar a vagina, mas isso funciona melhor quando a cabeça do bebê já está aparecendo. Isso não teria nos ajudado hoje.

Chegamos em casa.

– Por aqui – meu pai me levou para os fundos. – Vamos nos limpar antes que sua mãe nos veja. Uma questão de boas maneiras.

Naquela noite, meu pai me viu tentando desenhar o interior da barriga da moça.

– O sangue atrapalhou, não deixou que eu visse direito – eu disse.

Meu pai olhou para o desenho, mas não o corrigiu.

– Você aprende a fazer isso pelo tato. A posição do bebê, a profundidade da incisão, os pedaços da placenta se ela for cortada. Seus dedos funcionam como seus olhos.

– O senhor já cortou no lugar errado?

– É claro – disse meu pai.

– Mas nós todos somos iguais por dentro – tentei me aproximar do que eu queria dizer sem soar insensível ou blasfemo. – Quero dizer, os homens são iguais aos homens e as mulheres iguais às mulheres. Os órgãos ficam nos mesmos lugares, não ficam?

– É, mais ou menos, acho que sim. O tamanho pode variar. Você sabe que um escravo que trabalha no campo tem músculos maiores que os de uma dama como sua mãe. Do mesmo modo, os órgãos podem variar em tamanho dependendo do uso. O estômago de um homem gordo e o estômago de um faminto não são iguais.

– Ainda assim, a localização é mais ou menos a mesma.

Meu pai parecia incerto.

– O senhor não sabe?

Agora ele estava com uma expressão nada satisfeita, mas eu estava perto demais de minha ideia para conseguir mantê-la na boca.

– Se o senhor pudesse abrir o corpo de uma pessoa – eu disse –, de uma pessoa morta, para ver lá dentro, podia fazer um desenho de todas as partes e então saber. Podia usar como referência quando tivesse de fazer uma cirurgia num paciente vivo e reduzir o risco de erro.

– Não – meu pai me encarava do jeito que fazia às vezes, como se pássaros negros tivessem saído de minha boca –, nós não tratamos os mortos dessa maneira.

Eu sabia que não tratávamos os mortos daquela maneira. Pensei na garota, cujo bebê meu pai tinha salvado aquele dia, que ia morrer ou já estava morta, e todo seu mapa selado dentro da pele. Nós a matamos rompendo esse selo.

– Ela ia morrer de qualquer jeito – disse meu pai, em resposta a algo que eu não percebia demonstrar e, então, ele chamou minha mãe, cujo rosto se encheu de preocupação ao me ver.

No dia seguinte, fui dispensado de acompanhar meu pai em suas visitas e passei o dia nadando enquanto minha mãe e sua acompanhante me observavam tão despreocupadamente do piquenique que montaram em minha praia favorita.

– Não é justo – disse minha irmã Arimnesta.

Ela tinha oito anos; eu, dez, e recentemente tinha sido proibida de nadar; chegara à idade em que precisava ficar vestida. Ela andava descalça à beira da arrebentação com a saia desleixadamente erguida, muitas vezes arrastava-a pela água de propósito para mostrar sua insatisfação. Dei mais algumas braçadas para longe.

– Eu queria ir e ver também.

– Você ia vomitar.

– Não vomitei quando Ajax e Aquiles nasceram – seus dois gatinhos. – Acho interessante.

Alta para a idade como eu e com meus olhos. Seu irmão gêmeo, Arimnesto, tinha começado a aprontar com um grupo de garotos da aldeia, ateando fogo, torturando bichos e fingindo que ele e Arimnesta nunca tinham sido inseparáveis. Muito levada e travessa, ela desprezava as meninas da aldeia e se pudesse iria com ele. Meu pai chegara a um acordo com um colega seu, um médico jovem e promissor chamado Proxeno, mas o casamento ainda estava a alguns anos de acontecer. Eu sabia que ela estava solitária.

– Na verdade, foi você quem vomitou – ela disse. – Devia ter visto sua cara ontem à noite. Você estava verde.

– As pessoas não ficam verdes – eu disse.

– Verde bem aqui – ela tocou a face.

Eu, contudo, estava mais curioso que abalado e não demorou muito para que eu voltasse a carregar os instrumentos de meu pai para ele.

Apesar de sua desaprovação, animais pequenos não estavam a salvo comigo. Eu já havia dissecado vários crustáceos, peixes, camundongos e, certa vez, um cão que encontrei jogado morto na praia. Eu escondia meus desenhos enrolados em um encerado, em um buraco sob uma pedra acima da linha da maré alta. O cão tinha sido o melhor: ainda havia comida nas entranhas e merda nas tripas. Queimei a carcaça quando terminei para que ninguém o achasse mutilado e soubesse que tinha sido eu.

A última cirurgia que meu pai fez antes de nossa mudança para a capital foi em um homem que sofria de dores de cabeça e ataques precedidos de uma visão intensamente aumentada. No ponto mais crítico da doença, ele caía no chão, as pernas se moviam em espasmos, ele sacudia as mãos, cerrava os dentes e espumava pela boca. Depois, ele não tinha qualquer memória do ataque. A família havia tentado os tratamentos convencionais: rituais de purificação, cânticos para invocar os deuses, amuletos lançados ao mar, deixá-lo sem se banhar, não usar preto ou pele de bode, alimentos não condimentados e nunca botar uma das mãos ou pé em cima do outro.

– Bobagem – disse meu pai. – Eles querem evitar a única cura verdadeira. Não que eu os culpe, mas é um absurdo – ele pôs uma das mãos sobre a outra para demonstrar a posição proibida.

– Uma bobagem completa. Tem uma mulher por trás disso, você vai ver só.

– Qual é a cura? – perguntei.

– O muco – disse meu pai. – Em mim e em você ele flui naturalmente, partindo do cérebro, e se espalha por todo o corpo. Num homem como esse, entretanto, as passagens normais estão bloqueadas e ele entra nos vasos sanguíneos, impedindo o fluxo de ar no cérebro. E ele é frio, sabe, e o resfriamento repentino dos vasos sanguíneos provoca o ataque. Se há muco demais, o sangue congela e ele morre. Ou se ele penetrar em alguns vasos, não em todos, uma parte do corpo pode ficar permanentemente afetada. O paciente sofre mais no inverno, quando há frio tanto fora quanto dentro dele. Os ventos também devem ser levados em conta. O vento Norte é o mais saudável porque separa a umidade do ar. O vento Sul é o pior. Ele reduz a luz da lua e das estrelas, escurece o vinho e traz umidade. Hoje, não tem vento, então isso não é um fator.

Eu sabia que ele estava repetindo o que lera na noite anterior, para lembrar a si mesmo e também me ensinar. A doença sagrada, como era chamada, apesar de meu pai concordar com o autor do tratado em que os deuses não eram mais responsáveis por isso do que por um nariz escorrendo. Curandeiros ruins diziam isso apenas para esconder sua própria incompetência ou incapacidade de curar. Aquela era, explicou meu pai, uma das doenças mais difíceis de tratar.

– Qual é a cura? – perguntei outra vez.

– O muco deve ser liberado.

Na casa, fomos recebidos pelo irmão do homem.

– Ele vai sofrer?

– Ele já está sofrendo – disse meu pai.

No quarto do homem, ele organizou seus instrumentos. Eram três ferramentas de pedra que eu nunca vira antes e que não faziam parte do conjunto habitual.

– Eu sei – disse, lendo meus pensamentos. – Mas são pesados demais para carregar todo dia e você nunca faz isso sem se preparar antes.

– O senhor vai liberar o demônio – disse o homem em sua cama, com satisfação. Ele se parecia com o irmão, um homem grande e gordo, de cabeça raspada, um rosto simpático, provavelmente era bom em divertir crianças, em tempos mais alegres. Eles tinham a mesma expressão divertida, mais pronunciada no homem doente, que também gaguejava um pouco. Sequela dos ataques, eu achei, mas meu pai sabia que não era isso.

– Espero que consigamos liberar – apesar de toda sua impaciência e rigidez, meu pai sempre tomava o cuidado de não contradizer um paciente ou fazer qualquer coisa para perturbá-lo desnecessariamente.

– O senhor me dá licença?

No corredor, eu o ouvi perguntar ao irmão se o paciente andava bebendo.

– De jeito nenhum! – disse aquele homem grande.

– Sinto o cheiro em seu hálito – disse meu pai. – Eu lhe dei instruções específicas.

– É para a dor.

Eu sabia que o homem estava chorando.

Meu pai disse a ele para descer e esperar lá embaixo.

De volta ao quarto, tirou da bolsa grande que trouxera com ele algo que se parecia com um pequeno tornilho.

– Minha nossa – disse o doente.

Com a ajuda de um escravo, meu pai posicionou a cabeça do doente no torno e a prendeu muito lentamente.

– Sacuda a cabeça – ele dizia todo o tempo ao homem e, quando este não conseguiu mais fazê-lo, meu pai ficou satisfeito.

– Está preso – disse o homem.

Meu pai botou um pedaço de couro na boca do homem e disse a ele que o mantivesse ali. Ele pegou a faca que entreguei a ele e fez um X rápido no couro cabeludo raspado do homem. Ele gritou. Meu pai pegou uma das ferramentas de pedra, um perfurador e encostou sua ponta no centro do X, onde ele tinha afastado as bordas de pele.

– Não, não, não! – gritava o homem.

Meu pai apontou para o chão e eu peguei o pedaço de couro e o recoloquei na boca do homem. Ele o mordeu com força, roncando pelo nariz e com os olhos girando em sua cabeça.

Demorou muito, mais do que quero me lembrar mesmo agora. Meu pai teve tempo para me dizer o nome da ferramenta, um trepanador, e para elogiar a antiguidade do procedimento, praticado até pelos antigos. Havia sangue em profusão, por conta de todos os cortes no couro cabeludo, e o homem se borrara mais de uma vez.

– Você precisa me dizer se sentir a doença se aproximar – meu pai disse a ele, mas o homem já não tinha a menor condição de falar naquele ponto.

Eu sabia que meu pai esperava liberar o muco em um jorro teatral, mas no momento em que ele retirou o botão de pedra, ficou claro que isso não ia acontecer. Nós dois espiamos esperançosos o interior da pequena cavidade negra, apesar de meu pai não querer aproximar demais a vela para que pudéssemos ver melhor e arriscar aquecer o cérebro. Sabe-se que o aquecimento e o resfriamento em rápida sucessão provocavam ataques, explicou. Por um momento ele pareceu hesitante, ainda à espera do jorro repentino, mas então se levantou e apontou esperançoso para a quantidade reluzente que escorrera do nariz do homem durante o procedimento. Ele instruiu o escravo que estava sentado sobre as pernas do homem sobre como cuidar do ferimento, pegou o pedaço de couro e deu um tapinha afetuoso no ombro do homem antes de deixar o quarto.

Lá embaixo encontramos o irmão desmaiado na mesa da cozinha, com um copo de vinho ao lado da cabeça. Perto havia uma mulher de pé, de braços cruzados sobre o peito. O cabelo dela tinha sido tingido de laranja com hena e ela vestia um vestido de linho fino e muitas joias. Seus olhos eram duros.

– Terminamos – meu pai disse desnecessariamente.

– O senhor viu o demônio? – eu achei que era a mulher do irmão saudável.

– Não, não vimos – disse meu pai.

Ela entregou a ele uma pequena bolsinha tilintante: seu pagamento.

– Vamos – ele disse para mim. Ele havia encontrado sua mulher.

– De qualquer modo, ele não teria morrido sob os meus cuidados – disse ela, vendo que ele não gostava dela e com a intenção de agredi-lo de volta.

Meu pai não respondeu a ela nem olhou para trás, mas passou o braço em torno de meus ombros e saímos da casa. O homem doente ainda estava vivo quando partimos na manhã seguinte.

Chegamos à cidade três dias depois, numa tarde de fim de verão. O ar nadava em calor e, logo descobriríamos, febre. Minha mãe e Arimnesta cobriram o nariz e a boca com véus para se proteger do fedor. Minha mãe fechou os olhos; Arimnesta manteve os dela abertos. Arimnesto se recusava a sentar com as mulheres e montava com meu pai e comigo, nos perturbando com seus arrotos constantes. Ele estava treinando.

As ruas estavam vazias; ninguém saiu para nos ver sacudindo pela rua de pedra em nossas poucas carroças com as coisas de casa empilhadas bem alto. Eu nunca vira um povoado maior que um vilarejo, muito menos uma cidade, muito menos uma capital real, e me senti como um interiorano rústico com os olhos saltando e o queixo caído. Havia animais jogados pela rua, a maioria ratos, e alguns cães sarnentos. Eu pulei da carroça para ver mais de perto.

– Peste – disse meu pai, tirando os olhos de seu livro. Eu sabia que havia demonstrado um interesse que ele aprovava. Ele captou meu olhar e eu vi ali encorajamento – *olhe, olhe, me diga o que vê*. Peguei um rato pela cauda e a carne escorreu dele, líquida e com vermes. O lado que estava apoiado no chão tinha ficado mole como uma fruta podre. Eu o sacudo para ver o corpo pingar da pequena caixa torácica.

– Você acha que isso poderia acontecer com um homem? – meu pai perguntou.

Apesar de tudo eu sorri, um sorriso que ele retribuiu de modo extraordinário. Nós dois sacudimos a cabeça. Que maravilha, aquilo!

Nossa casa era menor que nosso lar em Estagira e era luxuosamente decorada. Meu pai a comprara do filho de um funcionário do governo que morrera recentemente na epidemia. Eu me perguntei em que quarto o corpo dele escorrera de seus ossos quando o ergueram sobre a tábua para levá-lo para fora. Minha mãe, com expressão desgostosa, retirou-se com suas mulheres para a cozinha e retornou de lá sorridente dez minutos mais tarde. Panelas de qualidade, informou.

Meu pai pegou o quarto maior para ser usado como estúdio e consultório, deu para os gêmeos e sua babá um par de quartos ensolarados que davam para o jardim de flores e eu fiquei com uma alcova que dava para a cozinha. Ele disse que eu iria agradecer a ele no inverno por me deixar dormir tão perto do fogo. Minha mãe me lançou um olhar para dizer que iríamos encontrar um lugar para minhas coisas e provavelmente levantar uma cortina para me dar privacidade; muita coisa para um simples olhar, mas tínhamos passado muitos anos mais ou menos sozinhos, juntos, e frequentemente entendíamos um ao outro mais rapidamente do que com palavras. Eu estava animado demais com a perspectiva de explorar a cidade para me desapontar com o local onde iria dormir. Para jantar, naquela noite, comemos o que sobrou de nossas provisões de viagem, coisas secas. As mulheres iriam ao mercado pela manhã.

Anunciei minha intenção de passar o dia sozinho, passeando. Meu pai me corrigiu.

– Vocês, meninos, vão ver o rei comigo – ele disse. – Nós somos esperados.

– Mas... – eu disse.

Meu pai olhou para mim, cheio de tristeza, pegou meu prato e me mandou para minha alcova, onde fiquei deitado ouvindo os ruídos da desarrumação de nossos pertences que durou noite adentro. Ouvi a voz rabugenta de meu pai se submeter à arrumação de minha mãe e me deleitei odiando-o por algumas horas. Minha mãe tinha esse efeito sobre ele, deixando-o fraco, impotente e com necessidade de ser conduzido. As mãos dele pareciam enfraquecer nos pulsos na presença dela, de modo que não conseguia erguer um livro a menos que ela o houvesse trazido antes para ele. Se ela lhe pedisse algo, ele ficava burro. "Isso é sabão?" diria ele, com um frasco de óleo nas mãos, e não conseguia reprimir um ruído de satisfação quando ela mesma trazia o objeto correto. Os gêmeos e eu concordávamos que esse comportamento era extremamente irritante e nós incomodávamos nossa mãe o mínimo possível, conquistando cedo nossa independência. Pobre mulher. Era inofensiva e, apesar de extremamente metódica, limpa e organizada, adorava aquele seu pequeno reinado. Ela queria que todos ficássemos impotentes sem ela, coisa que só nosso pai lhe oferecia. Nós, crianças, preferíamos ser cruéis.

Na manhã seguinte eu acordei cedo. Permaneci algum tempo deitado em minha alcova ouvindo os vendedores de rua, que haviam visto nossas carroças recém-chegadas e paravam bem em frente ao nosso portão – *pão fresco, leite de cabra, o melhor leite* –, então me levantei. O espelho bronze de minha mãe, que ainda não havia sido pendurado em seu quarto, estava apoiado contra uma parede em meio a uma bagunça de móveis e caixotes vazios. Sem o costume de olhar para mim mesmo, parei para fazer algumas poses: um pé para frente, mão no quadril, queixo para o alto, mais alto. Será que este era um menino sofisticado da cidade? Talvez este?

O empurrão de meu pai me arremessou contra um candelabro de ferro. Eu não o ouvi se aproximar às minhas costas.

No desjejum, minha mãe me viu e deu um suspiro. O sangue tinha parado, mas o olho estava inchado e começava a ficar azulado.

– Não foi nada. Eu tropecei.

– Venham, garotos – meu pai afastou o prato do desjejum.

Ele não tinha comido e nem eu. Pelo modo como encarava a comida, sem tocar em nada, eu sabia que ele não tivera a intenção de me machucar.

– Beijem sua mãe.

– E a mim – disse Arimnesta. Quando me inclinei para beijá-la, ela sussurrou:

– Me leve para sair mais tarde. A mamãe vai deixar se for com você.

Não respondi.

Arimnesto imediatamente saiu correndo à nossa frente, alegre, excitado, cheirando tudo como se fosse um pequeno cão de caça.

– Nervoso – só essa palavra meu pai disse para mim durante nossa caminhada até o palácio. Uma afirmação, uma pergunta, uma desculpa.

Segurei seu braço para me firmar enquanto procurava uma pedra inexistente em minha sandália. Ele olhou para meu pé e depois afastou o olhar discretamente enquanto eu retirava a pequena ficção com o dedo.

O rei, Amintas, sorriu ao ver meu pai. Era como ver um bloco de granito sorrir. Vi que aquele movimento do rosto em especial o incomodava, vi o lampejo de dor em seus olhos. Vi que quase todo movimento que fazia provocava dor. Ele havia sido ferido por todo o corpo diversas vezes e agora sofria constantemente. Meu pai se ajoelhou e começou a abrir a bolsa de instrumentos.

– Esses são seus filhos – disse Amintas.

– Meus filhos – confirmou meu pai.

– São treinados? – disse Amintas. – Querem lutar?

Meu pai nos mandou brincar com os pajens.

Arimnesto saiu correndo imediatamente com alguns meninos de sua idade como se os conhecesse desde que nasceu. Esse era o seu dom.

– Onde você arrumou isso? – perguntavam os mais velhos sobre meu olho roxo.

– Briga – eu disse.

Sobrancelhas erguidas. Meios sorrisos.

– Deixem-no em paz – gritou uma voz. – Meu pai gosta do pai dele.

Filipe era menos de um ano mais jovem que eu, baixo, forte, corado e com olhos claros e grandes. Os pajens se afastaram para deixá-lo passar. Ele estendeu o braço e me deu um tapinha amistoso em minha sobrancelha.

– Dói?

Agora me ocorre que naquele momento era eu quem tinha um olho, e ele, dois; uma piada através dos anos. Tive vontade de devolver o tapinha, ou lhe dar um soco, ou de responder algo contundente, mas só fiquei ali parado, o olho escorrendo água como uma boca, até que não consegui mais enxergar por ele, mas podia sentir lágrimas escorrendo pela face. Ele riu satisfeito e me convidou para ir ao ginásio com seus companheiros.

– Meu pai me disse para esperar aqui – eu disse.

Sei que estou valorizando muito os olhos – os olhos de minha mãe, de meu pai e agora os dele –, mas juro que ele olhou para mim como se dissesse ter um pai igual, que entendia, que me ajudaria. Ele me deu um tapa outra vez, mais ou menos no mesmo lugar, dessa vez com os nós dos dedos, suficiente para abrir a ferida ali e ela começar a sangrar outra vez.

– Vamos lá – ele disse quando hesitei. – Vamos. Temos de limpar isso.

Os outros pajens já iam à nossa frente. Eu via através de um tecido vermelho.

– É logo ali – ele disse.

Eu nunca tinha entrado em um ginásio. O atendente quis enfaixar meu olho, mas meu pai acreditava em água limpa e ar. Ele dizia que cobrir fazia com que o ferimento supurasse. O atendente apertou com força até estancar o sangramento e me disse para evitar qualquer atividade vigorosa para que ele não voltasse a abrir. Os outros garotos já estavam em atividade total, meu irmão também, lutando e se jogando nas esteiras, as vozes ecoando no teto alto de pedra. Quando chegamos, os poucos homens mais velhos que estavam ali suspiraram e foram embora para os banhos. Filipe olhou para seu mundo, ao redor, com aprovação.

– Você nunca entrou numa briga na vida – ele disse. – Você não tem arranhão em lugar nenhum e quando bati em você, você não reagiu. Nem percebeu o que ia acontecer. E não tentou revidar.

– Você sabe nadar? Eu preciso de um lugar onde possa nadar. Todo dia.

Ele me perguntou se eu era rápido e respondi que não.

– Sério? – riu. – Quem sabe um dia você não vai ser meu médico.

– Não. Você sabe nadar ou não?

– Parece que você é retardado. Eu sei nadar. Você fode meninas ou meninos?

– Os dois – respondi.

– Aquele é seu pai?

Ele esperava sob a soleira da porta.

– Conte a ele que eu bati em você sem motivo – disse Filipe. – Quero ver o que ele faz.

Eu sabia que meu pai estava olhando fixamente para minha testa enquanto caminhava em sua direção e só no último segundo ele olhou para meus olhos.

– Tudo bem?

– Eu bati nele sem motivo – disse Filipe. Ele tinha vindo bem atrás de mim.

Meu pai o segurou pelo cotovelo e ergueu seu braço uma ou duas vezes como se fosse uma asa.

– Mostre-me.

Filipe puxou a roupa que cobria o ombro e deixou que meu pai enfiasse os dedos sob sua clavícula. Olhei por cima do ombro de meu pai para ver a cicatriz.

– Excelente – meu pai disse. Ele lhe deu um tapinha de leve na cabeça e virou-se para ir embora. Fui atrás dele.

– Vou nadar amanhã – gritou Filipe às nossas costas. – Ele pode vir?

Meu pai ergueu a mão aberta sem olhar para trás, *sim*.

A cicatriz era um pontinho branco e duro, indicando penetração e não corte. Meu pai me contou, quando perguntei a ele, que tinha sido em um treino, um ferimento de lança, e Filipe deu sorte de não ter sido um ou dois dedos para qualquer lado, uma articulação, a garganta, o coração.

Nossa amizade era estranha – respeito e desprezo mal se distinguiam. Eu era inteligente, ele era duro: era assim que o mundo via e o que nós víamos e gostávamos e não gostávamos um no outro. Eu não era de modo algum seu melhor amigo, mas ele tinha interesse o bastante por mim para que eu me tornasse conhecido no palácio e me encontrasse algumas vezes com seu pai. A vida militar tinha esgotado Amintas, cobrindo-o de cicatrizes, arrebentando seus joelhos e tornando seus olhos profundos. Ele dizia (como todo mundo fazia) que via meu pai em mim, o que para mim significava ser alto, sério, quieto, severo e triste. Filipe dizia que eu nunca me calava. Eu o ensinei a nadar com o rosto na água e os olhos abertos e ele me ensinou a usar minha altura contra ele quando lutávamos. Ele nunca era traiçoeiro no combate.

Meu pai, estranhamente, gostava dele. Estranhamente porque Filipe estava longe de ser um estudioso: amava a violência, tinha um senso de humor rasteiro e uma sexualidade precoce que não se preocupava em ocultar.

– Observe-o – disse-me meu pai mais de uma vez. – Você tem uma oportunidade única de ver de perto a formação de um rei.

Ele podia ser pomposo assim. Aprovava nossa amizade (não é a palavra certa, mas é a que tenho) e me encorajava a passar tempo com ele. Na maior parte das vezes, não me incomodava. Meu pai estava sempre ocupado na cidade. Sua posição como médico do rei também lhe garantia trabalho entre membros da corte e funcionários do governo e geralmente eu ficava sozinho. Arimnesto foi se educar com os pajens. Arimnesta passava a maior parte do tempo cuidando de suas flores ou trocando sussurros com duas ou três meninas bem-nascidas que minha mãe encontrara para que elas bordassem juntas, preparando seus enxovais. Elas faziam seus lanches de bonecas no pátio e davam gritinhos de riso quando eu passava, o olhar de Arimnesta permanecendo um pouco mais sobre mim que o das outras. Eu nunca a levei para sair.

Passava muito tempo andando a esmo, sozinho e, às vezes, pensava em escrever, apesar de não ter bem certeza sobre o que escrever, por onde começar. Quando contei à minha mãe que havia pensado em escrever uma grande tragédia, ela acariciou meu cabelo e me disse que eu devia fazê-lo. Ela deve ter conversado em particular com meu pai porque não muito depois disso ele me chamou ao seu quarto para uma conversa. Ou melhor, para ouvi-lo.

– Encontrei um tutor para você – disse meu pai.

Aquilo soou como uma possibilidade agradável; alguém com quem conversar sobre as coisas em que eu estava interessado. Entretanto, isso também me dava uma sensação ruim. Alguém escolhido por meu pai provavelmente seria uma pessoa bem parecida com meu pai e eu não queria ninguém controlando meu tempo. Não queria ser guiado.

– Você não foi feito para ser soldado – prosseguiu. – Precisamos pensar no que fazer de você.

Fiquei um pouco ofendido com isso. Eu era alto e montava bem e as lições de luta de Filipe haviam melhorado minha coordenação. Podia prender a respiração embaixo d'água por bastante tempo e minha visão e audição (na época, pelo menos) eram claras e apuradas. Não sabia bem por que prender a respiração era relevante para a vida militar, mas era uma façanha atlética pela qual eu achava merecer algum respeito. Mas então, se eu não servisse para ser militar, eu não deveria me tornar um médico como meu pai? Que problema, eu queria saber, de repente me desqualificara para aquilo?

– Não há problema – talvez fosse um truque da luz, mas o rosto de meu pai relaxou um pouco e assumiu aquela tristeza que, às vezes, o mantinha por muito tempo na cama, assim como fazia comigo. – Você está num bom caminho para se tornar o que eu sou. Só achei que isso o entediava.

E eu fiquei envergonhado porque entediava.

– O nome dele é Ilaeu – disse meu pai. – Certa vez, ele apresentou uma peça no festival de Atenas. Sua mãe me disse que você tem um interesse por essa área.

E isso, claro, tornou tudo oficial: eu seria um escritor de tragédias e teria peças no festival de Atenas. A única maneira de superar a vergonha de descobrir que ele sabia dessa minha ambição (pelo menos meio formada) era abraçá-la completamente.

– Ele o espera amanhã à tarde, disse para não ser cedo. Parece que, de manhã, ele faz o próprio trabalho.

Vi aprovação reprimida e desaprovação, também. Eu me dei conta de que meu pai não sabia bem quem era esse Ilaeu e não estava totalmente seguro em me mandar para ele. Que outros caminhos ele tinha exaurido sem que eu sequer soubesse deles, eu me perguntei, para assumir tamanho risco?

O outono começava a endurecer e a se transformar em inverno. O dia seguinte surgiu agradável e cinza, um céu baixo com um sussurro de neve. Eu gostei. Era uma mudança da chuva. Se o homem fazia seu próprio trabalho de manhã, resolvi que também devia fazê-lo e me sentei num canto da cozinha com uma prancheta e um estilete. Não escrevi nada. Depois do almoço, vesti minhas roupas mais quentes e saí para procurar a casa que meu pai me explicara como encontrar. Ficava em uma parte pobre da cidade, a uma boa caminhada colina abaixo de nossa. Passei por um homem em andrajos que cagava na rua, que riu de mim quando olhei para ele e mais quando afastei o olhar. Saía vapor do montinho. As casas aqui eram pequenas e feias e eu sabia que as famílias lá dentro dormiam em aposentos únicos com suas crianças e seus animais. Minha mente entrou por suas portas, foi até aos ricos aromas e ruídos daquele sono compartilhado. Havia fazendeiros em Estagira que viviam desse jeito no inverno. Eu nunca dividira um quarto com ninguém.

Perguntei a uma criança onde ficava a casa do estudioso Ilaeu e ela apontou para uma cabana de pedra igual às outras.

– Mulherzinha – ela disse quando me virei naquela direção. Ela devia ter uns cinco anos.

Bati com os nós dos dedos no umbral de madeira da porta, afastei para o lado a cortina pesada e entrei. Estava escuro. Havia apenas uma única lamparina a óleo no canto mais distante (que na verdade não era tão distante, ficava a apenas alguns passos). Havia um homem sentado ali. Eu podia ver sua silhueta, mas não os detalhes, tampouco os do ambiente. Meus olhos ainda não haviam se acostumado ao escuro.

– Chegou a estrela brilhante – disse o homem.

Perguntei onde poderia encontrar o estudioso Ilaeu.

– Mas veja como isso é interessante. Você o encontrou, mas ainda assim pergunta. Isso é um bom modo de iniciar relações?

Percebi que meu pai não conhecia esse homem ou eu não estaria ali. Eu me perguntei quem teria sido o intermediário. Será que essa pessoa estava pregando uma peça em meu pai, em mim? Agora eu vi que a mesa diante dele estava vazia. Ele bebia vinho puro, sem água, de uma taça que ele aninhava em sua virilha e nunca largava. O quarto era quente. As paredes eram cobertas com tecidos pesados para preservar o calor, a cama e as cadeiras estavam cobertas com mais panos e almofadas. Um leve calor e maciez em todas as superfícies, o casulo de um bebedor. Uma lareira num canto, que eu achei estar apagada, queimava de leve, um calor que envolvia as brasas com uma teia branca.

– Você vai ficar, estrela brilhante? – perguntou. – Ou eu esvaziei meu penico por nada?

Eu agora podia ver que ele não era tão velho quanto meu pai, apesar de seu rosto ser bastante enrugado, especialmente em torno da boca como se estivesse franzida e seus cabelos eram brancos, fartos e eriçados. Era a pele de sua face que o entregava; meu pai me ensinara a procurar por isso; suave, rosa. Em uma mulher da idade dele, seria um último resquício de vaidade. Sua voz era rouca, baixa. Eu me sentei em uma cadeira.

– Ele fala? – perguntou ele a sua taça e tomou outro gole.

– Meu pai deve tê-lo confundido. Não estou escrevendo uma peça.

– Isso é um alívio.

– Qual é o seu trabalho?

– Falador – observou para sua taça de vinho. – Ele agora está falador. E gosta da ideia de trabalhar. Eu acho.

Assenti com a cabeça.

– Quer seu próprio trabalho? Um problema para resolver?

– Talvez. Não exatamente. Não estou bem certo.

– Por que você achou que estava escrevendo uma peça?

Eu contei a ele que tinha dificuldade para dormir porque minha mente estava cheia demais e pensei que poderia me aliviar se escrevesse alguma coisa, tirá-la de minha cabeça.

– Mas há outras coisas para se escrever – ele disse. – Não apenas peças.

Eu disse a ele que talvez fosse melhor se eu escrevesse alguma dessas outras coisas.

– Excelente. E você trouxe algo para escrever?

Puxei meu tablete de dentro de minhas roupas.

– Descreva este quarto, tudo o que há nele. A mim, se estiver pronto para isso. Não deixe nada de fora.

– Por quê?

– Ninguém vai ler. Só você. Ainda está nervoso. Quero acalmá-lo. Vamos começar do jeito certo da próxima vez. Vamos tirar um pouco desse excesso de atividade da sua cabeça para que na próxima vez que vier aqui você consiga se concentrar. Um pouco desse zunzunzum, desse blablablá. Um pouco do que o mantém acordado, está bem? Você deve estar com sede.

Ele meio que me ofereceu a taça de vinho.

– Não.

– Bom rapaz – ele aninhou outra vez a taça na virilha. – Vamos começar.

Escrevi por muito tempo até que, mesmo dentro da cabana sem janelas, eu soube que estava escurecendo. Meu estômago roncava.

– Amanhã, quem sabe, você até tira sua capa.

Ele tinha acendido mais um ou dois candeeiros, avivado o fogo e agora havia uma panela fervente, feijões, pelo cheiro, pendurada em um gancho sobre as chamas. Eu ficara desligado de tudo.

Quando eu estava saindo, ele me entregou uma moeda da bolsa que eu lhe dera.

– Se encontrar um menino aí fora na rua, dê isso a ele e diga que Ilaeu está com fome. Um bem novo, entendeu? Não quero se a voz estiver começando a engrossar como a sua.

Na rua que escurecia encontrei um menino, da idade de meu irmão, no chão brincando com pedrinhas. Ele as arremessava em pilhas e ganhava mais pedras como prêmio, quando acertava.

– Você conhece Ilaeu, que mora naquela casa? – perguntei, apontando.

Ele estendeu a mão. Dei a ele a moeda e fui embora, de volta pelo longo caminho morro acima, sem olhar para trás.

Eu continuei a ir à casa de Ilaeu por três anos. Aprendi mais sobre ele – que havia morado em Atenas, estudado lá com um grande homem chamado Platão, que ele mesmo fora uma estrela brilhante, por curto período – e não aprendi mais nada do que naquele primeiro dia: que ele era um bêbado com queda por meninos, que não gostava de mim nem de meu pai, mas precisava muito de nosso dinheiro para vinho e sexo. Ele precisava muito disso. Alguns dias estava bêbado demais para ensinar e eu ficava nas sombras, o deixava viajar pelas glórias de sua juventude e por cada pequeno rancor e ressentimento de que conseguia se lembrar, as tetas nas quais mamara por anos e que o conduziram a este tempo e espaço, onde ele iria morrer. Outras vezes falava de Platão, ainda em Atenas, ainda educando rapazes como ele um dia fora, jovens prodígios.

– Talvez um dia você possa ir até ele, estrela brilhante – disse, e a ideia pareceu se enraizar nele enquanto a enunciava, pois a mencionou de novo uma ou duas vezes quando estava mais sóbrio. Disse que ia escrever e me recomendar, disse que o homem ia se lembrar dele e o levaria a sério.

– Não posso fazer isso para sempre – ele dizia, no que eu acreditava. Ele tinha alguma doença no peito e no final mantinha duas taças na mesa, uma para seu vinho e outra para os coágulos cor de vinho que expelia. Mas ele nunca ficava bêbado demais antes de me dar uma moeda para que eu buscasse uma criança para ele. Certa vez, chegou a pedir uma garota.

– Variedade – disse, rindo ao ver surpresa em meu rosto. – É preciso provar todos os frutos do mundo. A curiosidade é o primeiro sinal de uma mente inteligente.

Encontrei uma prostituta de minha idade, na época cerca de 15 anos, cujo rosto se abriu quando me aproximei e tornou a se fechar quando expliquei a situação. Ela disse que a moeda não era suficiente. Eu me virei para ir embora.

– Quero dizer, não é o suficiente para aquele saco de sangue velho. É o suficiente para você.

Minha irmã tinha se casado com Proxeno alguns meses antes e agora, com 13 anos, esperava seu primeiro filho. Moravam em Atarneu. O treinamento de Arimnesto com os pajens dera a ele bíceps, gírias, a mecha de cabelo sobre os olhos e o trejeito preguiçoso dos soldados. As pessoas gostavam dele. Pessoas, garotas.

– Onde? – perguntei.

Ela me levou a outra cabana algumas portas abaixo. Uma velha que mexia no fogo com uma vara se levantou e saiu quando entramos. A garota me sentou na cama e me chupou até ficar fraco e o quarto se transformar em doçura. Meu pai me contara que se eu me tocasse meus dedos ficariam negros, e minha mãe saberia o que eu andara fazendo, e eu acreditava nele. Por longos momentos pensei que essa garota estava me matando de um modo que nunca tinha ouvido falar. Achei que estava morrendo, que tinha morrido. Quando finalmente tornei a me sentar, a garota deu um meio sorriso sem graça com o canto da boca.

No dia seguinte, Ilaeu não falou nada sobre a falta da garota ou da moeda.

Eu não disse o que ele ensinava. No início, história, geometria, um pouco de astronomia. Ele tinha livros que guardava escondidos em um buraco no chão, atrás dos panos das paredes ou em outro lugar qualquer, eu não saberia dizer. Quando eu chegava, ele já estava com um ou dois sobre a mesa à sua frente. Como tarefa me dava para ler e resumir o que eu tinha lido. Exercícios de memória, eu disse certa vez, sem dar muita importância (eu era bom em fazê-los), e ele me corrigiu: exercícios de atenção. Certa vez me perguntou se eu concordava com determinada passagem de Heródoto, sobre a Batalha de Maratona. Respondi que não fazia sentido concordar ou discordar; era história, fatos.

– Claro.

Passou-se um ano até que ele voltou a me perguntar sobre a mesma passagem.

– Um exercício de atenção – eu disse.

– Não seja um espertinho convencido. Fico com tanto nojo de você que me dá vontade de vomitar.

– Não fica, não – eu sabia que ele começara, se não a gostar de mim, pelo menos a me tolerar. Ele ficava com raiva quando eu me atrasava e sorria quando eu era rápido numa resposta.

– Não, não fico – ele concordou. – Eu fico é cansado, isso sim. Não achava que minha vida iria terminar desse jeito. Não estou me referindo a você, que é um bom garoto.

Percebi que a lição estava chegando ao fim e hesitei. Minha mão acariciava o Heródoto.

– Claro, claro, pode levar emprestado. Eu também amava livros quando tinha sua idade. Sabe que não deve comer enquanto lê?

Eu sabia; minha mãe me ensinara isso durante uma das longas ausências de meu pai, quando com relutância permitiu-me entrar em sua biblioteca pela primeira vez. Nada de comer, nada de dobrar, nada de levar livros dali; mãos limpas, não muito perto da lamparina, e tudo de volta exatamente onde eu tinha achado.

Foi meu pai que notou a inscrição.

– Olhe só isso – ele disse –, Platão. Você tem que ser um dos poucos privilegiados no mundo que tem a permissão de estudar com ele. Esse Ilaeu fala muito do tempo que passou lá?

– Um pouco – eu disse. – Não, não muito. Ele parece... amargo.

Meu pai franziu o cenho. Isso não era o que ele queria ouvir.

– Talvez você devesse perguntar a ele. Puxar o assunto durante a conversa. Pergunte a ele sobre seu próprio trabalho. Elogie-o um pouco. Às vezes, você consegue ser muito antipático, e talvez ele sinta isso.

– Não sou.

– Amargo – era como se de repente só agora ele tivesse ouvido essa palavra. – Eu gostaria de saber por que ele deixou a escola. Pelo que eu soube, as pessoas que estudam lá costumam permanecer para ensinar. Você estaria interessado em algo assim?

– Ensinar? – fiquei horrorizado.

– Eu achei que não – ele me devolveu o livro. – Cuide disso. Não quero que ele venha atrás de mim pedindo substituição porque você o deixou cair numa poça.

– Eu sei cuidar de livros!

– Não levante sua voz para mim – disse meu pai. – A amargura é causada por um excesso de bile. Talvez ele precise beber mais leite para combater o efeito desse humor. Acho que vou receitar o mesmo para você, para que não termine com uma personalidade parecida. Já vejo em você os primeiros sinais disso.

Passei a beber leite de cabra diariamente daí em diante, trazido para mim por um escravo em uma bandeja pequena todas as tardes, geralmente enquanto eu estava estudando. Aquilo se tornou um ritual doméstico. Eu devia levá-lo para o pátio, lá fora, esvaziar a taça, comer as nozes quem vinham de acompanhamento (cerebrozinhos para meu grande cerebrozinho) e devolver a bandeja ao escravo, que levaria a taça vazia direto para meu pai como prova de que eu obedecia às ordens. Nossa casa estava ficando amarrada a rituais como esse e o absurdo de muitos deles, aos poucos, tornava-se claro para mim.

Felizmente, eu podia visitar o palácio sempre que a pequenez do mundo de meus pais ameaçava me subjugar. Ninguém fazia Filipe beber leite de cabra para evitar a amargura, e uma nuvem negra de decepção não pairava sobre os aposentos dele se guardasse um livro na prateleira errada.

– Você chegou bem na hora – ele disse na vez seguinte em que fui vê-lo.

Eu tinha permissão para usar o ginásio do palácio devido à posição de meu pai na corte e frequentemente ia lá como pretexto, quando precisava de companhia. Quando ele me encontrou eu estava fazendo agachamentos com uma bola pesada, sem muito entusiasmo, mas ele tinha o respeito de um soldado por qualquer tipo de atividade atlética e esperou que eu terminasse minha série antes de falar.

– Minha armadura nova ficou pronta. Venha ver quando terminar.

– Já terminei.

Ele me levou até a armaria, onde seu novo equipamento estava exposto sobre uma mesa: elmo, peitoral, espada, escudo, lança, caneleiras e sandálias. Havia um trabalho em forma de estrela no peitoral e no escudo. Um presente de seu pai, disse. De qualquer modo, ele já tinha crescido demais para seu equipamento de treinamento. Eu o observei se amarrar e se prender inteiro, tudo se encaixando perfeitamente. Quis fazer uma piada sobre aquilo, como ele deve ter precisado ficar parado por horas enquanto o mediam, como uma mulher experimentando um vestido, mas sabia que ele não ia rir.

– É magnífica – eu disse e estava falando sério. Ele tinha a aparência do guerreiro com o elmo abaixado, protetor do nariz perfeitamente montado, tudo reluzindo, o couro estalando de novo. Seus olhos estavam fixos, e eu me perguntei que inimigo seria o próximo a ficar tão perto dele todo aparatado assim, e a última coisa que veria seriam aqueles olhos: calmos, observadores, sem deixar de ter uma espécie de humor paciente. Ele olhava para mim dessa forma, agora.

– Você não gosta de lutar, gosta? – ele disse. – Você não ia querer isso tudo. Não ia mesmo.

– Não saberia nem por onde começar. Para mim, seria como brincar de me fantasiar – eu sabia que estava à beira de ofendê-lo. – Você consegue me ver usando uma espada? A única pessoa para quem eu seria uma ameaça seria eu mesmo.

– Isso é bem verdade – ele retirou o elmo com delicadeza. – Quero dizer, delicadeza com o elmo, não com a cabeça – e o pôs de volta sobre a mesa. – O futuro está chegando rápido, sabia?

Foi algo tão extraordinário de se dizer que eu desconfiei imediatamente que deviam ter dito isso a ele recentemente, e ele estava apenas repetindo a sabedoria para mim. Seu pai? Eu sabia que havia guerras contínuas contra os pequenos reis das montanhas em Ilíria. Filipe provavelmente seguiria para uma dessas em sua armadura reluzindo de nova, para ensanguentá-la um pouco e provar que era digno dela. Uma vida em meio à carne, e nunca dúvidas em relação a isso.

– E você? – dizia ele. – O que vai fazer daqui para frente?

Não respondi. Eu era uma criança perto dele ou um velho, aleijado de tanto pensar que não conseguia nem formar uma frase.

– Você ainda pode ter um posto no exército.

Essa era a bondade curiosa que havia nele, o modo como via minha aflição e segurava o golpe que qualquer outra pessoa de nossa idade me daria sem pensar.

– Você pode ser médico – ele prosseguiu. – Seu pai o treinou, não foi? Você não faz ainda visitas com ele?

– Às vezes. Mas acho que ele quer que eu seja professor.

– De quê? – ele enfiou um dedo na orelha e o mexeu lá dentro, parecendo cético ou sentindo a dor provocada por sua própria unha. Ele podia nem estar pensando em mim ou ouvindo minha resposta. Sexo e livros, era isso o que eu queria do futuro. Talvez houvesse no fundo um Ilaeu em meu coração.

– De tudo – eu disse. – Natação.

Ele riu.

– Quando vamos de novo?

– Agora.

Ele se desarmou e descemos até a praia, uma caminhada longa, sem falar. Eu sabia que ele se sentia mais confortável cercado por grupos maiores e mais animados. Normalmente, não encontrávamos muito sobre o que conversar quando estávamos sozinhos, apesar de ele nunca evitar tais situações, tentando, eu acho, ser simpático comigo. Eu tentava não falar demais ou supor qualquer intimidade e assim testava sua paciência. Nevava de novo, muito de leve, uma neve despretensiosa soprada pelo vento que ficaria forte à noite e congelaria tudo pela manhã, menos o oceano. Tudo estava suave e cinza, e todos os sons estavam abafados e distendidos. Nossos hálitos viravam fumaça com o frio. O sol era um disco branco, distante, frio. Na rocha habitual, comecei a me despir.

– Ah, merda, não – disse Filipe, mas como eu não parei, ele tirou a roupa também.

A água pareceu quente por um momento e logo abrasadoramente fria, queimando anéis em torno de meus tornozelos, panturrilhas, meus joelhos, minhas coxas, toda vez que eu parava para pensar no que estava fazendo. Fazia semanas que eu não nadava. Pouco antes de mergulhar, olhei para trás e vi Filipe, nu, sobre um joelho, a mão nas cadeiras, examinando o horizonte. Não ficamos na água muito tempo. Depois nos secamos em nossas capas e subimos de volta para a cidade carregando-as ensopadas nos braços, tremendo.

Eu só fui vê-lo de novo na primavera, nos jogos. Filipe tinha voltado recentemente de uma campanha de inverno brutal na Ilíria e eu terminara de escrever meu primeiro livro, um tratado sobre as variedades locais de crustáceos. Eu havia descrito e categorizado todos os tipos que pude encontrar, na tentativa de agrupá-los em famílias, e escrevi sobre seus hábitos, após muitas horas solitárias passadas nas praias durante o inverno observando poças nas rochas, incluindo também ilustrações desenhadas por mim. Isso tinha sido o mais difícil, mas Ilaeu ensinou-me o truque de usar papel quadriculado para obter as proporções corretas. Ele também recomendou um escriba para fazer uma cópia limpa, alguém cuja letra e o material seriam melhores que os meus – um homenzinho magro, sorridente e desdentado de outra cabana úmida como aquelas. Dei o artigo finalizado de presente para meu pai.

– Está ótimo – ele disse. – Que papel ótimo. É egípcio, não é?

Não desanimei. Ilaeu me fizera revisar repetidas vezes até que cada frase estivesse concisa, clara e fosse necessária. Ele me perguntara se eu gostava de moluscos e crustáceos, se os achava elegantes, e eu disse que sim. Então, devia escrever sobre eles com elegância, dissera ele, e essa foi toda nossa discussão sobre a validade de meu projeto. Ele não me pediu uma cópia do livro, mas levei uma pequena concha em espiral trazida comigo de Estagira, que um dia coloquei na mesa diante de mim enquanto escrevia.

– Vou ficar com isso – ele disse, e assim foi.

Ela era pequena, espiralada como uma orelha, rosa como um mamilo, com uma borda saliente cor de creme; um verdadeiro prêmio, mas não briguei por ela. De repente eu tinha meu livro e isso era mais.

Os jogos eram em homenagem à morte recente de Amintas – de velhice, um feito extraordinário na casa real da Macedônia – e para celebrar a ascensão ao trono do irmão mais velho de Filipe, Perdicas. Nessa época, Filipe e eu tínhamos 16 anos, e os dois aparentavam isso, de modos diferentes. Eu crescera mais que meu pai, que não era um homem baixo, e deixara crescer uma penugem de barba bem aparada e curta que minha mãe adorava acariciar. A temporada de natação tinha recomeçado de verdade há algumas semanas e eu começara a ganhar um pouco de músculos, apesar de ainda ser desengonçado perto de Filipe. Eu o observei competir na luta e no arremesso de dardo, e ele ganhou nos dois.

Depois meu pai me levou ao templo de Héracles para fazer um sacrifício pelo sucesso militar futuro, e então sugeriu os banhos. Ele queria me ver por inteiro, eu sabia, com seus olhos de médico, algo que cada vez mais eu lhe negava. Queria ver a tonalidade de minha pele, a estrutura de minhas juntas, a formação de meus músculos, o tamanho de meu pênis. Ele queria encontrar algo que pudesse consertar.

– Você podia ter competido – ele disse, depois de nos despirmos.

Sentei de costas para ele e tirei a sujeira das pernas com uma pedra afiada, enquanto ele me examinava com os olhos.

– Talvez neste verão.

– Em quê? – foi uma pergunta retórica, com desdém. Depois de um primeiro momento, não conseguia olhar para ele. Agora, era um homem velho, pálido, de cabelos ralos, com tetas de velho e um negócio pendurado cercado de cabelos brancos entre as pernas de que eu não queria obter uma imagem muito clara.

– Corrida.

– Isso é ridículo. O senhor nunca me viu correr.

– Você tem o corpo para isso. Não para corridas de velocidade, mas de distância. Talvez fosse algo para pensarmos.

Antevi outro dos regimes de meu pai, uma rotina de treinos para acompanhar meu leite de cabra, minhas nozes e meus estudos com Ilaeu.

– Não.

– Pense sobre isso – disse meu pai.

Eu pensei sobre isso; pensei no fato de meu pai nunca ter valorizado jogos e que nossa estadia em Péla o deixava cada vez mais envergonhado de mim. Arimnesto estava muito bem; Arimnesto era corajoso, atlético e adorava cavalos; Arimnesto seria um soldado. Mas eu não era o tipo de filho que os homens tinham aqui e algo em meu pai havia cedido como um piso podre, de modo que agora ele não conseguia ver como eu me parecia com ele. Só conseguia ver que eu não era como os outros rapazes macedônios e isso era um problema. Percebi, pela primeira vez, que talvez fosse necessário deixar Péla, deixar meu pai, se eu não quisesse acabar como um médico uniformizado – me arrastando no rabo do exército glorioso de Filipe, limpando suas merdas – que certa vez terminara em quarto lugar em uma competição antes de se tornar um promíscuo amargo, um misantropo e um bêbado.

Mesmo assim meu mundo era pequeno, e eu só conseguia pensar em voltar para Estagira. Tinha planos vagos de cuidar da terra, escrever, nadar e encontrar uma garota para me casar, que me chupasse como fizera aquela prostituta, para algum alívio regular.

Não pensei em Ilaeu gabando-se de seu grande professor em Atenas até meu último dia com ele, que eu não sabia que seria o último. Ele me disse que recebera uma resposta à sua carta.

– Que carta? – perguntei.

Em vez de responder, ele entregou-a a mim e disse-me que a entregasse a meu pai. Ele havia refeito o selo de cera com uma vela.

– Tudo bem? – ele disse.

Vi sua mão se erguer para tocar meus cabelos ou meu ombro e fui embora depressa, antes que ele pudesse encontrar uma moeda. Eu perguntara a ele recentemente em que trabalhava, como aconselhara meu pai, conseguira por fim reunir coragem, e ele dissera simplesmente que estava escrevendo uma peça, que estava escrevendo essa mesma peça desde que chegara a Péla, há mais de uma década.

– Deve ser muito longa – dissera eu.

– Não muito.

Eu queria perguntar a ele o título ou sobre o que era, mas passamos para outros assuntos e eu nunca voltei a levantar a questão. Foi uma conversa bastante simples, mas as coisas entre nós mudaram depois disso, como se tivéssemos nos tornado íntimos de um jeito que o deixava vulnerável a mim. Não era um sentimento agradável. Agora, ele nem sempre limpava a mesa para nossas lições, e às vezes, eu chegava a ver as folhas incompreensíveis com seus garranchos e rabiscos furiosos. Ele olhava para mim, timidamente, reconhecendo que permitira que eu visse, e então arrumava e guardava tudo com mãos cuidadosas que me deixavam um pouco enjoado.

Em casa, meu pai leu a carta em silêncio, enquanto eu olhava para ele. Verão, outra vez, e a poeira girava em torno de sua cabeça no ar dourado do crepúsculo. A peste foi ruim naquele ano, a pior desde que tínhamos chegado, e meu pai estava cansado depois de passar muitos dias com os mortos e os moribundos. Ele agarrou a carta com um pouco de força demais. Eu entendi sua essência, então: uma vaga na Academia de Platão, com alojamento e alimentação, um lugar feito e guardado especialmente para mim na cidade lendária.

– Ele não devia ter escrito sem me consultar – disse meu pai. – Está fora de questão.

No dia seguinte, ele não saiu da cama. Achei que fosse melancolia.

– Eu quero ir – disse à minha mãe. Eu a encontrara no pátio, cortando ervas. – Ninguém encontrou utilidade para mim aqui – ela não respondeu. Olhei de perto e vi a pele fina em torno de seus olhos arruinada pelo choro. – O que foi?

– Seu pai mandou que eu colhesse isso – estava falando das ervas – para ele. Ele tem... – os dedos dela deslizaram para baixo de seu braço. – Tem duas delas. Só duas. Aqui e aqui.

– De que cor?

– Vermelhas como pústulas.

– Secas?

Ela assentiu.

– Isso é bom, não é? Sem sangue?

Eu não sabia como responder. Ela leu minha expressão e entrou em casa correndo, direto para o quarto de meu pai, com seu punhado de coisas verdes, e proibiu qualquer pessoa de abrir a porta. Naquele mesmo dia fui mandado para o palácio para dormir com os pajens. Arimnesto, de quarentena comigo, estava desnorteado. Eu fingia estar também.

Dois dias mais tarde fomos convocados à presença do rei. Filipe, eu sabia, não tinha muito tempo para seu irmão mais velho. Perdicas tinha sido educado na juventude por um companheiro de classe de

Ilaeu, um homem chamado Eufreu, que ainda era influente na corte e organizava o que Filipe chamava de jantares afeminados, com tópicos de conversa preestabelecidos e o mínimo de bebida. Perdicas era mais alto que Filipe, mais magro e mais pálido, apenas razoável em batalha, sempre tamborilando os dedos em qualquer livro que estivesse lendo, querendo voltar a ele. Oito anos mais tarde ele morreria em Ilíria em uma grande derrota, quatro mil mortos, legando a Filipe uma confusão real.

– Eu sinto muito – disse o rei.

Arimnesto chorou e chamou por nossa mãe.

– Sinto muito – tornou a dizer Perdicas, o rei leitor, tamborilando sobre seu Homero. Tive de apertar os olhos para ver o que era.

Arimnesta chegou de Atarneu com Proxeno, seu marido, e o filho de colo. Ela assumiu os cuidados da casa e de Arimnesto, administrando os criados, refeições e a dor de seu irmão gêmeo. Havia cinzas em todos os cantos onde minha irmã queimara ervas para purificar o ar da peste. Aquilo penetrou nossas roupas e nossa comida, mas isso era bom. Você tinha de deixar as cinzas se dispersarem naturalmente ou a limpeza não se realizava. Arimnesta era matrona agora, mais gorda, ativa, eficiente e não me olhava nos olhos. Alguém – um dos escravos – devia ter dito a ela que não chorei. Eu, agora, vivia no estúdio de meu pai, cercado pelo cheiro dele – levemente aromático devido à sua farmácia, levemente azedo devido a seu corpo envelhecido – e por seus livros. Meus, agora. Eu os empilhei a minha volta, pergaminhos desenrolados, folhas soltas caindo pelo chão, sopradas pelo vento, e lia até tarde toda noite. Havia livros que eu nunca tinha visto antes, livros médicos se desfazendo em mofo, histórias loucas e peças, sátiras chulas de que nunca desconfiei que meu pai pudesse gostar. Periodicamente, saía para tomar ar e visitava a cozinha para pegar uma maçã ou um pão. Os criados me evitavam. Sempre que eu começava a sentir algo, mergulhava de volta nos livros e ficava ali enfurnado pelo maior tempo possível.

– Você não está sofrendo? – perguntou-me Proxeno.

Ele era um homem decente, que trabalhava muito, tratava bem minha irmã e idolatrava meu pai. Meus olhos secos o ofendiam. Eu tinha voltado de uma caminhada – ainda fazia caminhadas, entorpecido, tentando me cansar o suficiente para dormir – e o encontrei no estúdio de meu pai, na cadeira de meu pai. Ele queria arrumar a bagunça que eu fizera, queria minha ajuda. Quando viu que eu não correspondia às suas expectativas, acenou com um pedaço de papel que eu reconheci.

– Tem uma carta aqui. Como seu guardião, não posso deixá-lo permanecer em Péla.

Como resultado de pesadas derrotas militares, Filipe e 49 companheiros logo partiriam para Tebas como reféns, um arranjo diplomático elaborado para assegurar a docilidade macedônia. Filipe passaria os três anos seguintes na residência do grande general tebano Epaminondas, aprendendo as artes da guerra em uma cidade famosa por sua infantaria, cavalaria e liderança militar. Ele observaria as manobras de suas falanges no campo de treinamento todos os dias. Eu era bem-nascido o bastante e companheiro frequente o bastante do príncipe e sabia que Proxeno temia ver-me promovido a refém número 51. Eu não estava endurecido para a vida militar e não sobreviveria ao meu primeiro inverno ali. Se eu quisesse viver, seria sábio deixar Péla antes que a escolta tebana chegasse.

Arimnesto ficaria com Proxeno e Arimnesta, pelo menos até a maioridade. Eles partiriam assim que possível. Eu sabia que os gêmeos não precisavam de mim e Proxeno não me queria perturbando em sua casa, encarando demais as pessoas e me apossando de sua biblioteca. Chegara o momento de eu me tornar um problema para ninguém mais além de mim.

Eu disse a ele que queria ir para Atenas.

– Você sempre será bem-vindo para ficar conosco em Atarneu – ele mentiu. – Talvez, depois que concluir seus estudos.

– Seria bom – eu disse.

Quando contei a Filipe, ele disse que eu era um merda, me parabenizou e disse para eu não partir antes de ir uma última vez ao palácio. De repente, tudo estava acontecendo rápido e eu partia muito antes de estar preparado para isso. Não semanas; dias. Arimnesta e suas criadas fizeram roupas para mim, roupas de verão caprichosamente bordadas. Então, chegou o dia da véspera da viagem. Proxeno e os gêmeos seguiriam comigo até lá para se assegurarem que eu ficaria bem e, então, prosseguiriam para a própria casa. Os preparativos deles demoraram muito mais que os meus e na tarde daquela véspera frenética fui até o palácio.

– Tenho uma coisa para você. – Filipe me deu um livro de versos pornográficos, ilustrado. Ele o havia encontrado na biblioteca do palácio e duvidava que seu irmão fosse dar pela falta.

Eu o agradeci, me perguntando onde escondê-lo durante a viagem. Meu baú já estava fechado e guardado na carroça. Perguntei a ele, do nosso velho jeito pela última vez, se ele tinha certeza de poder me dar aquilo.

– É um livro, seu idiota. Você acha que eu preciso dessas coisas em um livro? – ele agarrou a virilha. Repetiu o gesto na manhã seguinte quando nós partimos (ele e alguns pajens tinham descido para se despedir de mim) e deu aquele sorriso contente e tranquilizador. Acabei botando o livro dentro de uma ânfora gigante de passas doces com a qual minha irmã afetuosamente me abasteceu para o inverno que chegava.

TRÊS

PÍTIAS DIZ QUE não se importa em morar no palácio, mas agora que vamos mesmo ficar em Péla, eu quero uma casa minha. O lacaio conhece um lugar, uma casa modesta de um pavimento enfiada atrás da primeira fileira de mansões imediatamente ao sul da praça do mercado. Nós a visitamos atrás da viúva do proprietário, uma mulher jovem e chorosa com um véu de luto azul. Ela andava rapidamente à nossa frente, tentando simultaneamente arrumar as coisas e se manter fora de vista. O lacaio garante que ela tem uma família para onde ir; eu não o pressiono por detalhes. A casa tem um vestíbulo vistoso (o mosaico do piso mostra Zeus olhando para uma ninfa); um pátio pequeno com um jardim maltratado, cercado por uma colunata; e ao fundo, os quartos, incluindo um quarto para meus livros, um quarto para as mulheres, quartos de dormir e um pequeno santuário que vou deixar aos cuidados de Pítias. Calístenes tem idade o bastante para encontrar seu próprio lugar. Quando eu lhe digo isso, ele hesita, engole seco e concorda. Ele vai ficar bem.

Empilho as gaiolas dos animais contra um muro que dá para o sul, apesar de a metade de meus espécimes, frágeis como dramaturgos, já ter morrido devido ao frio úmido. Vou até a corte, trago presentes do mercado para Pítias: potes elegantes em preto e branco, uma peça de tecido violeta-claro. Mando plantar bulbos no jardim e entregar móveis em casa.

– Então, nós vamos ficar mesmo? – pergunta Pítias, rindo de mim com sua expressão mais séria.

Pelo menos ela está feliz com isso ou menos infeliz. Ela gosta da casa, que é maior do que a de Mitilene, e também gosta de seu status aqui. Está chocada com isso, eu acho. Em Mitilene, ela era apenas ela mesma, mas aqui, é popular. As esposas reais brigam por ela em suas reuniões de costura. Seus conselhos sobre cabelos, roupas e comida são cobiçados e seguidos. Eu a ensinei a explicar, se alguém perguntar, que nossos escravos são como da família: nós já os temos há dez anos, gostamos deles e nunca vamos vendê-los. Você não vende sua própria família. Muito cosmopolita, muito chique, muito original. As mulheres ficam impressionadas.

– Sabe – digo a ela –, nós seremos uma força pelo bem, eu e você. Uma influência civilizadora. Quando partirmos, teremos ajudado a moldar o futuro de um grande império.

– Você está falando do príncipe – diz Pítias. – Eu gosto do garoto. Há algo puro nele.

Abraço minha mulher da moda e a aperto por um momento a mais, sentindo o cheiro de seus cabelos limpos. O garoto agora é meu projeto, meu primeiro projeto humano. Um problema, um teste, uma confiança; uma metáfora na qual aposto e invisto minha vida. E Atenas é uma promessa que Filipe me fez, pagamento em ouro quando eu terminar meu trabalho aqui.

– Doce e puro – concordo.

O palácio está mais quieto agora, após a partida do exército. Na tradição macedônia, o rei deve estar presente na batalha para obter o favor dos deuses. Algo, sem dúvida, cansativo para Filipe, e assustador para aqueles como nós, deixados para trás. É difícil não se sentir como uma criança deixada sozinha quando seus pais foram a um jantar importante e ficarão a noite inteira fora. Por alguma razão, os aposentos familiares ecoam de modo diferente e o tempo se transforma em mel.

Garotos, todos com o traje preto e branco característico de um pajem da corte, entram em fila no salão que me foi reservado. Deve haver 30 deles, todos armados. Eu olho para Leônidas.

– Seus companheiros – diz com raiva o homem de idade.

Alexandre não está entre eles.

– O que eu sou, uma babá? – digo.

Leônidas dá de ombros

Pergunto quais são os amigos mais próximos do príncipe. Leônidas indica um garoto bonito de pele rosada e olhos negros chamado Heféstion, um rapaz da idade de meu filho chamado Ptolomeu e mais alguns outros.

– Certo – eu digo. – Vocês, rapazes, para a esquerda, e todo o resto para a direita – garotos atenienses iriam discutir e demorar; esses garotos macedônios são rápidos e silenciosos, eficientes como uma equipe bem treinada. – O lado direito está dispensado.

Os garotos do lado direito, incluindo todos os menores, olham para mim e para Leônidas e de novo para mim.

– O que quer que eles façam? – Leônidas pergunta.

Eu dou de ombros.

Leônidas aponta para a porta e grita para que eles voltem para os alojamentos. Eles correm.

Sou deixado com os quatro mais velhos parados de pé, atentos. Como sou um filósofo sem patente militar, não estou certo se tenho autoridade para dizer a eles que relaxem. Ponho a gaiola coberta por um pano, que trouxe comigo, em cima de uma mesa. Leônidas se retira para os fundos da sala.

– Você não pode começar – diz Heféstion. – Alexandre não está aqui.

– Quem? – digo.

Eu removo o tecido. Há um camaleão dentro da gaiola, mas magro, quase morto depois de três semanas em Péla. A dissecação de um animal com sangue exige uma preparação cuidadosa ou o sangue vai inundar as vísceras no momento da morte. Primeiro você tem de deixar o animal sem comer, explico, e matá-lo por estrangulamento para preservar a integridade dos vasos sanguíneos. Felizmente, este resistiu por tempo suficiente. Abro a tampa da caixa, enfio as duas mãos lá dentro e agarro a garganta de couro. Ele luta sem muita força, abrindo e fechando a boca. Quando está morto, eu coloco-o sobre a mesa. A gaiola eu ponho no chão.

– Agora – digo. Eu o viro de costas. Normalmente, eu afastaria e prenderia as pernas com alfinetes, mas quero manter o interesse dos garotos. Aceno com a cabeça para que cada um segure uma perna. – Vamos procurar o coração – digo. Com uma faca afiada corto a pele da barriga, afastando as bordas para revelar as vísceras. Os garotos chegam mais perto, me apertando, mas eu não peço que se afastem.

– Vocês estão vendo aqui – digo. – O esôfago, a traqueia. Sintam a de vocês mesmos.

Os garotos tocam suas gargantas.

– Estão vendo o movimento, a contração em torno das costelas? Na membrana, aqui.

Há movimento no fundo da sala. Eu não levanto os olhos.

– Isso continua por algum tempo, mesmo após a morte.

Os garotos se afastam para abrir espaço para Alexandre, que se aproxima da mesa.

– Vocês veem que não tem muita carne. Um pouquinho aqui, perto das mandíbulas, e um pouco aqui, na raiz da cauda. Também não há muito sangue, apenas um pouco no coração. Mostrem-me o coração.

Alexandre aponta o interior do corpo do camaleão.

Fecho repentinamente o punho e o ergo diante do rosto dele. Seus olhos reluzem de surpresa. Os garotos ao meu redor ficam imóveis.

– O seu coração é grande assim – eu digo a Alexandre. Com isso sempre vou considerar a segunda lâmina a partir da esquerda, ouvidos – o fantasma da empunhadura de meu pai marcado no cabo de madeira –, solto cuidadosamente a castanha ensanguentada do coração do lagarto e mostro a ele, que a pega lentamente e a põe na boca.

– Desculpe pelo atraso – ele diz. – Estava com minha mãe.

Dischculpa, é o que sai pela boca cheia. Há sangue em um canto de sua boca como um traço de fruta. Ele mastiga, mastiga e engole com dificuldade.

– Está tudo bem – digo. – Você vai vomitar?

Ele assente com a cabeça, mas logo a sacode.

– Vamos dar uma olhada no cérebro?

O cérebro do animal é reduzido a uma substância parecida com farinha, após perfurações e cortes esforçados dos garotos. Alexandre se recuperou de seu ataque de petulância, ou penitência, ou de fome, ou do que quer que tenha sido e está ocupado empalando pedaços de cérebro em sua faca e esfregando-a no braço do garoto ao seu lado. Outro garoto joga um pedaço de cérebro no cabelo de Alexandre. Todos riem, agora, se empurrando e fingindo se atacarem com suas facas sujas de cérebro, comportamento normal de garotos que eu prefiro infinitamente a seu militarismo assustador. Seguimos em frente para os pulmões, os rins, os ligamentos, as tripas, os adoráveis ossos e as articulações de boneca da espinha. Alexandre me olha de esguelha e, quando nossos olhos se cruzam, ambos rapidamente miram outro lado. Nossa situação, afinal de contas, é uma espécie de casamento, arranjado por seu pai. Eu gostaria de saber qual de nós é a noiva.

– Quem pode me dizer o que é um camaleão?

– Um animal.

– Um lagarto.

Recolho dos garotos os bisturis de meu pai e os limpo de maneira lenta e meticulosa como me foi ensinado.

– Eu tinha um mestre, quando não era muito mais velho que vocês. Ele se interessava muito pelo que as coisas eram. No que era real, se querem assim, e no que – faço um gesto para os restos do camaleão – era perecível, o que iria morrer e se perder. Ele acreditava haver dois mundos. No mundo que vemos, ouvimos, tocamos, no mundo em que vivemos, as coisas são temporárias e imperfeitas. Há muitos, muitos camaleões neste mundo, por exemplo, mas este aqui tem um pé defeituoso, a cor daquele outro é irregular e por aí vai. Ainda assim sabemos que todos eles são camaleões; há algo compartilhado por eles que os tornam iguais. Podemos dizer que eles têm a mesma forma. Apesar de serem diferentes nos detalhes, todos têm a mesma forma, a forma de um camaleão. Essa forma, não o camaleão em si, é ideal, perfeita e imutável. Podemos dizer o mesmo de um cão, de um gato, de um cavalo, ou um de homem. Ou de uma cadeira, ou de um número. Cada um desses existe no mundo das formas, perfeito, imutável.

A teoria de meu mestre era engenhosa, mas tinha muitos problemas. Por exemplo, como somos capazes de perceber as formas se somos deste mundo e elas não? E se dois objetos similares compartilham uma forma, então não poder haver ainda outra forma compartilhada por três? E uma quarta forma, depois uma quinta e por aí vai? E o que dizer da mudança? Como pode um mundo perfeito e imutável ser a forma ideal *deste* mundo, onde as mudanças nos cercam?

Chega, lá de fora, o badalar de um sino e o som de muitos meninos gritando, correndo e se apressando para seu próximo local de instrução.

– Mestre – cumprimentam-me os garotos, um por um.

Quando chega a vez de Alexandre, toco o canto de minha boca. Ele hesita, então limpa o sangue seco com as costas da mão. Eu dou um aceno de cabeça e ele sai.

Leônidas sai de seu canto e se aproxima. É um homem velho e alto de rosto marcado, um guerreiro que já viveu demais. Ele parece cansado.

– Eles gostaram do lagarto.

Juntos, guardamos meu material e raspamos as entranhas dentro de uma bacia.

– Você os está deixando confusos – diz Leônidas. – Acho que você sabe disso. Toda essa metafísica sobe à cabeça deles. Não tenho certeza se seria útil para eles mesmo que conseguissem entender.

– Nem eu.

– Eles têm tido problemas em manter tutores para ele. Ele...

– Sim – digo.

– Ele assusta as pessoas.

Leônidas me convida para comer com ele. É uma refeição simples, até austera: pão, um queijo pequeno, um pouco de frutas secas e água.

– Gosto de rações de soldado – ele diz. – É a isso que estou acostumado. Um banquete e tanto, hein?

Percebo no sarcasmo uma nota melancólica de desculpas.

– Platão teria aprovado. Ele só comia frutas e vegetais, sem carne, e acreditava em hábitos espartanos: água fria, cama dura, roupas simples. Fui seu discípulo por bastante tempo.

– Não é mais?

– Ele me deu o apelido de Cérebro. Quando comecei a confrontá-lo, ele disse ser da natureza do potro escoicear o pai.

– Ah – Leônidas diz.

Após um momento, percebo que é uma expressão verdadeira de divertimento.

Quando estou saindo do palácio no fim do dia, dou uma passada no teatro na esperança de uma bebida e de contar as novidades para Carolus. Felizmente, não fiz barulho. Alexandre está sozinho no palco, murmurando palavras que não consigo ouvir. De repente, ele ergue um punho ao nível do olho, então o abaixa. Ele repete esse gesto várias vezes, cada vez com uma expressão diferente: sorridente, ameaçador, sarcástico, envergonhado. Ele parece não saber de qual gosta mais, qual faz mais sentido. As palmas de minhas mãos estão suadas como na noite em que fiquei nas coxias: por prazer, excitação, vergonha de meu próprio talento teatral amador?

Em silêncio, deixo o teatro.

Não sou seu único mestre. Há homens como Leônidas que ensinam a ele as artes da guerra: técnicas de defesa e uso de armas, equitação, combate, a coreografia da batalha. Esses são soldados, atletas e não me interessam muito. Mas também há outros: um músico, que os deuses nos ajudem, mas o garoto tem talento na flauta; um geômetra de rosto pálido e um homem esperto e bem humorado chamado Lisímaco, mais novo e mais charmoso que eu.

No fim de nossa lição seguinte, quando os garotos saíam, Lisímaco se aproximou e se apresentou. Eu não o havia notado e senti meu rosto se fechar. Ele me lisonjeia muito: meus livros, minha reputação, minha oratória, meu jeito com os garotos, até o couro de minhas sandálias, qualidade evidente, gosto evidente. Ele apoia o traseiro na borda da mesa à qual estou sentado para poder me olhar de cima para baixo. Ele tem um dedão no chão e um pé no ar, que sacode languidamente, deixando a própria sandália frouxa escorregar um pouco para frente e para trás. Ela parece nova. Eu me pergunto se devo devolver o elogio.

– As artes – ele responde a pergunta que eu faço em vez disso.

É uma resposta que ele parece imensamente satisfeito em dar. E uma surpresa: ele é grande, jovem, saudável, musculoso e eu já o vi, a distância, montado, em jogos de guerra com o príncipe e os pajens. Ele não é nenhuma flor.

– Um pouco de teatro, poesia, história. Que bom que você tocou nesse assunto. Que bom que você tem a mesma preocupação que eu. Não faz ideia de como isso me tranquiliza. Temia que esta conversa fosse difícil.

– Que preocupação é essa? – pergunto.

Descubro que ele está preocupado com uma possível sobreposição: que nós não pisemos nos pés um do outro, pedagogicamente falando, e o príncipe seja pego no meio. Um estudante brilhante, mas desafiador, eu não concordava? Precisava de um pouco de aconselhamento extra, não merecia algo a mais por baixo dos panos?

– Não pretendo omitir nada – digo. – Ética, política e metafísica são minhas matérias principais. E qualquer outra coisa que eu ache adequado. O rei não me impôs restrições.

– Excelente! – ele diz. – Sabe, eu estava até pensando, interrompa-me se isso for presunção demais, estava até pensando em nos encontrarmos com regularidade para discutir os progressos do príncipe. Para estabelecer um rumo, o que acha? Planejar nossas áreas de influência? Dividir e conquistar, se entende o que quero dizer.

– Não, não entendo.

– Claro – ele diz. – Claro. Pense sobre isso. Ele está em uma idade impressionável, seu vigor apenas começa a crescer. Nós nos entendemos bem, ele e eu. Ele está sempre interessado em ouvir o que tenho a dizer. Ah, por falar nisso, gostei de sua aula esta manhã. Você é muito confiante, não é?

Pronto, um inimigo.

Nunca sei ao certo o quanto Arrideu entende, mas resolvo ignorar sua aflição sempre que possível e falo com ele como faria com um rapaz de sua idade. Quando digo a ele que a partir de agora irei visitá-lo por muito tempo, ele dá aquele seu sorriso terno repentino e eu me pergunto se ele quase entendeu. Estamos preparando Alcatrão e Gema para uma cavalgada pelos campos quando um grupo de garotos, incluindo Alexandre, entra nos estábulos. Os garotos se ocupam com seus afazeres, se preparando para suas próprias lições. Alexandre olha para Arrideu e afasta o olhar.

– O que está fazendo? – pergunta-me ele.

– Ensinando o príncipe.

Ele fica ruborizado, uma característica que deve ter adquirido da mãe, assim como a pele clara e o cabelo cor de ferrugem.

– Você passa muito tempo com seu irmão?

– Não o chame assim.

– Passa?

Alexandre não olha para Arrideu, que agora está montado e agarrado às rédeas, observando o garoto mais novo com prazer evidente, de boca aberta e queixo caído.

– Meu irmão morreu quando eu tinha três anos. Ele tinha cinco.

– Fico surpreso que ninguém tenha me contado – digo, tentando arrancar uma risada, mas Alexandre não se deixa pegar. – Por que não cavalga conosco? Acho que ia ficar surpreso com o tanto que ele pode fazer. Ele não é como provavelmente você se lembra dele quando criança.

– Como eu provavelmente me lembro dele? – diz Alexandre. – Eu costumava ter as lições junto dele. Eu o conheço melhor que você. Ele baba, caga... Anda em duas patas e não em quatro... já vi cães treinados fazerem isso também. Agora está ensinando mais truques a ele. Sabe de uma coisa? Não acho que está fazendo isso para ajudá-lo. Acho que está fazendo isso para provar que pode fazer. Acho que provavelmente já tentou ensinar seu cavalo a falar. Acho que provavelmente treinou um passarinho em casa. Ele salta até você e faz um truque, abaixa a cabeça ou bate as asas e então ganha uma semente e você diz a si mesmo que é um grande professor. Acho que aquele animal – ele aponta para o irmão – é outra folha de louro para você. Um desafio.

Ele está vermelho; a respiração, pesada. Esta é a conversa mais longa que tivemos. O ódio ou talvez apenas a raiva, algo com que eu posso lidar, acendeu uma chama dentro dele.

– Todo aluno é ao mesmo tempo um desafio e um louro – estou falando dele e faço questão que saiba disso. – Gosto de um desafio. Você não? E se ele baba e caga como um animal em pele de homem, não vale a pena deixá-lo mais parecido conosco se pudermos? Limpá-lo, ensiná-lo a falar com mais clareza, ver o que ele tem a dizer?

– O que um cão iria dizer? Me deem comida, me cocem – Alexandre sacode a cabeça. – Ele costumava me seguir por toda parte. Eu cuidava dele e lhe ensinava os nomes dos animais, e músicas, e coisas assim. Eu o ensinei a implorar e a apanhar coisas que jogávamos porque isso fazia as pessoas rirem, mas nunca me fez rir. Ele nunca vai lutar uma batalha ou montar um cavalo do modo apropriado ou viajar para qualquer lugar. Ele vai ficar bem aqui até ficar velho, fazendo as mesmas coisas dia após dia. Me deem comida, me cocem. Isso me faz mal.

Arrideu grunhe alguns sons. Está ansioso para partir e está me dizendo isso.

– Ele não parece se lembrar de você – digo.

Alexandre olha para ele e mais uma vez afasta o olhar como se o fizesse de algo doloroso, do sol. – Eu disse a meu pai que não o queria mais perto de mim. Nem para as lições, nem para as refeições. Eu nunca mais queria olhar para ele.

– Quantos anos você devia ter?

– Sete – ele diz. – Eu sei porque foi bem na época da minha primeira caçada. Arrideu, pega!

A cabeça do irmão mais velho se ergue subitamente, à procura do objeto arremessado.

– Ele se lembra de mim – diz Alexandre.

– Você é um escrotinho cruel, não é?

Os olhos dele se arregalam.

– Leônidas diz que você assusta as pessoas. A mim não assusta, mas me deixa triste. Você deveria ser brilhante. Todo mundo me diz isso: seu pai, Lisímaco, todo mundo que encontro na corte me parabeniza pela honra de ter me tornado seu mestre. Sabe o que vejo? Um garoto absolutamente comum. Eu treino pássaros, você arranca as asas de moscas. Não vi nada em você que me diga que é extraordinário em alguma coisa. Em esportes eu não poderia dizer e nem me importa. Estou falando de sua mente, sua personalidade. Só vejo um garoto comum com privilégios demais. Um garotinho violento, esnobe e imprestável. Como você pode saber o que seu irmão é ou não capaz de fazer?

Agora nós dois respiramos pesadamente.

– Pare de me insultar – ele diz baixinho.

– Pare de *me* insultar. Você chega atrasado às lições, isso quando aparece. Não faz seu dever de casa. Não acho que você tente entender nada do que eu ensino. Você é mesmo tão burro quanto parece ou está apenas fazendo teatro?

– Você precisa parar agora mesmo – ele está quase sussurrando.

– Ou o quê?

– Há três oficiais da cavalaria a cerca de dez passos atrás de você. Se o ouvirem falar comigo assim vão matá-lo. Não olhe para trás. Aja como se estivéssemos brincando.

Lentamente ergo um braço para esfregar os cabelos de Alexandre.

– Não entendo suas lições – ele diz. – Não entendo para que servem. Talvez eu seja burro. Sorria. Eles estão vindo aí.

– Você é um ator, não é? – murmuro com um sorriso fixo.

– Preciso ser.

Os oficiais passam, saúdam Alexandre, me olham de esguelha e ignoram Arrideu, que permanece montado em Alcatrão, alheio a tudo isso, puxando os lábios grossos.

– Obrigado – digo quando eles não podem mais nos ouvir.

Alexandre olha para o irmão no alto de meu cavalo.

– Não posso fazer perguntas na frente dos outros, não posso permitir que saibam que não entendo. Quando eu for rei, eles vão se lembrar e não vão me respeitar.

– Aulas particulares, então. Vou arranjar isso com Leônidas.

Ele assente.

– Posso esclarecer uma coisa rapidamente antes que vá embora? Minhas lições são para fazê-lo pensar de modos que os outros não pensam. Para tornar seu mundo maior. Não este mundo – gesticulo em direção aos estábulos, ao palácio, Péla, Macedônia, mas o mundo aqui dentro – toco minha têmpora.

– Achei que não acreditasse em dois mundos.

Eu aponto para ele, que agora sorri de verdade, satisfeito consigo mesmo, e sai correndo para tornar a se juntar aos garotos, que agora estão sob o olhar de um dos oficiais, o mestre de equitação. Alexandre salta sobre Bucéfalo e deixa o pátio para se juntar ao grupo dentro da arena.

– Veja, Arrideu – eu aponto para ele. – Veja como se senta erguido e como mantém baixos os calcanhares.

– Baixos – Arrideu pula para cima e para baixo algumas vezes, impaciente, para que nós sigamos nosso caminho.

Carolus diz que estou errado.

– Não é mesmo o pai, é a mãe. Olímpias ocupa tanto espaço em sua cabeça que fico surpreso por suas mãos não saírem pelas orelhas dele. Ele tem muito dela, não há a menor dúvida.

Estamos em minha casa, é final de verão, logo após o fim do jantar, conversando sobre as esquisitices do príncipe.

– É como se em sua cabeça ele já fosse rei – digo. – Nunca demonstra fraqueza. A insolência, os gestos teatrais. O cérebro, por exemplo. Filipe não é burro.

– Nem Olímpias – Carolus se recosta em seu divã, a taça de vinho agita-se em seus dedos compridos. – Acredita que ela era linda? Não era toda magra e seca como agora.

– Um abricó seco.

– É pele difícil, pele de ruiva – Carolus fecha os olhos. – Eu já vi isso em atores. Os ruivos envelhecem mais rapidamente que os outros. Quem tem pele mais morena parece mais jovem por mais tempo, por alguma razão. Sabe por que isso acontece?

– Mais óleos – palpito.

– De qualquer modo, Alexandre se parece com ela. Não vejo nele nada de Filipe.

– Você o acha atraente?

Carolus não perde a deixa.

– Acho todos eles atraentes, meu amigo. Mas, sim, ele tem um quê a mais. Talvez seja apenas quem ele é, o poder que tem ou vai ter. Não dá para evitar querer vê-lo de joelhos. Você não acha?

Eu apenas sacudo a cabeça.

– Você acha – diz Carolus. – Só não sabe ainda.

– Lisímaco acha. Conhece Lisímaco, o mestre de história?

Carolus balança a cabeça.

– Sempre tome cuidado com animais grandes no cio.

– Tudo é sexo para você, não é?

Ele ri.

– Não só para mim. Eu era um tanto pervertido em Atenas, admito isso a você, mas aqui eu me encaixo perfeitamente. Está no ar, na terra, na água. Toca tudo. Mas por que eu estou lhe dizendo isso? Você é daqui. Você sabe.

Sacudo a cabeça.

– Antes era diferente? Talvez. O poder muda as coisas. A Macedônia não era a potência que é hoje quando eu era jovem. Não me lembro de ser um lugar tão... carregado.

– Bem, não importa a razão. Eles celebram com isso, fazem as pessoas sofrerem com isso, fazem seus negócios com isso. Ouviu falar sobre a promoção de Pausânias?

Admiti. Pausânias era um soldado que serviu ao rei tão bem, segundo as fofocas, que se tornou oficial na manhã seguinte. Não é o Filipe de quem me lembro, mas fiquei longe por muito tempo. Quem sabe?

– Talvez, por causa do modo como eles mantêm suas mulheres trancadas, aqui – ele diz. – Por falar nisso, onde está sua mulher? Ela nem comeu conosco.

– Ela achou que você preferisse assim.

– Ela pensou errado. – Carolus se levanta. – Sinto falta de conversar com mulheres. Traga-a aqui e vamos ver o que ela pensa.

Mando um escravo buscá-la.

– Pensa sobre o quê?

– Sobre nosso garoto.

Pítias apareceu alguns minutos mais tarde com um prato de doces que pousou no chão ao lado do divã de Carolus.

– Marido – murmura ela.

Dou um tapinha no lugar ao meu lado em meu divã.

– Estávamos apenas falando sobre o príncipe.

– Estávamos falando de amor – diz Carolus.

Ela senta e deixa que eu tome suas mãos na minha.

– Gostei muito dele quando o conheci.

– Gostou dele por quê? – pergunta Carolus.

– Ele pareceu frágil – diz Pítias.

Carolus e eu começamos a rir.

– Frágil e triste – sua expressão está séria. Está aflita, mas também determinada.

Carolus pega sua mão e a beija.

– Perdoe-nos, linda. Estamos todos só cobertos de maldade, nós dois.

– Eu não – digo.

– Tenho certeza de que ele é bom nos esportes – diz Pítias. – Não foi isso o que quis dizer. Vocês vão rir de mim se eu disser solitário? Ele pareceu um menininho solitário, mais novo do que aparenta, com aquela mãe terrível que vive gritando. Eu queria abraçá-lo e sussurrar em seu ouvido: "Venha ficar comigo por um tempo. Vou cuidar de você".

– Você queria? – eu disse.

Carolus inclina-se para frente.

– Você queria, sim.

Gosto da sensação de desembaraçar os emaranhados das coisas, de olhar para o mundo ao meu redor e sentir que estou limpando todo o mato, pedaço por pedaço. Este pedaço resgatado do caos, e este pedaço aqui, e aquele pedaço ali. Lá em Mitilene, meu foco era a biologia, em particular a vida marinha. Aqui em Péla, quero algo novo.

Sinto os pensamentos se agruparem, formando uma constelação cuja lógica interna ainda preciso interpretar, cuja harmonia de suas esferas ainda tenho de ouvir. É aquele livrinho sobre teatro que esbocei para Carolus: algo sobre seu pai e meu pai, a doença de Ilaeu e a minha própria, e meus dois jovens príncipes, principalmente Alexandre.

Ele é um garoto diferente em nossas sessões privadas: tenso, intenso. Raramente sorri. Faz perguntas sem parar e anota as respostas. Essas sessões são, em geral, tarde da noite para mantê-las em segredo; ele deixa de dormir para aparentar não precisar se esforçar. É colérico, curioso, pomposo, charmoso, motivado. Ele é uma comédia ou uma tragédia? Qual delas?

Meu sobrinho, concluí, é uma comédia. Encontrou uma casa na cidade para ele e suas idas e vindas por esses dias não são mais tanto minha preocupação. Eu vou visitá-lo para um jantar informal e me surpreendo com a distância que se abriu entre nós, entre seu desleixo de estudante e seu cuidado elaborado comigo, seu convidado mais velho. O lugar cheira mal. Além do mais, ele arranjou um amante – segundo me diz enquanto comemos, recostados nos divãs no pátio sob uma chuva de folhas outonais – e o está cobrindo de presentes.

– Três pares de sapatos de inverno – gaba-se Calístenes.

– Isso é prático – digo. – Pelo menos você não fica escrevendo poesia o dia inteiro.

– Colhi flores para ele.

– Você fez isso?

Calístenes cobre os olhos com a mão, rindo de si mesmo.

– Antes que me esqueça. Pítias me disse para perguntar se está abastecido para o inverno. Ela mandou dizer a você para começar a pensar em suas abóboras e seus feijões, em armazená-los agora que ainda estão disponíveis no mercado. Se quiser, acho que ela faz uma lista para você.

– Minha abóbora e meus feijões – ele diz. – Titia, querida. Será que ela já ouviu falar em cerveja?

– Respeito – digo.

Ele ri novamente.

Quando terminamos nossa refeição, ele quer conversar sobre política; eu gostaria de dizer fofoca, apesar de a política também ser uma espécie de teatro, me ocorre que podemos discutir algo útil para o novo trabalho que estou contemplando. As personalidades das cidades-estado, a lógica de seus confrontos, a sensação simultânea tanto do contingente quanto do inexorável. Filipe ainda está na Trácia. Atenas luta contra a Cárdia, na península por onde devem passar os navios de grãos de Atenas. Filipe vai apoiar a Cárdia quando chegar o momento, sempre de modo muito razoável e pesaroso. Demóstenes se exalta com isso. Espuma de raiva sobre isso na assembleia ateniense. Digo a Calístenes ser de conhecimento comum que Demóstenes escreve todos os seus discursos com antecedência e é incapaz de juntar duas palavras se já não estiverem escritas à sua frente. Conto como ele estudou o gesto dos atores e como, quando jovem, construiu para si um quarto subterrâneo para praticar gestos e declamação; para se manter focado, raspava metade da cabeça para ficar com vergonha de sair em público, o que o forçava a ficar em casa e trabalhar. Calístenes deixa a cabeça cair para o lado e abre a boca para questionar o ridículo disso, mas digo a ele que essa não era a questão. A questão é que o homem permite que contem essas histórias sobre ele, orgulha-se delas. Inventei uma palavra em nome da conversa inteligente, o verbo *cassandrear*.[1] Ele cassandreia sobre Filipe, digo a meu sobrinho, como um ator à espera de um prêmio.

– Alexandre se encontra com seu amigo diretor para ter lições de retórica – diz Calístenes. Ele começou a frequentar minhas lições com os garotos, e como ele é mais jovem, tem mais a confiança deles. – Ele precisa decorar tudo. Carolus não o deixa falar com anotações.

Uma suspeita irrompe como uma bolha na superfície de minha mente.

– Esse seu garoto – eu digo. – Ele é um dos pajens?

– É claro – Calístenes se recosta e lança um olhar perdido para o céu. – Eles são como um pequeno harém, esses pajens. Muitos dos militares os usam. A família dele vem de algum lugar ao norte. Ele é terrivelmente solitário. Gosta de atenção.

– Você então superou seus escrúpulos. O desejo violento e a vulgaridade macedônios, essas coisas.

– Escrúpulos – uma palavra brusca para apunhalar, mas ele tentou me apunhalar com ela. Não quer ser lembrado.

– Então, Alexandre tem lições com Carolus.

– Extraoficialmente, é claro.

É claro.

---

[1] O deus Apolo se apaixonou por Cassandra, uma mortal, e deu a ela o poder da profecia. Como ela se negou a deitar com Apolo, ele lhe rogou uma maldição: ninguém jamais acreditaria em suas previsões. (N. T.)

A PRIMEIRA NEVE DA ESTAÇÃO chega sussurrante ao final de uma tarde cinzenta, bem quando a luz começa a desaparecer, e eu estou a caminho de casa, após minha obrigação semanal de ir à corte. Encontro os escravos cochichando, e então o motivo disso: Pítias está sentada em um canto do quarto extra, um dos poucos aposentos sem janela, com o véu baixado sobre o rosto.

– O que foi? – ela ergue os braços acima da cabeça e deixa os dedos caírem em seu colo.

Ela passou a tarde inteira à minha espera; não sai, não deixa que a toque, até que eu lhe dê uma explicação que ela aceite.

– Neve – digo.

A maioria dos escravos, mais presentes de Hérmias, também nunca tinha visto neve antes. Eu os deixo parados sob a colunata para que eu possa sair até o pátio com a cabeça descoberta. Deixo que a neve caia em meus braços, em meu corpo e viro a cabeça para trás com a língua para fora. Parece cair de lugar nenhum, pedaços incolores descascados do céu que descem flutuando, agora com mais força. Eles estão me observando. Pítias é a primeira: ela sai de baixo da colunata e estende a mão espalmada para apanhar um pouco daquilo. Ela caminha até mim. Os escravos seguem lentamente, e logo estamos todos no pátio deixando que a neve caia em nossos rostos e molhe nossas roupas.

– Por que eles mandam isso? – pergunta Pítias.

Os rostos deles se viram para mim. *Sim, por quê?*

– Quem, meu amor? – apesar de eu saber.

– Os deuses.

Já conversamos sobre isso antes; e lá vamos nós de novo. Ela, às vezes, me empurra nessa direção, eu acho; não consegue bem me confrontar diretamente, mas se preocupa com isso como um cachorrinho com um osso grande. “Isso” sendo minhas crenças religiosas incomuns (escolho esse termo que não é dela nem meu, mas um com o qual podemos concordar timidamente em nome da discussão, se algum dia discutíssemos, coisa que nunca fazemos). Pítias é piedosa, cuida do santuário da casa, frequenta vários templos, observa ritos quando há ritos para serem observados – nascimentos, mortes e casamentos. Ela faz sacrifícios para agradecer, apaziguar e demonstrar penitência; ela é (apesar de tentar esconder de mim) supersticiosa (ela diria devota) e vê sinais onde eu vejo apenas a beleza natural e a estranheza familiar do mundo. Na verdade, não sou ateu e me emociono diante de uma nuvem de pássaros no outono do mesmo modo que ela, mas por meus próprios motivos.

– Os deuses não mandam isso – digo. – É parte da maquinaria do mundo. Quando o ar está frio o suficiente, a chuva se transforma em neve. Ela congela. Os átomos de água se juntam uns aos outros e endurecem.

– Mas por quê?

Ela quer ouvir que há muito tempo atrás Apolo fez isso ou aquilo a uma ninfa e o resultado foi a neve. Não posso oferecer isso. A divindade para mim é aquela nuvem de pássaros, os padrões das estrelas, a recorrência das estações. Amo essas coisas e choro pela alegria delas. Também a realidade dos números, por exemplo: posso chorar se pensar em números por tempo demais, em sua arquitetura gloriosa. Quero chorar, agora, pela beleza do céu dispensando a si mesmo pelo meu pátio, a queimação de frio em todas as nossas faces, o medo transformado em prazer nos olhos de meus escravos. Pítias vê meu rosto e estende a mão para mim.

– Por prazer – consigo dizer. – Para que possamos entrar e nos aquecer perto do fogo e olhar para ela do lado de fora de vez em quando e sentir...

– Está bem – ela diz. – Entre, agora.

–... e sentir...

– Está bem – ela repete, porque agora estou chorando e não exatamente de alegria, apesar de isso também ser parte do tempero.

– Por que você acha que eles a mandam? – pergunto.

Ela vira o rosto em direção ao céu. Flocos pousam em seus cabelos e seus cílios. Olho desamparado para a linha de sua face.

– Para nos lembrar deles – ela diz, e quanto a isso não há discussão.

– Mestre.

Viro-me para o escravo, respiro fundo e solto o ar lentamente.

– Tico.

Tico sorri ao ver-me tentando me refazer. Nós nos conhecemos há muito tempo.

– Tem um garoto no portão.

Pítias recolhe suas saias do chão claro e corre para dentro da casa.

– Sua senhora foi à cozinha buscar pão. Diga a ele que vai ganhar algo num minuto.

– Ele não parece um mendigo.

– Um mensageiro?

Tico dá de ombros.

– Ele perguntou pela minha senhora.

Na rua, as pessoas estão apressadas, de cabeça baixa, andando pelo meio da neve. Ninguém parece ter percebido Alexandre parado sozinho diante de meu portão. Ele veste uma túnica e sandálias; sem capa, sem chapéu.

– Menino, onde estão seus guardas?

– Eu escapei deles.

Tico abre o portão, e eu conduzo rapidamente o príncipe até o pátio no momento em que Pítias reaparece com um pão tostado.

– É para mim?

Pítias instintivamente ergue seu véu.

– Majestade – diz ela, sentindo choque e prazer.

– Eu o segui desde a corte – o garoto me diz. – Queria ver onde você mora – ele pega o pão de Pítias, dá uma mordida e fica ali mastigando e olhando ao redor.

– Tico e eu vamos acompanhá-lo de volta ao palácio.

– Não – ele engole. – Agora está escuro demais. Não é seguro. Você precisa chamar minha guarda de manhã.

– Você vai dormir aqui?

– Carolus disse que você não ia se importar.

Pítias faz uma reverência e se recolhe em casa.

– Estou faminto – ele joga a cabeça para trás como eu fiz e olha para o céu. – Eu amo neve.

– Eles devem estar à sua procura. Vou mandar Tico ao palácio buscar sua escolta.

– Mas eu quero ficar aqui. Você não pode me recusar hospitalidade.

– Seus pais vão ficar preocupados.

– Eles nunca se preocupam quando fico com Heféstion – o garoto diz. – A família dele é muito leal.

– É onde eles acham que você está? Com Heféstion?

Nosso galo canta uma vez. Pítias está trabalhando rápido.

– Pare de se preocupar. Estou perfeitamente seguro aqui e vocês também. Não trouxe nenhum mal para sua casa – ele olha um pouco mais para o pátio, para meus vasos de alho-poró e cebolas de inverno e para as luzes nas janelas. – Bonito – ele diz. – Aconchegante.

– Você está com frio – ele está tremendo. Agora está escuro, um azul escuro além dos pontos de luz das tochas. – Gostaria de ver meu estúdio?

– Eu gostaria de ver Pítias.

Eu o levo até a cozinha, onde Pítias pôs todas as mulheres da casa para preparar uma refeição. O galo jaz sobre a tábua de carne, o sangue escorre de sua garganta em uma bacia. O fogo queima com força, faz calor aqui. Quando Pítias percebe que vamos ficar, ela faz com que ponham duas cadeiras diante do fogo. À frente da cadeira de Alexandre ela põe uma bacia de água quente.

– Tire as sandálias – ela diz.

Enquanto ele molha os pés e as mulheres conversam, eu chamo Tico para o lado.

– Eu devo ficar armado? – ele pergunta quando termino.

– Apenas vigilante.

Ele vai para o portão onde passa a noite acordado, enrolado em uma manta de cavalo.

Na cozinha, Alexandre come um prato de queijo. Levo um momento para perceber que ele está vestindo minha melhor roupa de lã branco-neve.

– As roupas dele estavam totalmente ensopadas – Pítias murmura atrás de mim, tocando meu cotovelo. – Não sabia mais o que dar a ele. Ainda falta uma hora para o jantar e ele comeu aquele pão tão depressa.

– Você agiu bem.

Ficamos parados juntos por um momento na soleira, com esse pensamento entre nós: nós amaríamos tanto um filho, iríamos nos preocupar com os detalhes de sua alimentação e suas roupas com muita ternura e preocupação. Eu tomo coragem de olhar para seu rosto, mas ela não consegue, não olha para mim, e entra correndo para se juntar às suas mulheres, um pouco enrubescida. Aqui dentro faz calor.

– Essas suas roupas – diz Alexandre quando me sento em frente a ele. – Você não parece vaidoso, mas Pítias me mostrou seu baú quando estava procurando isto. Você poderia vender algumas daquelas roupas e comprar uma casa maior. Você é muito sensível ao toque das coisas?

– Sou o quê?

– Eu era. Quando era bebê, não podia usar nada mais rústico, minha mãe diz. Minha pele ficava avermelhada e eu chorava o tempo todo. Leônidas levou todas as minhas coisas boas embora. Disse que minha pele de bebê tinha de engrossar antes que eu virasse soldado. Eu gosto de suas roupas.

– Obrigado. Também gosto delas – trabalho de Pítias, tudo muito bem feito, muito bem feito. Aprendi com ela meu bom gosto. Ela me transformou num almofadinha, mas ultimamente feri seus sentimentos ao comprar roupas mais grosseiras no mercado. Uma coisa é ser chamado de efeminado por provocação na corte, outra é na rua, e eu não ando armado. – Você gostaria de mais queijo? Pão? Pítias diz que ainda falta uma hora para a refeição.

– Vinho?

Pego uma taça para cada um de nós: com água para ele, puro para mim.

– Você não precisava ter me seguido. Bastava dizer que queria nos visitar. Podíamos ter nos preparado de modo apropriado.

– Aí eu não teria visto nada interessante – ele olha ao redor com ar de aprovação. – Você teria me deixado entrar em sua cozinha? Eu estaria usando suas roupas? Eu teria visto seu quarto? Onde vou dormir esta noite?

– Lá fora, na neve.

Ele dá uma risada.

– Então, isso é obra de Carolus?

Pítias se ajoelha ao nosso lado.

– Vai tomar banho esta noite, majestade?

– Vou, por favor.

Ela se levanta e se retira para prepará-lo.

– Você é velho demais para ela – diz Alexandre.

– É.

– E ela também está bem vestida demais.

– É.

– Você não vai ficar com raiva de mim, vai?

Eu dou de ombros.

– Quer que eu fique?

Meu estado de espírito sombrio, suspenso pelo choque de sua aparição, ameaça tornar a se manifestar.

– Você acha que ela é feliz?

Eu fecho os olhos.

– Eu costumo me perguntar isso sobre as pessoas – diz Alexandre. – É uma forma de entender por que elas fazem as coisas que fazem. Minha mãe me ensinou isso. Disse para não confiar em pessoas felizes.

– O que mais ela ensinou a você, sua mãe infeliz?

Ele olha para Pítias, do outro lado da sala.

– Eu acho que sua mãe é infeliz – acrescento –, se ela valoriza tanto isso.

– Ela diz coisas boas sobre você – diz Alexandre.

Comemos na sala grande, Pítias com suas joias e nossos três hálitos se transformando em fumaça no frio. A conversa para. Os escravos entram e saem com pratos de comida. O galo, cozido por muito pouco tempo, está duro e fibroso; o vinho está gelado.

– Como está Carolus? – pergunta Pítias rompendo o silêncio.

– Ele tosse.

Pítias olha para mim.

– Vou mandar algo para ele – digo em obediência.

– Seu pai era médico – diz Alexandre.

– Ele salvou a vida de seu pai quando éramos criança. Remendou um ferimento de lança.

Alexandre toca sua clavícula. *Aqui*? Eu confirmo com a cabeça.

– Isso não mata você – diz Alexandre. – Todo mundo que conheço tem uma dessas, dos treinamentos. Mas você me ensinaria um pouco de medicina? Como parte de meus estudos?

– Você quer fazer partos?

Ele cora. Pítias franze o cenho.

– Para o campo de batalha – ele diz. – Ferimentos.

Dou de ombros.

– Ensino a você o pouco que sei. Estancar uma hemorragia, fechar um ferimento. Isso era algo que meu pai costumava dizer.

Pítias afasta seu prato. Bem, ela nem devia estar aqui, mas Alexandre queria. O estímulo de Carolus outra vez, sem dúvida.

– Quer a sobremesa ou seu banho? – ela pergunta ao príncipe.

– Sobremesa *no* banho?

Ela dá um sorriso rápido, com relutância, para a expressão de desejo de algo inesperado. Tenho uma visão de minha prostituta de muito tempo atrás, divertida apesar de si mesma, amedrontada pelos homens e pela variedade de prazeres do mundo.

– Não é que ele seja *sem* limites – digo a Pítias mais tarde, assim que o garoto é instalado na grande bacia de bronze perto do fogo da cozinha com seu prato de mel e maçãs. Nós estamos no quarto que os escravos prepararam para ele, conferindo tudo mais uma vez, o quarto onde Pítias se escondeu da neve.

– Ele sabe exatamente quais são os limites. Mais provavelmente ele tem de ultrapassá-los. Tem de forçar todo mundo um pouco além da conta, só para ver o que vai acontecer. Seguir-me até aqui, por exemplo.

– Eu humilhei você. O jantar estava terrível.

– Duvido que ele tenha percebido. Você viu como ele comeu? Como se não tivesse uma refeição decente há dias.

– Eu vi – ela tira o pó de uma mesinha com a manga do vestido. – Pensei em deixar para ele um prato de frutas, caso acorde à noite.

– Faça isso.

– Ainda acho que o outro quarto é melhor, o que tem janela.

– Este é mais seguro. Mais quente. Ele também fica mais perto da gente, aqui.

Ela hesita.

– Como você está se sentindo?

Eu sacudo a cabeça, uma taquigrafia que ela conhece. Ouço dedos baterem no batente da porta, duas batidas: a criada de Pítias.

– Senhora – diz a moça. – Ele está chamando.

– Eu? – diz Pítias. – Onde ele está?

– Ainda no banho.

– Moleque levado – penso mal de Carolus. O quê agora? – Ele está tentando me insultar. Vou lá.

Aquele sorriso irônico de novo.

– Se alguém vai, sem dúvida sou eu – diz Pítias. – E ele é só um menino. Se está apenas testando os limites, como você diz... vamos pelo menos ver o que ele quer.

– O que ele pensa que quer.

Ela já foi há um bom tempo. Eu cozinho mais que o galo: primeiro, no quarto de hóspedes, limpo a pele que pusemos em sua cama, afofo travesseiros, mexo nos candeeiros; depois, no meu próprio quarto maior, onde consigo andar.

Quando ela volta, cala minhas palavras com um gesto e diz:

– Ele agora está na cama. Quer ver você.

Eu sacudo a cabeça com uma careta.

– Moleque levado.

O quarto dele está quente e dourado pela luz dos candeeiros; mais candeias agora do que o par que eu havia colocado. Ele está deitado sob a pele, corado, sorrindo, olhos redondos e escuros como o de uma criança pequena que se esforça para permanecer acordada para mim.

– Tudo bem?

Ele sorri e assente.

Pouso a mão rapidamente em sua testa.

– Quer que eu apague alguma dessas luzes?

– Eu apago, em um minuto.

Volto para meu quarto, onde Pítias estava sentada na cama.

– Então? – pergunto.

– Minha virtude está intacta.

– Graças aos deuses – eu deito na cama ao lado dela. – Deixe-me adivinhar. Ele queria conversar?

– Ele queria saber o que havia no cozido. Queria contar à mãe.

– Contar que esteve aqui?

– Não acho que tudo o que ele diz a ela chega a Filipe. Na verdade, não acho que nada do que diz a ela chega a Filipe.

– É assim.

Ela assente.

– Difícil para ele.

– Acho que sim – ela deita enquanto faço minha análise, toda arrepiada de frio. – Acho que ele só queria ter alguém para conversar enquanto estava no banho. Talvez a mãe costumasse se sentar com ele. Ele passou óleo e se vestiu sozinho.

Toco minha clavícula.

– Ele tinha uma cicatriz?

– Eu olhei. Não.

Apago o candeeiro.

– Ele me perguntou se eu era feliz – diz Pítias.

– Ele também me perguntou isso sobre você. O que você disse?

– Ele me perguntou se eu gostaria de ser convidada ao palácio com mais frequência, para sair de casa. Ele disse que podia arranjar isso com a mãe. Eu disse não, obrigada.

– Você não fez isso.

Uma pausa.

– Isso foi errado?

– Ninguém gosta da mãe dele. Acha que ele não sabe disso? Não precisava esfregar isso na cara dele.

– Eu disse que ele pode vir aqui sempre que quiser.

Eu me dou um tapa na testa.

– Não se preocupe – ela acrescenta. – Ele disse que foi muito difícil escapar.

– Graças aos deuses por isso.

Ela deita de costas para mim. Enrolo um cacho de seu cabelo comprido em meu dedo, a parte que posso tocar sem que ela perceba.

– Ele me perguntou sobre Atarneu. Como era quando eu era menina, a paisagem, o clima e as pessoas que eu conhecia. Perguntou sobre minha mãe.

Quando toco seus seios, ela se encolhe.

– Ele vai ouvir.

Rolo de volta para meu lado da cama.

– Então, boa noite.

– Boa noite.

Quando ela adormece, eu me levanto e saio. A neve ainda cai forte, rápida e silenciosa. Tico tem grande quantidade dela sobre a cabeça e os ombros. Ele se levanta como um grande urso em seu cobertor quando toco seu ombro.

– Vá para a cama – digo a ele. – Agora estou aqui.

Ele entra rapidamente e volta com um segundo cobertor. Ficamos sentados lado a lado pelo resto da noite, vendo nada acontecer.

– Por quem estou procurando? – perguntou Tico há algumas horas, quando o coloquei de guarda.

– Não tenho certeza – eu disse. – Acho que por qualquer pessoa que possa ter visto que ele estava sozinho.

Depois de uma temporada de aulas esporádicas com os garotos, entremeada pelas obrigações da vida na corte e por meus próprios estudos – agora, finalmente, começo a entrar em uma rotina –, Antípatro me convoca para uma reunião particular. Filipe ainda está na Trácia.

– Fale-me sobre o príncipe – diz Antípatro.

Nós nos sentamos em uma das salas menores com um mosaico de seixos retratando sob nossos pés o rapto de Helena. Posso tirar terra de seu mamilo rosado com meu dedão. Desenvolvi, com a primeira neve, um resfriado forte e estou constantemente assoando grandes placas verdes de catarro de meu nariz. Agora limpo minha mão disfarçadamente em minha capa e torço para que Pítias não perceba a crosta formada quando colocar a roupa para lavar.

– Ele é extremamente inteligente e assustadoramente disciplinado.

Antípatro ri.

– Quando ele era pequeno, sua mãe escondia doces em sua cama e Leônidas revistava o quarto até encontrá-los e jogá-los fora. Ele acredita que é bom para o rapaz estar sempre com um pouco de fome.

Ah. Eu me pergunto se é por isso que ele é baixo.

– Leônidas costumava levá-lo em marchas noturnas para que parasse de molhar a cama. Funcionou, também. Leônidas tem sido bom para ele, não há a menor dúvida.

Eu me pergunto se ofendi o velho tutor e estou prestes a ter de pagar por isso.

– Leônidas me disse que o príncipe é devotado a esse Lisímaco – diz Antípatro. – Aquele que chama a si mesmo de Fênix e Alexandre de Aquiles. Se assim for, quem é Filipe?

– Peleu.

– Peleu – a expressão de Antípatro se fecha. – Bem, não importa. Eu apenas suspeito que sua mãe esteja em algum lugar por aí estimulando essa merda. Não precisamos de um esteta, precisamos de um soldado. Precisamos de um rei – por um momento ele parece se distrair com chão e inclina a cabeça de lado para observar um arranjo de membros. – Certo. Filipe me disse para dar a você o Santuário das Ninfas em Mieza. Você vai ensinar Alexandre lá a partir de agora, Alexandre e, digamos, uma dúzia de garotos. Ele vai passar a vida inteira com eles. Você não pode isolá-lo completamente.

Eu concordo.

– A mãe eu posso controlar e Lisímaco não deve visitá-lo lá. Eu mesmo vou lhe dizer isso. O príncipe gosta de você. Acha que você é quase tão inteligente quanto ele. Mais esperto do que qualquer um de nós, não preciso dizer.

Mieza fica a meio dia de distância a cavalo, longe o bastante para ter de ficar lá. Conheço o lugar vagamente; há cavernas, aparentemente, e supostamente faz mais frio que em Péla no verão. O que mais, não estou certo. Pítias terá de se virar sozinha enquanto eu estiver fora. Talvez ela goste disso.

– Leônidas disciplinou o corpo – diz Antípatro –, você vai disciplinar a mente.

Prometo fazer o meu melhor.

– Filipe tem grandes coisas reservadas para você também, não se esqueça. Ele conta com você. Você será seu homem em Atenas um dia desses, o cérebro macedônio no crânio ateniense.

Faço uma reverência com a cabeça.

Passamos alguns minutos conversando sobre a campanha na Trácia, uma campanha que parece durar mais do que Filipe desejava.

– Selvagens, os trácios – diz Antípatro. – Lutam como animais.

Eu entendo que isso é um elogio.

– Ele passará o inverno lá.

Antípatro não parece ser muito dado a bate-papos, e eu desconfio que seja um teste. Eu gosto de testes.

– Ele vai deixar seu próprio território desprotegido por tanto tempo? – eu digo. – Sem dúvida a guerra contra Atenas é inevitável. Fico surpreso que ele não cuide melhor de sua retaguarda.

– Desprotegido? – diz Antípatro.

– Se ele deixasse alguém para trás, alguém para deixá-los hesitantes. Um de seus melhores generais. Parmênion, por exemplo.

A expressão de Antípatro se fecha.

– Acho, então, que sou um coelho de estimação, não?

– Um leão da Macedônia. O melhor conselheiro de Alexandre – Alexandre tem agora idade o bastante para servir como guardião do selo real, mas é bem claro quem detém o verdadeiro poder – e como tal, não pode correr o risco do combate aberto se chegar a esse ponto.

– Vá embora – ele dá um tapinha em meu ombro –, cuide de nosso garoto.

– Mieza – diz Pítias, sem expressão. Eu mostro a ela num mapa onde fica. – Meu Deus!

– Volto para visitar você.

Sua expressão se fecha um pouco quando vê a distância, mas é uma expressão que não consigo interpretar: insatisfação, medo, decepção ou uma máscara sobre emoções mais prazerosas? Alívio, antecipação?

– Um arranjo elaborado do qual tenho certeza que todos vão acabar se cansando – digo.

Alguns dias mais tarde, arrumo o mínimo de bagagem e parto sozinho a cavalo, pelo prazer de ficar sozinho. É uma paisagem campestre bonita, pastoral, uma manhã de riachos, campinas, vales pontilhados por cabanas de pedras e currais para ovelhas com cercas de sarça.

Perto da aldeia de Mieza, o complexo irregular de templos apresenta diversos altares, santuários e alojamentos modestos. Os serviçais me dão um quarto, uma cela pequena e austera: cama, mesa, cadeira. Peço vários candeeiros. Leônidas fica com o quarto ao lado do meu; os garotos, eu soube, têm um dormitório só para eles, fora do alcance da voz. Os serviçais são velhos que aceitam impassivelmente nossa presença; lembro-me de Pítias. Quem sabe o que se passa em suas cabeças, essas casas secretas? Eles se arrastam de um lado para outro, evitando-nos, quanto mais velho, mais tímido, tímido como um cervo.

Um dia, tarde da noite, enquanto trabalhava à minha mesa com todos os candeeiros, ouço um riso de homem. Certa vez, passo por um criado que carrega uma bandeja com restos de uma refeição, vindo de um corredor que eu achava ser desabitado.

– Penitentes – ele diz laconicamente quando pergunto sobre os outros hóspedes. – Eles estão reclusos.

Uma vez, ao virar em um corredor, esbarro com Lisímaco, que segue em frente sem me reconhecer. Eu me pergunto a quem informar – aos criados, a Antípatro, ao recém-reconvocado Parmênion (enfim!), ao próprio Filipe – e resolvo que a ninguém.

Entretanto, é um lugar encantador, especialmente na primavera, quando podemos ter nossas lições ao ar livre. Assentos de pedra, caminhadas pelas sombras, cavernas com estalactites gotejantes que posso usar em minhas histórias para os garotos, metáforas nas quais podemos subir e descer, entrar e sair. Meu velho mestre gostava muito do valor metafórico das cavernas. Eu começo a gostar do ritmo de minha vida aqui, da viagem até a cidade e da viagem de volta: uma ou outra rocha, árvore, plantação ou rosto familiares; os garotos de um lado, minha mulher do outro, eu jogado de um para o outro sempre com uma refeição quente à minha espera, um banho mais ou menos agradável. No fim, prefiro ficar com Pítias. Apesar disso, não consigo voltar para visitá-la com a frequência planejada e, às vezes, se passam meses sem que nos encontremos. O caminho de gelo duro aos poucos se transforma em um caminho verde de primavera e, então, percebo quanto tempo se passou. Ela nunca me repreende. Ela borda, cuida do jardim; lê um pouco, diz quando pergunto. Nada, poesia.

Não sei bem como me sinto diante do fato de vê-la explorar minha biblioteca e me pergunto se ela conhece a regra da comida. Da próxima vez que voltar para Mieza, levo a carroça para poder carregar comigo os volumes mais importantes. Deixo para ela algum material simples e adequado e faço uma anotação mental para comprar mais, para atender à minha possessividade. Ela observa o carregamento da carroça enquanto me agradece, mas não posso evitar. Por todo o caminho de volta até Mieza eu me preocupo com o oleado que cobre os caixotes e só consigo relaxar quando minha biblioteca está instalada em segurança no meu quarto, onde não terei de compartilhá-la.

Aqui é impossível manter sessões particulares em segredo, então desde o começo resolvo ir mais devagar e me dirijo aos garotos em termos de fácil entendimento para todos. Segue-se, apropriadamente, uma espécie de interlúdio pastoral, durante o qual vou com os garotos a vários lugares – acompanhado, com cada vez menos frequência, pelo terrível observador Leônidas – para observar plantas, animais, formações rochosas, o vento, o sol e a coloração das nuvens. Ensino o fenômeno dos arco-íris, um processo complicado de reflexão que se transforma em uma aula de geometria à medida que explico por que apenas metade do arco-íris é visível. Explico o fenômeno dos terremotos como um grande vento preso no subterrâneo e quando faço a analogia apropriada às tripas humanas sou recompensado com uma tarde de garotos flatulentos gritando: "Terremoto!". Falo da salinidade do mar e isso também relaciono ao corpo, pois a comida que entra no corpo doce deixa um resíduo salgado e amargo no penico, da mesma forma que a chuva e os rios correm para o mar e se dispersam, deixando um resíduo salgado similar. Não digo a eles que cheguei a essa analogia após beber meu próprio mijo quente. Passamos uma manhã alegre observando o curso de um rio, enquanto conto a eles sobre as grandes reservas subterrâneas que alguns acreditam ser a fonte de toda a água do mundo. Sempre que falo sobre geografia, Alexandre me pergunta sobre o Oriente e eu respondo conforme relatos que li a respeito do Egito e da Pérsia. Seus olhos ficam chocados quando falo sobre o rio que desce as montanhas de Parnaso, de onde o oceano que circula o mundo inteiro pode ser visto.

– Eu irei lá – ele diz.

Falo do Nilo, e Alexandre diz que irá lá também. Certa vez, quando falava do sal, do lodo e da filtragem da água do mar, expliquei que se você pegar um jarro de barro vazio, selar sua boca para impedir a entrada de água e o deixar uma noite no mar, a água que nele penetraria seria doce, porque o barro filtraria o sal.

– Você já tentou isso? – pergunta Alexandre.

– Já li sobre isso.

Essa troca permanece em minha mente. Cada vez que Alexandre jura visitar algum lugar distante, e Heféstion jura que irá também, e os outros, obedientes, juram que também vão se unir à companhia, penso naquele jarro borbulhando no oceano, aquele sobre o qual eu apenas li.

Em uma tarde quente levo os garotos para a mata atrás do templo e os mando coletar insetos, em especial abelhas. Trouxe comigo uma placa e facas de dissecação, pequenos jarros de barro para os espécimes e um livro para me ocupar enquanto espero pela volta deles.

Em meia hora percebo ter cometido um erro básico. Os gritos e risos dos garotos há muito tempo desapareceram, e percebo que os perdi para o calor doce e inebriante da tarde. Não há dúvida de que estão rindo de mim, onde quer que estejam. Subindo em árvores, nadando no rio. Não importa.

Caminho um pouco para o interior da mata, chamando-os sem convicção e me surpreendo ao encontrar Heféstion e Alexandre em uma alameda ensolarada. Alexandre está em pé, imóvel, enquanto Heféstion o golpeia.

– Elas não o deixam em paz – diz Heféstion quando me aproximo. Meia dúzia de abelhas voam em cima do garoto menor, estão zumbindo e o atacando enquanto Heféstion tenta, simultaneamente, expulsá-las e capturar uma com uma taça de madeira.

– Eu as atraio – diz Alexandre. – Sou conhecido por isso desde a infância. Os astrólogos de meu pai dizem que é um sinal auspicioso.

– Provavelmente é seu cheiro – digo.

Vejo a colmeia em uma árvore não longe de onde estamos e a aponto.

– Já basta – diz Alexandre.

Eu percebo que ele está assustado e com medo de demonstrar isso.

– Venha – eu o conduzo lentamente para longe dali. – Se não se apressar, elas não vão ficar agitadas.

Levo os garotos de volta ao ponto onde deixei minhas coisas e lhes digo para esperar. Volto até a árvore da colmeia e olho para o chão até encontrar uma abelha morta. Eu a apanho com uma folha e a levo para eles.

– Você devia estar lisonjeado – digo a Alexandre. – As abelhas têm um sentido do olfato poderoso, mas evitam qualquer coisa podre. Elas só gostam de coisas doces.

Heféstion dá um soco no braço de Alexandre, e este o soca de volta.

– Vejam – eu jogo a abelha morta sobre a placa. – Quantas partes têm o corpo?

– Três – dizem os garotos.

– A cabeça – toco cada parte ao dizer seu nome, com a ponta da menor das facas de meu pai. – A parte do meio nos animais chama-se tórax. E o estômago, aqui. Uma abelha sobrevive se você remover sua cabeça ou seu estômago, mas não se você remover o meio. As abelhas têm olhos e são capazes de sentir cheiros, mas não têm outros órgãos sensoriais que possamos identificar. Elas têm ferrões.

– Eu sei – diz Alexandre com tristeza.

– Quatro asas – eu as mostro delicadamente com a ponta da faca. – Nenhum inseto de duas asas tem ferrão. As abelhas não têm proteção para suas asas. Vocês conhecem algum inseto que tenha?

– O besouro voador – diz Heféstion.

Sinto o sol em minha cabeça, produzindo gotas de suor. As cabeças dos garotos quase tocam a abelha morta. O calor é como vinho em minha língua. Faço uma incisão da maneira mais delicada que consigo.

– Sangue? – pergunto.

Os garotos sacodem a cabeça.

– E de onde vem o som delas?

– Das asas – diz Alexandre.

– Uma boa possibilidade.
– Errado – diz Heféstion.
– Não fode – diz Alexandre.

Mostro a eles o pneuma e uma membrana chamada hipozoma e explico como a fricção dessas duas cria o som do zumbido. O pneuma é como o pulmão de uma criatura que respira – apesar de eu me preocupar em explicar que insetos na verdade não respiram – e o inflar e desinflar desse órgão produz um som mais alto quando o inseto está voando, porque o pneuma fica maior nesse momento. Hipozoma, explico depois, é a membrana através da qual o inseto se refresca, já que as abelhas e alguns outros – cigarras, vespas, besouros voadores – são criaturas quentes por natureza. Também conto a eles sobre insetos que sobrevivem no fogo, pois há animais em todos os outros elementos – terra, ar, água – e por essa lógica eles devem existir.

– Nunca vi insetos no fogo – diz Alexandre, e eu digo a ele que é porque são muito pequenos.

Quando voltamos ao santuário, há uma carta à minha espera para informar que Hérmias de Atarneu morreu. Eu imediatamente escrevo para Pítias. Não conto a ela o modo como seu guardião foi emboscado pelos persas, preso, torturado e crucificado. Em vez disso, digo a ela que Hérmias caiu subitamente no chão. Ela escreve em resposta, insiste em sacrifícios e me pede para escrever um hino.

Melhor que ouro, o sol fica desolado com sua morte, consagrado às Filhas da Memória, et cetera, et cetera. Bem, eu o matei, acho, ou o tratado que levei para Filipe fez isso. Nunca foi, na verdade, um segredo. Demóstenes em Atenas ataca os planos de Filipe, de expansão para o Oriente, como um cão raivoso. Os persas toleraram Hérmias enquanto ele se manteve tranquilo e satisfeito com seus territórios, mas assim que começou a se servir, *só mais essa aldeia e esse outro bocado aqui também,* e procurou Filipe como protetor contra seus protetores, as coisas mudaram. Massageio a palma de minha mão com o polegar enquanto sinto com o indicador os ossos no dorso da mão, iludindo-me com a dor (haveria um modo possível de atravessá-la suavemente com um prego?). Culpa não é bem a palavra. Se não tivesse sido eu, outra pessoa teria sido a mensageira. Mas ele sempre foi bom para mim, queria aprender comigo, deu-me minha esposa de presente. Seria diferente se eu quisesse uma cidade, sem dúvida. Posso imaginar a expressão aguçada surgindo em seu rosto. Talvez ele tivesse gostado de mim ainda mais. E ele era tão boa companhia, lia até mesmo em seu tempo livre, gostava realmente de sentar e conversar tranquilamente sobre o que havia lido, apreciava de fato recostar nas noites quentes de Atarneu bebendo um pouco de seu próprio tinto feito por seus próprios súditos de suas próprias uvas graúdas, ouvindo o ressoar de suas próprias ondas e o mugido de seu gado querido, ver seus próprios pássaros decorar o ar fragrante de seu próprio céu acima de sua cabeça e falar sobre ideias de forma, conteúdo e da realidade mística do Bem. Seus cabelos eram um pouco cacheados; o nariz era quebrado, de modo atraente; a voz era estranhamente aguda e estridente para seu corpo grande (provavelmente a raiz do rumor sobre sua castração); passou a ignorar Pítias completamente depois que ele a deu para mim. (Pítias está em algum lugar disso tudo, em minhas emoções cor de lama, confusas, Pítias e as bolas de Hérmias ou a ausência delas. É noite agora e lá em Péla ela dorme. Aqui em Mieza os garotos dormem, e eu fico sentado me lembrando e escrevendo sob a luz trêmula do candeeiro, minha pequena bolha no escuro. Pobre Pítias.) Mas eu o deixei e isso me incomoda esta noite. Ele levava uma vida rica, e me ofereceu a prosperidade e o conforto dela, e eu fui embora. Ele compreendia a ambição e riria do que eu estou tentando entender agora em mim mesmo. Diria que estou tentando complicar uma coisa simples. Um homem ambicioso quer ir para Atenas, ele diria: salguem o oceano!

Releio o hino que acabei de escrever. Amanhã vai para o copista e depois o farei circular. Da mesma forma como quando sopramos uma flor de dente-de-leão, em pouco tempo uma dessas páginas vai aterrissar em Atenas e meu nome vai ser identificado, se encaixar num clique. Filipe será visto fazendo manobras para dar seu maior passo rumo ao Oriente, a criação das fundações para uma campanha persa em larga escala. Eu, em minha capacidade reduzida (amor por Hérmias = amor pela Macedônia), serei visto como seu colaborador. Colaborador do imperialismo macedônio. E que Estado, até mesmo Atenas, está a salvo disso?

Viu, dirão eles, como esse sangue macedônio ferveu dentro dele? Ah, ele não é mais o mesmo de quem nos lembramos. Na verdade, nunca foi um de nós, foi? Ahah!

Lembro-me de quando conheci Hérmias, em um jantar em Atenas quando eu ainda era um estudante. Ele trouxe saudações de Proxeno e dos gêmeos e me perguntou sobre meu trabalho. Depois saímos juntos para caminhar levando conosco o fio de nossa conversa noite adentro, um fio longo como uma linha comprida riscada em um mapa, de Atenas para Atarneu, Mitilene, Péla, Mieza como se eu me virasse para a linha e ela ainda estivesse lá e eu pudesse traçá-la novamente até àquela noite, há muito tempo, quando um homem poderoso me convidou para visitá-lo um dia e eu estava empolgado com aquele futuro.

Por volta da época da lua da colheita, levo os garotos para observar estrelas. Estão com sono e calados, enrolados em seus cobertores enquanto as estrelas giram acima de nós. Eu os levo até o alto de uma pequena colina perto do templo e os faço se deitarem com as costas na grama. Alguns imediatamente se encolhem e voltam a dormir; um ou dois reclamam do frio e do chão úmido. Alexandre toma seu lugar de costume ao meu lado. Deixo que os garotos me mostrem as constelações que conhecem, enquanto a lua empalidece seus rostos com uma meia-luz leitosa.

– O que *você* vê? – pergunta por fim Alexandre.

Falo para ele das esferas concêntricas que formam o universo: como a Terra está em seu centro, a lua na esfera mais próxima seguinte, depois os planetas e, na esfera mais exterior, as estrelas fixas.

– Quantas esferas existem? – pergunta Alexandre.

– Cinquenta e cinco. Isso exige matemática. Elas se movem; o céu não é o mesmo em meses diferentes. Você sabe bem disso. É a rotação das esferas. A rotação de cada esfera provoca movimento na esfera adjacente a ela. A esfera mais externa é movimentada por um motor imóvel, ou, se quiser, por deus. Cada uma das 55 esferas menores, somando-se ao ímpeto que ganham das esferas próximas, tem seu próprio motor imóvel menor.

Ao meu lado, ouço que a respiração do garoto está mais lenta, mas seus olhos estão abertos, sem piscar. Ele olha fixamente para cima durante todo o tempo em que falo.

– Não consigo ver as esferas – ele diz. – Elas são visíveis em algum momento?

Explico que são feitas de cristal.

– Lisímaco diz que quando eu for à Pérsia, os céus serão diferentes – diz Alexandre. – Diz que lá há estrelas novas que nenhum homem civilizado já viu, mas eu irei vê-las. Ele diz que minhas maiores batalhas ficarão registradas nas constelações. As de meu pai nunca foram e nunca serão.

– Talvez Lisímaco o acompanhe – digo. – À Pérsia.

– É inevitável. E você?

– Partir para o ataque em uma batalha montado em Alcatrão?

Posso senti-lo sorrir, apesar de ele ainda olhar para o céu.

– Você vai me escrever grandes cartas – digo. – Elas vão durar mil anos e depois disso os pensadores saberão para sempre que você também foi um de nós. – Ele gosta disso, mas digo:

– O que espera encontrar lá?

– Guerra.

Fico decepcionado e digo isso a ele.

– Há mais. Há tanta coisa mais. Você quer marchar tão longe só pela emoção da batalha? Ficar empertigado sobre um cavalo e ver seu inimigo ser derrotado? Só para... nem sei o que você faz... você gira sua espada de um lado para outro e vê os membros voarem?

– Você não sabe o que nós fazemos – ele repete.

– Sei o que seu pai espera. Tributos, dinheiro de impostos. Todas essas cidades e satrapias ricas espalhadas por toda a costa. Elas estão acostumadas a pagar a estrangeiros; pagarão a seu pai assim como a qualquer outro homem. Mas o que você espera?

– Você viveu lá. Diga-me.

– Eu encontrei família e amigos. Encontrei o que fui buscar e o que esperava encontrar – e aperto os olhos para não ver nada às margens: a sujeira, as doenças, os povos sem arte, matemática ou música civilizada sentados em torno de suas fogueiras à noite falando sua língua feia, comendo suas comidas fedorentas, pensando seus pensamentos limitados de animal sobre comer, fazer sexo e cagar. Sujos, serviçais, primitivos. Digo isso tudo ao príncipe, ensino a ele o que sei ser verdade sobre a terra que ele tanto romantiza.

– Sabe o que vou fazer? – ele agora está apoiado nos cotovelos. – Eu me sentaria em torno de suas fogueiras, ouviria sua música, comeria sua comida e vestiria suas roupas. E dormiria com suas mulheres.

Ouço o enrubescer em sua voz, apesar de não poder vê-lo em seu rosto.

Dormiria... um eufemismo terno e cor-de-rosa para um garoto macedônio saudável. Ele ama Hefestion.

– Eu não iria tão longe para não abrir os olhos.

– Você não sabe o que está dizendo – e conto a ele sobre Hérmias.

– Bem, mas isso é guerra – ele diz. – Você vai odiar uma nação inteira porque perdeu um amigo?

– Você vai amar uma nação inteira só para implicar com seu professor?

– Vou.

– Não, não é engraçado. Você acha que pode ir lá, sentar em torno das fogueiras deles e agir como se estivesse em casa? Primeiro você precisa conquistá-los.

– Esse é o plano.

– Vai ter de destruir o mundo deles para poder penetrar nele. Depois disso, o que ele vai valer para você?

– Não sou como você. Não sou como meu pai. Não quero fazer as coisas do jeito antigo. Tenho tantas ideias! Todos os meus soldados estarão barbeados, sabe por quê? Para que ninguém possa segurá-los pela barba durante o combate. Meu pai nunca pensaria em uma coisa dessas. Vou me vestir como eles, assim baixarão sua guarda para mim. Pérsia, eu não tenho medo da Pérsia. Não preciso saber o que vou encontrar antes de chegar lá.

Penso, inevitavelmente, em meu próprio conselho a Espêusipo. Será que foi bravata de juventude, na época? Será que Espêusipo ficou tão chateado comigo quanto estou agora com meu próprio aluno? Será a mesma coisa?

– Artabazus – ele aponta para mim como se tivesse marcado um ponto.

O persa de estimação de Filipe, um sátrapa renegado e refugiado esses últimos meses na corte macedônia, graças a alguma diferença com seu próprio rei. Esperto, sedutor. Ele me escreveu uma carta de condolências por Hérmias.

– Gosto dele – diz Alexandre. – Ele me contou muita coisa sobre seu país. Você não pode odiar Artabazus.

– Bela vida de marinheiro.

Alexandre olha para mim à espera de uma conclusão espirituosa.

– Eu peguei um polvo lá uma vez. Peguei com a rede, dentro d'água, e o arrastei devagar para a praia. Mantive a rede bem solta, puxando-a lentamente para não machucá-lo. Eu o retirei da água devagar, com cuidado, e o coloquei na areia. Ele morreu.

– A lição? – diz Alexandre.

– Você aumenta o seu mundo ao conquistá-lo, mas sempre perde algo no processo. Você pode aprender sem conquistar.

– *Você* pode – ele diz.

Em casa, apresento o hino a Pítias e digo a ela que quero organizar um jantar: poucos amigos e colegas e alguns rostos novos para comer, beber vinho e conversar. Digo a ela que desejo que seja como os jantares comunitários de meus dias de estudante, quando cada um levava um prato e o dividia, mas Pítias se recusa. Ela diz que convidados em sua casa não precisam levar comida e diz a Tico para dispensar qualquer pessoa que tente.

– Sua casa? – eu estou adorando. – Sua casa!

Ela mesma vai planejar o cardápio e cuidar de sua preparação. Ela quer uma galinha, um bode e dinheiro para todo o resto: um jantar igual a uma campanha militar.

– Minha casa. Você só me diga o dia e quantas pessoas. Preciso de pelo menos um mês.

– Eu estava pensando em depois de amanhã. Tenho de voltar a Mieza.

Ela sacode a cabeça.

– Um mês. Precisamos limpar tudo. Não fazemos uma boa faxina desde que chegamos aqui. Três semanas, talvez, se eu tivesse uma garota extra.

– Então, é isso o que você quer.

– Eu não quero nada. Faça como quiser. Um mês então, e nem um dia antes.

Preparo uma lista: Calístenes, é claro; Carolus, o velho ator; Antípatro; Artabazus, porque devo a ele uma gentileza por sua carta de condolências e porque minha última conversa com Alexandre está me incomodando; Leônidas; Lisímaco; e, depois de pensar muito, o enfermeiro mal-humorado de Arrideu, Fílis.

No dia seguinte, levo Calístenes ao mercado. Circulamos entre as barracas, examinamos frutas, anzóis, artigos de couro e facas. Já comecei a mapear um pouco a conversa – sinto-me atraído por um simpósio sobre teatro, para que Carolus não sinta que falamos algo além de sua compreensão, para que Lisímaco possa se exibir de modo inofensivo, para que Artabazus veja que somos cultos, para que Antípatro tire uma noite de folga das guerras e para que o jovem Fílis possa só ficar ali sentado embasbacado e escutar. E Leônidas, quem sabe o que o velho Leônidas vai fazer? Comer, talvez. Em uma cadeira luxuosa, vigiado por um mercenário corpulento contratado para guardar o local. Compro para Pítias uma ágata do tamanho e da cor coral da unha de seu dedo mínimo, gravada com um Héracles do tamanho de uma formiga. Ela gosta de coisas pequenas, anéis, vidros de perfume e bugigangas que possa guardar em uma caixa entalhada em madeira de sândalo que cabe na palma de minha mão, um presente de Hérmias. Uma reação contra a ostentação macedônia, desconfio: ultimamente, quanto menos, melhor. O comércio de escravos é novo em Péla, ainda um negócio pequeno para fornecer principalmente aos estrangeiros como eu, e normalmente não há muita oferta. Hoje, contudo, temos sorte. Um carregamento acabou de chegar de Eubeia. O negociante de escravos é simpático e falador. Farejando lucro, já está relaxado por antecipação. Ele nos conta da viagem de navio, muito difícil, mas sem perda de vidas. Ele tem alguns soldados trácios, prisioneiros de guerra, bons para o trabalho no campo, mas com uma expressão nos olhos que diz que precisarão ser vigiados. Ele tem três crianças pequenas, irmãos e irmã, diz, e que coração insensível poderia separá-los? Cada um deles está comendo um pedaço de pão (uma boa demonstração por parte do negociante de escravos), sujos, mas com os olhos brilhantes, a menina talvez com uns três anos, o menino mais velho com uns oito ou nove. Que coração insensível, verdade, mas o que um coração mole faria com eles era a pergunta que hoje não estou interessado em responder. Ele nos pergunta o que estamos procurando. Uma garota para minha esposa, digo a ele. Tarefas domésticas, ajudar na cozinha, nada duro demais.

– Guardo as garotas lá atrás – ele nos conduz a uma tenda atrás dos cercados. – Menos problemas assim. Deem-me um minuto que eu as trago para fora.

– Nós podemos ir até lá. Poupar seu trabalho.

– Eu as trago para fora.

– Tem alguma coisa lá dentro – diz Calístenes, assim que o mercador de escravos entra.

Ele traz cinco delas para fora.

– Vão em frente – diz para mim e para as mulheres–, mostrem seus dentes ao homem.

Todas sorriem exibindo os dentes. Calístenes e eu, obedientes, as examinamos. Uma tosse quando peço para ver sua língua. A frente de sua túnica está pontilhada de sangue. Eu a mando de volta para dentro. O mercador de escravos observa sem fazer comentários. Eu as faço se ajoelharem, pularem, tocarem os pés, estender os braços para cima. Mando uma toda encolhida de volta para dentro.

– Ele gosta delas jovens – diz o mercador para Calístenes.

Eu realmente gosto da mais jovem, que também é a menor, magricela, sem seios, com cabelos cor de cobre, encaracolados e extraordinariamente claros, olhos verde-claros e pele leitosa pontilhada de marrom no nariz. Ela, contudo, não é um tamanho padrão, e não tenho certeza se esse tipo de beleza pequenina vai agradar a minha esposa.

– Qual é o seu nome? – pergunto a ela em macedônio, depois em grego.

Ela não diz nada.

– Celtas – diz o mercador de escravos. – Eu as consegui com um homem que as trocou por sal. Ele as conseguiu com um homem que as obteve de seu próprio povo. Alguma rixa com a aldeia vizinha e a delas perdeu. Qualquer coisa a respeito de quem tinha as melhores peles de bode para vestir suas esposas ou algo parecido. Elas são do extremo norte, das ilhas. Já ouviu falar desses lugares? Bárbaros, é claro, mas orgulhosos de um jeito bem próprio. Os homens são guerreiros e ouvi dizer que as mulheres também. Não se lavam, não se barbeiam, comem cães, são saudáveis como cavalos e quase tão altos. Assim como as mulheres. Essa aqui ainda não está totalmente crescida. Mais um ou dois anos e será um monstro como as outras. Eu tinha alguns homens também, mas eles saíram rápido. Como bois, maravilhosos para o trabalho no campo. Tinham o cabelo até aqui – o mercador de escravos dá um tapa no próprio traseiro. – Estou falando dos homens. Todos ruivos, assim – ele aponta para minha garota baixinha. – Por falar nisso, você sabia que são de verdade? Pode puxar e examinar as raízes se não acredita em mim. Um motivo de conversa para seus vizinhos, só para começar. Uns 12, 13 anos, calculo. É difícil dizer com certeza dessa gente. Você seria seu primeiro dono. Pode treiná-la exatamente do jeito que quiser.

Calístenes acena com a cabeça para o pé dela, que está coberto de ataduras.

– Posso ver? – eu me agacho. Ela olha para o mercador de escravos, mas eu não preciso tirar o curativo: o cheiro é de gangrena. Como ela pulou para cima e para baixo desse jeito é impressionante. Eu a mando de volta.

– Não posso dizer que me importo – diz o mercador –, talvez eu mesmo fique com ela. Não fala uma palavra além de balbucios. Morde. Eu a adoro.

– Você precisa ver esse pé. Ele pode precisar ser amputado – meu pai teria se oferecido para fazer ele mesmo o serviço. Eu ainda tenho suas serras em algum lugar. Eu nem pergunto o que aconteceu. Será que eu sou mais materialista do que ele? Sobraram duas: uma alta da mesma aldeia que a menina baixinha, eu diria, com a mesma coloração de ferrugem e manchas mais espalhadas, e menos atraentes, sobre a pele – numa inspeção mais de perto, vejo que são erupções que descamam e sangram perto da raiz dos cabelos – e uma mais velha com um rosto mal-humorado que me olha nos olhos como se fosse sua maneira de cuspir.

– Sabe cozinhar? – pergunto a ela.

– Vá se foder – o grego dela tem sotaque forte, mas é claro o suficiente. Ela é morena, não ruiva, e antes percebi que sussurrava com uma das outras. Ou elas falam a mesma língua ou ela está maluca.

– O que você cozinha?

– Cozinho veneno para você. Sua mulher, seus filhos. Todos mortos pela manhã.

Seus dentes são bons; cheiro seu hálito enquanto ela fala e não há podridão nele. Ela é sólida, de quadris sólidos, com boa cor de pele. Ela está parada de pé com os pés firmes, as mãos em punhos frouxos. Ela me olha nos olhos. Gosto dela.

– Você gosta de todo mundo – diz Calístenes.

O cabelo dela é entremeado de cinza e ela é profundamente bronzeada. Vejo as linhas mais pálidas nas rugas em torno de seus olhos. Dias mais felizes, há muito tempo, talvez.

– Qual é a história desta aqui?

– Eu não sei por que você se dá ao trabalho de perguntar – diz Calístenes mais tarde quando estamos caminhando de volta para casa. – Eles sempre dizem o que acham que você quer ouvir. Viu como ele ficou satisfeito em se livrar dela?

– Você acha que eu caí na dele?

A mulher caminha a alguns passos atrás de nós. O mercador de escravos se ofereceu para amarrar seus pulsos para que eu a conduzisse como a um cavalo, mas recusei. Se ela sair correndo, Calístenes vai apanhá-la e, então, todos vamos saber exatamente qual é a situação.

– Talvez só um pouquinho – diz Calístenes.

– Ei, vão se foder – diz a mulher. – Ele fez negócio. Eu cozinho assim como você diz.

– Ela cozinha assim como você diz. – Calístenes se vira para a mulher. – O que havia na tenda?

Ela dá de ombros, fecha um punho frouxo com uma das mãos, mete um dedo lá dentro e fica enfiando e tirando com a outra.

– Cliente.

– E de onde você é?

Ela diz um nome, um som gutural que não consigo fazer com minha boca. Ela ri quando eu tento.

– Do país das florestas?

– Mar. Mar de verdade. Frio. Não como aqui.

– Em algum lugar ao norte – diz Calístenes querendo ajudar.

– Longe – ela o ignora, olha para mim ao perceber que quero saber. – Você não pode ir mais longe. Cai pela borda.

– Da terra ou do mar?

– Mar derrama para o inferno pela borda – ela esclarece.

É divertido observar Atéas – esse é o nome dela – e Pítias se estudando.

– Obrigada – o rosto de Pítias se ilumina com a surpresa.

– Ei, vão se foder – diz Atéas.

Às vezes, subestimo Pítias achando ser mais frágil do que é.

– Não fale comigo desse modo tão rude. Somos educados uns com os outros nessa casa. Se falar comigo desse jeito indelicado, seu novo mestre aqui terá de levá-la de volta para o mercado e eu garanto que onde quer que você vá parar não vão ser tão cordiais. Quer que eu lhe mostre a casa, a cozinha e onde vai dormir? Esses são seus pertences? – ela se refere a um monte tilintante de coisas que Atéas trouxe da tenda do mercador de escravos amarrado num pano pendurado em suas orelhas.

– Hah, hah, hah – diz Atéas. – Todo mundo é tão simpático. Talvez nós já sejamos melhores amigos esta noite, hein? Talvez, no fim das contas, todo mundo acorde amanhã. – Ela pisca para mim.

– Vai ser melhor aqui – eu digo sem jeito, querendo dizer melhor do que em qualquer lugar onde ela já esteve antes, mas ela acena para dispensar a mim e a minha vontade de tranquilizá-la e vai atrás de Pítias deixando a sala.

Calístenes faz chifrinhos com os dedos das duas mãos e finge uma luta entre eles.

– Ela é terrível – diz Pítias naquela noite, depois do jantar.

Estamos sentados no pátio enquanto os escravos arrumam e limpam ao nosso redor e a escuridão cai. Uma das nossas últimas refeições ao ar-livre; agora é outono, está esfriando rápido, a luz do sol é de um dourado mais suave. As cores ficam mais pálidas por toda parte, um rosa pálido ao amanhecer, o verde lentamente lavado das árvores, nesta última dose de dias hospitaleiros. As chuvas estão a caminho. Há cheiro de fumaça e fogo por toda parte agora. Estamos sozinhos agora, mas podemos ouvi-las na cozinha, o barulho de seu trabalho e suas vozes, falando e, de vez em quando, rindo. Pítias parece contente. Suas faces estão rosadas, talvez por causa do vinho.

– Ela fez uma menina chorar só de encará-la. Disse que minha casa era imunda e que os macedônios são animais. Eu disse a ela que não éramos macedônios.

– E o que ela disse?

Pítias, é verdade, tinha bebido mais do que o habitual ou jamais diria o que diz em seguida:

– Ela disse que pode curar nosso problema.

Ela está corando e eu suponho que nada disso seja muito sério.

– Que problema é esse?

– Ela me mostrou o que tinha naquela trouxa. Umas pedras, uns ossos, umas ervas secas. Ela é uma espécie de bruxa ou acha que é. Diz que já ajudou gente como nós antes.

– É por isso que nós a temos – estou supondo que ela, por fim, traria à tona nosso problema diagnosticado por Atéas, a bruxa mal-humorada.

– Amanhã vou fazê-la começar pelo quarto grande. Seu jantar vai ser servido lá, imagino. Ainda temos barris e caixotes ali, de quando nos mudamos. Temos de encontrar algum outro lugar para isso tudo. É preciso esfregar o chão, as paredes e o teto. Você alguma vez já olhou para os tetos aqui? Pretos, todos pretos dos candeeiros. Acho que eles nunca foram limpos.

– Pedras, ossos e ervas?

– Você comprou uma bruxa – ela diz e ri.

– O negociante de escravos me disse que ela era uma curandeira cita. Ele contou que ela foi exilada por sua aldeia quando a criança de quem cuidava morreu. Ela estava a caminho da próxima aldeia, à espera de ir para alguma família ali, quando foi pega por um exército. Ela não sabia qual, não falava a língua deles. Quando foram derrotados, foi vendida com outros prisioneiros de guerra. Ele contou que em seguida ela trabalhou como cozinheira na casa de um homem rico em Bizâncio, mas tentou fugir, e então ele a vendeu ao mercador de escravos. Ele disse que havia se recusado a vendê-la algumas vezes.

Uma curandeira fracassada: Calístenes viu isso imediatamente. Pítias pode ter percebido ou não, não sei dizer. Às vezes, acho que ela conhece todos os meus pontos fracos; outras, nenhum.

– Isso já começa bem – diz Pítias. – A criança foi levada até ela tarde demais, diz. Não havia nada que pudesse fazer, mas eles a culparam mesmo assim. Fizeram-na deixar sua família para trás, seus próprios filhos. Ela não sabe quem ficou com eles. Ela fazia serviços para o exército até ele ser arrasado e passou um mês no mercado de escravos até ser comprada. O homem rico era um pão-duro que comprava carne velha para a casa e quando todos passaram mal, depois de uma refeição preparada por ela, ela ganhou a reputação de envenenadora. Eles a levaram de volta para o mercado e a venderam para o homem do qual vocês a compraram. Ela disse que ele ganha a vida vendendo barato artigos baratos. Ele nunca recusou ninguém. Já estaria longe quando o comprador se desse conta de que havia comprado porcarias. Duvido que ele a mantivesse para fazer trabalho mole. Ela contou que ele lhe disse que se não a vendesse em Péla a mataria em vez de alimentá-la mais um único dia. Ela contou que estava se preparando para morrer quando vocês apareceram.

– A família ficou doente ou morreu? – pergunto.

– Ela diz que foi treinada como parteira. Para começar, nunca deviam ter levado a criança até ela. A criança precisava de um médico, mas não havia médico. Ela não tinha ideia do que fazer. Ela diz que contou à esposa do homem rico que a carne não era boa e a mulher bateu nela. Diz que eu devo comer mais frutas, que você não devia tomar banho quente e que devíamos prestar atenção aos ciclos da lua.

– Ela lhe contou muita coisa para um primeiro dia. Você quer comer mais fruta?

É noite, agora, e apaguei os candeeiros já há algum tempo. Estamos sentados no escuro enquanto os escravos esperam que terminemos para que possam limpar e depois irem dormir também.

– Eu gosto de fruta – ela diz.

Não consigo ver seu rosto.

Eu a mando para cama e fico sentado mais um tempo ali sozinho. É a própria Atéas que vem limpar nossos últimos pratos e taças de vinho. Eu me pergunto se ela estava ouvindo, apesar de termos mantido nossas vozes baixas. Uma bruxa, então.

– Tudo bem? – pergunto.

– Vá para cama.

Digo a ela que leve um candeeiro para a biblioteca. Quero ficar acordado e trabalhar um pouco.

– Vá para cama, você.

Digo a ela que leve um candeeiro para a biblioteca.

– Em que trabalha?

– Tragédia – digo.

– Ei, vá se foder. Não quer me contar, não sou nada, não me conte. Sua mulher me conta outro dia, talvez. Ela gosta de falar.

Minha mulher gosta de falar?

– Bondade. A boa vida. O que significa viver uma boa vida e as formas como essa bondade pode se perder.

Eu espero que ela ria, me diga algo sarcástico ou mande eu me foder de novo, mas ela fica apenas em silêncio. Então, diz:

– Eu dou alho para sua mulher, tudo bem?

– Não sei. Está bem? Para que ela precisa de alho?

– Você não é médico? – ela demonstra estar orgulhosa de si mesma, como se tivesse me vencido com essa informação que acha ter descoberto em algum lugar. – Você sabe para quê. Fico surpresa que você mesmo não experimente. Timidez, talvez. Está bem. Eu explico a ela.

– Explique para mim.

Ela me estuda, tentando avaliar se estou fingindo ingenuidade ou se não sei mesmo do que ela está falando. Evidentemente, eu permito.

Que médico! – diz ela, sem esconder a insatisfação. – Sua mulher ela enfia o alho. De manhã, cheire seu hálito.

Era o que eu pensava.

– Enfia onde?

– Enfia – ela empurra a mão na virilha. – Onde você fode. Bote o alho ali. Só um dente basta. Se o hálito dela cheirar, as passagens estão abertas. Se não estiverem, sem bebê para vocês.

– Já tinha ouvido falar disso. Mas com cebola.

Ela faz um aceno de desprezo.

– Não, não, alho. Mais forte. Também encaixa melhor.

– E se as passagens estiverem fechadas? – eu me sinto como meu pai. – Suponho que você tenha um feitiço para abri-las.

– Não conheço feitiço. Tentamos isso antes, depois vemos.

– Atéas – digo –, escute aqui. – Minha mulher tem razão, somos cordiais uns com os outros aqui. Mas você só está aqui há um dia. Não há isso de "nós". Não queremos seus serviços. Não temos qualquer tipo de problema que seja da sua conta. Você não vai mencionar isso nem qualquer coisa parecida para minha mulher. Nada de alho. Nada de feitiços. Se falar nisso outra vez, levo você de volta para o mercado. Minha mulher também tinha razão em relação a isso.

– É burrice – ela dá de ombros.

– Provavelmente. Agora vá e faça suas obrigações.

Ela na verdade cozinha muito bem. O jantar esta noite foi uma sopa de feijão, pão, queijo, azeitonas e peixe, uma refeição de pratinhos coloridos que esvaziamos e acumulamos em uma pilha meio bamba, lambendo os dedos no processo.

– Estes são nossos? – perguntei a Pítias sobre os pratinhos.

– Atéas os encontrou em um dos caixotes. Ela perguntou se podia usá-los.

A sopa estava engrossada com legumes, ervas e uma espécie de folha macia de um verde profundo que murchava no líquido, mas não perdia sua linda cor. Ela encontrou também um pedaço de osso para a sopa. O pão estava sem resíduos e ainda quente, o queijo branco redondo enfeitado com nozes dispostas num padrão floral, as sardinhas intactas, mas magicamente sem espinhas. A bruxa tem habilidades com as facas dignas de meu pai cirurgião.

– Eu já li isso antes – diz Alexandre.

Estamos em Mieza, na cozinha, sentados lado a lado diante do fogo. Não é meu lugar favorito para compartilhar livros, mas recentemente ele machucou a perna nos jogos e o mandaram fazer o músculo suar até poder correr com ele de novo. Ele se senta com o calcanhar apoiado na barra onde ficam penduradas as panelas. Meu Homero está em seu colo. Estou preocupado com o livro – brasas, fuligem –, mas até agora ele o está protegendo bem, tomando cuidado. É doce de ver.

– Sei que leu – digo. – Você é Aquiles, seu pai é Peleu. Hefestion seria seu Pátroclo, não? Quem é seu Odisseu?

– Ptolomeu. Ele é esperto.

Ele olha automaticamente em direção à porta, ao ouvir o som de latidos vindo do exterior. Hoje estamos sozinhos; seus companheiros estão lá fora treinando enquanto as folhas secam, caem das árvores e flutuam levadas pelo ar no auge do outono. Ele está chateado de não estar com eles. Diabos, ele está chateado por não estar na Trácia com o pai, depondo reis, fundando cidades.

– Tenho que ler ele inteiro de novo? – pergunta.

– Você já o leu com Lisímaco, não comigo.

Ele começa a dizer algo, mas se detém. Eu até me pergunto se Lisímaco está com a orelha na porta agora.

– Vamos conversar sobre o livro um, o argumento – digo. – Você pode resumi-lo para mim? – vamos ver se o príncipe considera isso um exercício de memória ou de atenção.

– A Guerra de Troia já tem nove anos – ele ainda olha fixamente para a janela. – Agamenon recebeu uma garota, Criseida, como despojo de batalha. O pai dela, um sacerdote de Apolo, oferece um resgate generoso por seu retorno, o que é recusado por Agamenon. Apolo desce como a noite... – aqui ele hesita, deixando um pequeno espaço para que eu o admire; exercício de memória, então; não digo nada. – E cerca as tropas até que Agamenon é forçado a ceder. Como ele tem que abrir mão de sua presa de guerra, exige que Aquiles entregue sua garota, Briseida. Aquiles, sentindo a injustiça disso, se recusa a lutar até que ela lhe seja devolvida.

– Muito bom. E essa rixa prossegue pelos 23 livros seguintes.

Agora ele olha para mim.

– "Briseida do rosto lindo". Acha que Aquiles está apaixonado por ela? Ou sua honra foi ofendida? Ou ele é mesquinho e pomposo e cheio de si? – pergunto.

– Por que não todas as opções? – ele move a perna sobre a barra e faz uma careta de dor. – Percebi algo sobre você, Príamo. Importa-se se eu chamá-lo de Príamo? Você me faz lembrar ele, o rei velho e triste que não luta e tem de implorar pelos restos mortais do próprio filho para dar a ele um funeral adequado depois de sua derrota. Percebi que você gosta de dizer, nesta mão – ele estende a mão espalmada –, nesta outra mão – espalma a outra –, e então aquilo que estamos procurando é uma união das duas – ele, então, junta as mãos. – Você nunca se preocupa por ser muito certinho?

– Não me *preocupo* com isso. Isso é uma virtude.

– Virtude de mulher.

– De um soldado também. É a mesma coisa que disciplina. Deixe-me colocar a coisa dessa forma. Você acha que a história é uma comédia ou uma tragédia?

Ele estende as duas mãos e brinca de equilibrá-las.

– Bem, tem que ser uma ou outra, não é? – digo.

Ele dá de ombros.

– Você não gostou mesmo do livro?

– Finalmente – ele diz. – Finalmente uma pergunta cuja resposta você não planejou com antecedência. Gostei de algumas coisas. Gostei das batalhas. Gosto de Aquiles. Eu gostaria de ser mais alto.

– Os homens estão diminuindo. É uma regra da natureza. Na época de Aquiles, os homens eram mais altos e mais fortes. Toda geração encolhe um pouco dessa grandeza. Somos apenas sombras de nossos ancestrais.

Ele balança a cabeça.

– Você poderia ler o livro como uma comédia: as brigas dos deuses, as intrigas dos reis. Os guerreiros correndo de um lado para outro e se batendo uns nos outros por nove anos. Nove anos! A demonstração farsesca entre Páris e Menelau. A alegoria das identidades trocadas quando Pátroclo se mascara de Aquiles. Esses são elementos de comédia, não são?

– Eu ri o tempo todo – ele diz.

– Sei que você tem senso de humor. – tenho vontade de fazer uma alusão à montagem de Eurípides de Carolus, à cabeça, mas ele está me olhando com tanta atenção e expectativa, agora, à espera de um elogio, que não consigo. Que filhote monstruoso e carente. Devo continuar a lhe apresentar enigmas para transformá-lo em um monstro mais brilhante ou devo torná-lo humano?

– Tenho trabalhado em um pequeno tratado sobre literatura, as artes literárias. Tragédia, comédia, épico. Porque tenho me questionado: qual o sentido de tudo isso? Por que não simplesmente relatar tal história como aconteceu de maneira sóbria, sem fingir preencher as lacunas?

Ele retira a perna da barra e massageia o músculo por um momento.

– Andei lendo uma coisa. Eu a trouxe da biblioteca do palácio. Espere.

Ele manca até seu quarto. Se não manca, provavelmente deseja fazer isso. Ele tem o cuidado de disfarçar a lesão e caminhar corretamente. Um líder nunca deve revelar fraqueza na batalha para não desmoralizar suas tropas e encorajar o inimigo. Algo que ele descobriu sozinho ou lhe foi ensinado? Algo que um rei ensinaria a um rei; espero que venha de Filipe.

Ele está de volta, ofegante. Foi correndo depois que deixou a cozinha. O livro que quer me mostrar é um que conheço bem, um de meu velho mestre, no qual ele ataca a influência depravada das artes na sociedade decente.

– Só que, você sabe, ele não pode estar falando sério – Alexandre se senta outra vez –, porque ele usa o teatro para conduzir seus argumentos, não usa? Um diálogo falso entre pessoas de mentira, com um cenário, essas coisas. Ele precisa do artifício para alguma coisa, não precisa?

– Exatamente. Está absolutamente certo.

– Para atrair a atenção do leitor. É mais divertido de ler que um tratado seco.

– É verdade – lembro-me de minhas primeiras tentativas com a forma do diálogo. Eu não tinha talento para isso e desisti. – E também, eu acho, você sente mais quando é estruturado dessa forma. Você se preocupa mais com os personagens, com o resultado das coisas. Essa é a essência das artes literárias, com certeza. Você pode transmitir ideias de modo acessível e de um modo que faça o leitor ou o espectador sentir o que está sendo contado em vez de apenas ouvir.

– Concordo – ele está zombando de mim, mas com gentileza. – Eu também andei lendo um livro e me perguntei se ele iria interessá-lo.

– Ele me interessa.

Eu o entrego a ele.

– Pequeno – ele diz.

– Leitura para uma tarde no máximo. Espero que o divirta. É do mesmo autor. O cenário é um jantar.

– Majestade, mestre – um criado à porta tem uma expressão aflita. – Uma visita.

– Vá embora – diz Alexandre.

– Não me mande ir embora, seu pirralho miserável – Olímpias passa pelo criado, que pula para sair de seu caminho como se tivesse se queimado. – Beije sua mãe – a própria Olímpias, toda de peles brancas, estrelas de prata nos cabelos, trazendo uma lufada de ar perfumada do exterior.

Alexandre a olha, mas não se levanta. Ela se debruça sobre ele e aperta o rosto contra o dele.

– Que menino quente adorável. Eu escrevi para você dizendo que vinha. Não lê minhas cartas? Não minta para mim. Sei perfeitamente que ninguém estava me esperando. Aquele criado pareceu ver um fantasma. Olá, senhor – continua a falar para mim –, qual é a lição?

– Homero, majestade. Mas que inesperada sua...

– Não para mim – diz Alexandre. – Eu estava esperando e esperando.

– Que amável – ela puxa uma cadeira e a aproxima do fogo para formar um trio. – Bem, sente-se – ela diz para mim. – Continue. Não quero interromper.

– Sim, você vai... – diz Alexandre.

– Posso perguntar a que devemos essa...

– Devem a sua majestade estar enlouquecendo de tédio em Péla e sentindo falta de seu garotinho. Eu já o via pouco e, então, o animal do meu marido o mandou para cá. O próprio Dioniso soprou os calcanhares de meu pequeno cavalo para apressar meu caminho. Não. Na verdade deixei todos os criados lá fora. Nós somos muitos e também trouxemos bastante bagagem – os olhos dela se desviam para o teto, talvez a origem da afetação de seu filho. – Trouxe comida – murmura.

– Amo você – diz Alexandre.

– É melhor mesmo. Ninguém mais ama. Tem notícias de seu pai?

– Você não tem permissão para me perguntar isso, lembra?

Ela revira os olhos. Ele rola os dele, zombando dela. Toda a performance é chocante: a raiva, a maldade, a intimidade grotesca, sua disposição de fazer isso para um público, que sou eu.

– Pode fugir agora – a mãe diz para o filho como se estivesse lendo minha mente. – Quero um momento em particular com seu tutor. Vá mandar que preparem um quarto para eu dormir.

Ele sai, levando consigo todos os três livros.

– Nós realmente trouxemos comida. Coelhos, bolos e outras coisas. Vou ficar terrivelmente popular com os garotos por uma hora e meia. Que lugar horrível.

– É – digo.

– Como ele vai indo?

– Acho que está entediado.

– É – ela olha outra vez para o teto. – Não estamos todos? Mas você vai desenvolver as faculdades existentes, imagino, não?

– É claro.

– *É claro* – ela faz uma boca feia, quando me imita. – Será que todo mundo me odeia? Não estamos falando de Arrideu. Estamos falando sobre meu filho. *Meu* filho. O inferno pelo qual vou passar, quando voltar, por ter vindo aqui sem permissão, só para dar uma olhada no meu bebê. No despacho vai ficar assim: Olímpias montou um cavalo. Prendam-na! Você sabe que vão fazer isso. Vão me encerrar em meus aposentos. Já fizeram isso antes. Da última vez foi por um mês, porque eu desci até o campo de desfiles para vê-lo treinar. Eu só queria olhar para ele, em cima daquele seu grande animal. Eu usei um véu, mas me descobriram. Eles sempre sabem. Não posso imaginar como.

– Por que a senhora veio, majestade?

– Eu precisava vê-lo. Aquele animal acha que pode me manter em uma caixa. Ele...

– Mãe – Alexandre está à porta. – Por que não fica com meu quarto? Posso dormir no de Hefestion com ele.

Olímpias esfrega os olhos com a beira da capa.

– Eu ia adorar. Já contei a você que trouxe comida? Coelhos, bolos e outras coisas? – ela começa a chorar. – Acha que dessa vez eles vão me deixar ficar? Só por uma noite?

– Dessa vez?

– No mês passado ela tentou – diz Alexandre. – Antípatro a alcançou a uma hora de Mieza. Por que não vai se deitar agora, mãe? Caso tenha de montar de novo esta noite.

– Mas você fica comigo?

Barulhos do lado de fora: um sino de aviso, homens gritando. Olímpias começa a se balançar para frente e para trás, se abraçando e chorando.

– Vá – digo. – Vou atrasar Antípatro. Uma hora, pelo menos. Os dois, vão!

Alexandre vai à frente, agora se permitindo mancar bastante.

– Você está machucado – diz Olímpias. – Oh, se apóie em mim.

Ele toma seu braço e eles saem capengando. Uma saída real.

As mesas foram limpas e a porta foi aberta para a entrada de um pouco de ar. Os primeiros dias bonitos de outono já estão bem distantes agora, e gotas de chuva caem com força em meio a rajadas de vento escurecendo a varanda. A chuva está forte, e cada dia é mais frio que o anterior. O outono está se dissolvendo e se transformando em inverno. Os músicos, dois flautistas, terminaram pela noite e estão comendo seu pagamento na cozinha. Pítias ficou comigo na porta de vestido novo, recebendo cada convidado, e depois desapareceu. Só eu ainda estou consciente de sua presença no chão encerado, na arrumação dos candeeiros, nas flores trançadas nos lintéis, nas almofadas novas e fofas nos divãs, na delicadeza e no critério da sucessão de pratos. Esta noite ela gastou muito do meu dinheiro, de seu jeito discreto. Botei Carolus ao meu lado e os outros em ordem cuidadosa depois dele, com Calístenes por último; conversamos e ele entendeu que não é uma desfeita. Depois de um começo um pouco incerto, tudo parece estar funcionando, apesar de Carolus ter contribuído apenas com monossílabas até agora e de tossir repetidamente em sua manga. No início achei que estivesse sem jeito, mas agora me pergunto se ele está bem. Ele bebe sem comer e segue a conversa obstinadamente, mas com olhos mortos. Antípatro e Artabazus já cruzaram espadas em torno da política externa do rei e de seus planos para a Pérsia; Fílis e Calístenes sussurraram entre si durante algum tempo como estudantes em sua primeira mesa de adultos. Mas Leônidas começou a discutir com Artabazus e logo todos estavam rindo. Não era um talento que eu teria atribuído a Leônidas; estou me divertindo, já aprendendo coisas. Lisímaco simplesmente não apareceu.

Chegam, então, os escravos com as taças de vinho e jarros de água. A parte formal da noite, minha parte favorita, começa agora.

– Não tem malabaristas? – diz secamente Antípatro. – Não tem garotas?

Esta noite, não. Os escravos trazem uma taça para cada convidado e bebemos vinho sem misturar no gesto ritual para honrar o rei demônio. Um hino a Dioniso e depois ordeno que o vinho seja misturado com água.

– Duas para cinco? – pergunto, por pura formalidade. A proporção padrão; não espero pela aprovação de meus convidados. Três jarras grandes são misturadas e eu seguro um copo de tamanho moderado, outra vez para aprovação ritual. Na Academia haveria acenos de cabeça por toda a volta; aqui meus convidados apenas olham fixamente para mim. As taças (novas, mais uma de Pítias) são distribuídas e o vinho é servido. Os escravos dão a volta na sala, começando por Carolus e terminando por Calístenes, que senta longe de mim, do outro lado da porta.

A sobremesa é trazida em mais bandejas: queijos, bolos, figos e tâmaras secos, melões e amêndoas, assim como pratinhos de sal com especiarias ao alcance de cada um. Tudo estava disposto em belas pirâmides, até o sal, e não consigo evitar procurar pela forma dos dedos de minha mulher nos declives dessas guloseimas. Odeio destruir arquitetura tão elaborada pelo desejo de uma noz temperada. Opto, em vez disso, por uma pilha mais estável de tâmaras dispostas como tijolos enquanto preparo minhas palavras de abertura, quando Calístenes me chama.

– Tio?

– Sobrinho? – digo.

– Você me ama, tio?

– Por que, o que você fez?

Risos.

– Só que o senhor terá de me desculpar esta noite – ele diz. – Todos terão de me desculpar. Simplesmente não posso fazer.

– Fazer o quê? – pergunta Antípatro.

– Falar – diz Calístenes. – A fala, o discurso. Eu bebi demais e simplesmente não acho que consigo juntar as palavras. Vocês me perdoam? Eu vou me retirar, talvez... – ele acena vagamente em direção à porta.

Ele desempenhou seu pequeno papel muito bem. Assim, qualquer outra pessoa que não queira falar – eu estava pensando, em primeiro lugar, em Leônidas – podia sair com Calístenes sem perder a moral, o respeito e comer doces na sala ao lado. Eu pensei em tudo.

– Discursos? – diz Antípatro. – Pensei que era uma brincadeira.

– Eu não entendi nada dessa parte – diz Artabazus. – Achei que era porque sou um estrangeiro ignorante.

– Mas estava nos convites – Antípatro, Artabazus e Leônidas já estão de pé, seguindo Calístenes. – Tragédia – digo, elevando a voz acima do barulho de sua saída, repetindo as palavras do convite. – "A boa vida. O que significa viver uma boa vida e os modos pelos quais o bem pode ser perdido."

– Cale a boca – diz Carolus. Só ele e Fílis ficaram. – Eles não sabem como fazer isso aqui. Você os está deixando envergonhados.

Olho para Fílis, que olha desesperadamente para Carolus.

– O garoto vai se mijar todo se você tentar fazê-lo falar – diz Carolus. – Você tem de esquecer isso.

Ocorre-me que a única pessoa em quem consigo pensar que teria gostado da noite exatamente como eu a planejara, que teria realmente tentado fazer sua parte, era Alexandre.

– Como vai o livro? – pergunta Carolus. – Sua tragédia para principiantes?

– Comédia, também. Resolvi que preciso tratar dos dois.

Ouço um barulho na sala ao lado, uma voz mais alta, risos e depois Tico sussurrando em meu ouvido:

– Lisímaco, mestre...

– Lisímaco – digo, porque não lhe importam os anúncios, ele já está se mostrando à porta, prestes a entrar.

Meus outros convidados voltam atrás dele, reassumem seus lugares supondo, corretamente, que a parte formal do jantar já está morta e enterrada. Bem, eu não queria um jantar de estudantes? Quem sou eu para exigir cerimônia?

– Aqui está você – ele diz. – Quem mora na porta ao lado? Eu fui lá primeiro. Acho que assustei as mulheres. Elas disseram que vocês estavam todos aqui. Confundi as casas. Desculpem-me, desculpem-me. Flores para as mulheres. Vou mandá-las pela manhã. Gostam de flores, sim? Alguma cor em especial? Ah, quanta gentileza. – Calístenes deslizou seu divã para o canto, abrindo espaço. Lisímaco senta pesadamente e olha ao redor. – Muito bom, muito bom. – Ele está rindo de mim outra vez. Está bêbado.

– Vai comer? Vou pedir que peguem para você um prato na cozinha.

– Já que está oferecendo, vou beber. Preciso manter os níveis constantes. Uma queda repentina nos níveis e quem sabe? Já assustei as mulheres. Aqui não há mulheres.

– Não – digo.

– É o que eu pensava. Garotos? Ele gosta de garotos?

Todo mundo olha para mim.

– Um garoto, em especial – diz Lisímaco. – Bem, não há nada de errado, todos já passamos por isso. Gosto excelente em todas as coisas, sempre. Mas um pouco sem esperança nesse caso.

Digo a Tico que lhe traga um prato de comida.

– Ama-o cegamente – prossegue Lisímaco. – Pobre filho da mãe. Você deveria tê-los visto em Mieza quando ele achava que estava sozinho. Eu sei, eu sei, eu não devia ir lá, mas se o príncipe deseja...

– Achei que o havia visto uma ou duas vezes – digo. – Você não precisava se esconder de mim.

– Enlouquecido por ele – diz Lisímaco. – Ah, deuses, isso o excita. Olhem para ele. Só um animal como o resto de nós, afinal de contas. Não se preocupe, não contei a ninguém que se importaria.

– Não me ameace – digo. – Coma sua comida.

Ele pega o prato de Tico.

– Bode! – ele ri e começa a comer.

Tenho consciência de que meus convidados me observam.

– Eu foderia com ele – diz Lisímaco, com a boca cheia. – Ele cheira tão bem. Já foi lá? Antípatro é a pessoa com quem sou mais prudente.

– Já basta – digo.

– Todo macio, forte e completamente confuso – diz Lisímaco. – Eu o foderia até enlouquecer.

– Não estamos falando sobre ninguém que eu conheça – diz Antípatro.

Então, todos vão embora. Eu os acompanho até a rua.

– Estou bêbado – diz alto Lisímaco para Antípatro e para mim. – Não quis dizer nada com isso. De qualquer modo, você tem idade para ser pai dele.

– Tenho – digo.

Nós nos encaramos.

– Mas você não é pai dele – diz com voz mais baixa.

– Eu sei disso.

– Eu o amo – ele diz, de modo que só eu ouço.

Balanço a cabeça.

– Talvez você pudesse... – ele começa, mas Artabazus o toma pelo cotovelo, sorri, faz uma reverência de agradecimento por ele e o leva embora gentilmente.

– Eu sei onde ele mora, não é longe de mim – diz Artabazus. – Vamos juntos, assim. Eu o agradeço mil vezes.

– E eu agradeço a você – digo, me referindo a Lisímaco.

Ele assente, ele sabe.

Antípatro espera junto à porta, sacudindo a cabeça.

– Acho que você ouviu tudo – digo.

– Não ouvi porra nenhuma. Só ouço o que posso botar nos despachos.

– E Olímpias?

Antípatro sacode a cabeça outra vez. Ele me deu a hora que lhe pedi em Mieza, duas semanas atrás, mas deixou claro que estava fazendo isso por mim, não por ela.

– Tutores dedicados são uma coisa; rainhas intrometidas, outra. Ela vai passar um tempo em reclusão.

Quando volto para casa, após aquelas breves lufadas de ar cortantes da rua, a atmosfera está fechada, ainda densa de comida e vinho. Eu me sirvo uma última taça e a levo quando vou falar com Pítias em nosso quarto. Ela está acordada à minha espera, cochilando em cima de seu bordado e sentada a uma mesa cheia de velas para lhe dar luz suficiente. Ela desperta quando me sente parado perto dela.

– Você me assustou.

– O que está fazendo?

Ela o ergue para me mostrar, uma peça de bordado elaborado, uma paisagem cheia de figurinhas, todas em rosa e vermelho. É bonito.

Sento-me na cama enquanto ela põe seu trabalho de lado e sopra para apagar a maioria das velas. Conto a ela como foi a noite, conto que todos elogiaram a comida e que Lisímaco foi mais ou menos tão insuportável quanto eu esperava que fosse; que Antípatro mandou lembranças especiais a ela. Digo a ela como a nossa casa tinha ficado linda e como era bom tê-la no quarto comigo, olhar para todos os lados vendo aí seu trabalho.

– E sobre o que vocês conversaram? – ela sabe que isso é o mais importante.

Fecho os olhos para imaginar cada um deles voltando para casa. Antípatro aos tropeços no final, entediado, imagino, e, por isso, bebendo mais que de hábito ou, talvez, isso seja habitual para ele, não o conheço muito bem, tem o palácio para onde ir, para uma esposa com quem Pítias é cordial e já até costurou com ela uma ou duas vezes (mais velha do que nós, ela me contou, um pouco austera e formal, coisa que Pítias administra muito bem; ela, provavelmente, também vai acabar desse jeito. Rude com os criados, coisa de que Pítias não gosta, mas discreta no vestir e na fofoca, como é apropriado para uma mulher de sua posição, o que Pítias aprova). Eu me pergunto se ela esquenta a cama dele ou se usam quartos separados. Artabazus, o solteirão, não dorme sozinho. Não sei exatamente como sei disso, mas apostaria que sim. Ele vive em uma casa grande perto da corte, do tipo que Pítias e Calístenes acham trabalhosa, grande demais para um homem e com decoração suntuosa. Se ele pendurasse dinheiro em volta da casa daria no mesmo, disse Calístenes. Eu me permito a fantasia de ele pagando por um garoto e uma garota para aquecer sua cama e, depois de uma noite de depravação, despertando de manhã, fresco como um cordeiro, com o rosto corado e os olhos brilhantes, pronto e ansioso pelo desjejum e pelos negócios sutis do dia. Lisímaco também vai voltar para casa, mas sem dúvida dará uma boa noite alegre, porém firme, para Artabazus e vai preferir caminhar sozinho. Leônidas vai seguir com Antípatro até o palácio. Mandei Carolus para casa nos braços de um escravo; não sei onde ele mora, mas sei que é numa área mais pobre, provavelmente em uma cabana como a de Ilaeu. Espero que seja aconchegante. Calístenes tomou Fílis pelo braço e provavelmente o levou em busca de algum lugar para beber e continuar a conversa. Eles vão solucionar tudo aquilo sobre o que me debrucei por toda a vida por volta da próxima hora, tenho muita confiança nisso.

– Amor – digo. – Nós falávamos de amor.

Pítias pega a taça de vinho de minha mão para que eu não a derrame.

– Deite-se.

Ela começa a massagear meus pés. Trabalha com o polegar, subindo para o calcanhar pelos arcos macios e massageando por um bom tempo as almofadas dos dedos. Momentos depois ela se levanta e eu me pergunto se foi embora; estou preguiçoso demais, minha cabeça está muito cheia de vapores para abrir os olhos e ver. Mas, então, sinto seu peso na cama novamente, ao lado de meus joelhos, e ouço o ruído de barro sobre barro, um jarro sobre um prato. Ela esfrega as mãos para esquentar seja lá o que for e, então, começa a esfregar novamente meus pés com algo escorregadio, algum óleo. Alguma coisa dela: o aroma é bom, não é qualquer óleo da cozinha. Viro de bruços para que ela possa massagear minhas pernas inteiras. Vou ficar cheiroso de manhã e vou precisar de um banho para me livrar do cheiro. Afasto um pouco as pernas quando ela alcança minhas coxas. Talvez ela me permita retribuir o favor, apesar de duvidar disso. Isso é um dom. Quando sinto suas unhas pequenas no meu traseiro tenho de me virar, mas ela continua lenta e metodicamente da mesma maneira, quadril, peito, ombros, braços, mãos até as palmas e dedos, cada um deles untado até a ponta. Algum ritual de que ela precisa, talvez. Quero lhe dizer que está exagerando, que podíamos terminar em um minuto se ela se concentrasse nisso, mas não há dúvida de que ela sabe disso. Deixo que ela faça do seu jeito dessa vez. Ela joga o vestido sobre meu rosto. Um vislumbre disso, um vislumbre daquilo através da trama do tecido, alguns pontos brancos das velas, sua forma enevoada em movimento em cima de mim e alguma coisa chegando que ela não quer que eu veja. Tento pegar, mas ela põe minhas mãos de volta na cama e as segura aí enquanto esfrega os seios para cima e para baixo em meu peito. Meu rosto fica rapidamente abafado. Há um momento de imobilidade entre oferendas, e em seguida ela joga o peso sobre mim, os quadris sobre mim, descendo aos poucos. Não é uma penetração fácil, envolve muita flexibilidade e ajustes da parte dela, que usa os dedos para abrir suas partes rosadas secas tentando completar o encaixe, e então ela começa a se mexer muito lentamente, se balançando um pouco, sem saber o que fazer. Seguro-a pelos quadris e tento conduzi-la no caminho que desejo, mas ela inspira fundo, um silvo curto de desaprovação ou talvez de dor. Há outro momento de imobilidade e, então, ela tenta novamente, o balanço frustrante, hesitante, que não tem nem de perto a fricção necessária. Tiro o tecido do rosto para pelo menos poder olhar para ela, e ela para outra vez.

– Isso não está funcionando – ela diz.

– Está bem – a luz da vela é lisonjeira, e ela nunca foi nem será tão bela como está, com o cabelo caindo sobre os ombros e cachos lambendo seus seios. Estendo minhas mãos na direção deles, pequenos, bicos amendoados, e ela deixa. Parece determinada, quase séria. Resolvo não olhar para seu rosto.

– Mais forte – digo a ela –, como se estivesse moendo carne.

O resultado é mais conservador do que eu gostaria, mas chego à conclusão de que é um ritmo gostoso.

– Me fode, pelo menos uma vez – dizer palavras em voz alta em vez de pensá-las é algo que está intimamente ligado à chegada do prazer, mas por incrível que pareça ela para uma terceira vez e sai de cima de mim.

– O que foi?

– Temos de terminar normalmente para funcionar.

Normalmente. Ela quer deitar de costas, mas não deixo que ela o faça. Terminamos com ela de rosto para baixo, levando com força, suas mãos presas por uma das minhas. Eu gozo como um monstro. Quando saio de cima dela, ela rola de costas, puxa os joelhos para cima com elegância e fica desse jeito bastante tempo. Minha mulher está tomando lições com uma bruxa.

Este é o melhor sexo que jamais teremos.

Meu pai me explicou uma vez que o esperma do macho humano era uma destilação potente de todos os fluidos do corpo e que quando esses fluidos esquentavam e se agitavam produziam espuma como quando se cozinha ou como a água do mar. O fluido ou espuma passa do cérebro para a espinha e de lá vai através das veias, pelos rins, depois pelos testículos até chegar ao pênis. No útero, a secreção do homem e da mulher se misturam, apesar de o homem experimentar prazer no processo e a mulher não. Mesmo assim, é saudável para uma mulher ter relações sexuais regulares para manter o útero úmido e esquentar o sangue.

Eu caio doente, a mesma coisa de sempre. Ela me invade lentamente como sempre faz, lenta o suficiente para que eu me convença de que dessa vez não é nada, só cansaço, apenas tensão do palácio atrapalhando meu sono, provocando dor de cabeça, beliscando minha memória, sugando a cor do céu e o calor do mundo. Eu fico mal-humorado, irritadiço, brigo com os escravos, que permanecem impassíveis. Imagino que já viram isso antes e, de qualquer modo, dessa vez não é nada, apenas tensão.

– É esse clima horroroso – diz Pítias. – Sempre chovendo, sempre encoberto. Eu também sinto isso às vezes.

– O que você sente? – a impaciência que me faz gritar com os escravos me deixa extremamente formal, extremamente educado e propositalmente obtuso com ela. Não preciso que me digam que tenho um problema de mulher e, acima de tudo, não preciso de Atéas farejando a minha volta depois de algumas palavras soltas por sua senhora, repreendendo, receitando, curando pelo que eu saiba e, portanto, ganhando força a partir de minha fraqueza.

– Cansada – diz Pítias. – Triste. Uma espécie de moleza no pensamento. Esqueço as coisas, não consigo reunir energia para fazer tudo o que normalmente faria em um dia.

– Eu já me sinto melhor com uma parceira sofrendo. Meus livros seguem sem serem escritos, sua costura não é feita. Que consolo para mim saber que não estou sozinho.

– Não seja desagradável – ela diz.

– Amor – eu me arrependo imediatamente, mas ela já deixou a sala. Ainda assim, não posso aceitar que o que me aflige não seja de modo algum único, uma doença nova, sem um nome anterior. Há muito tempo meu pai diagnosticou em mim um excesso de bile negra, o que, às vezes, é bem verdade, mas isso não tem importância em ocasiões em que simplesmente não preciso dormir e os livros parecem escrever sozinhos, e o mundo parece pintado até o último canto de cores e ternura, uma espécie de iluminada infusão divina. Tampouco pode ser responsabilizado pelas mudanças repentinas, de uma condição para outra, da melancolia negra para a alegria dourada. Apesar de a melancolia ter sido sempre a mais predominante dos dois estados e de ter se tornado cada vez mais à medida que envelheci. Talvez um dia eu pare de ter humores, como minha mãe há muito tempo os chamava, de uma vez por todas e vou simplesmente me estabelecer em um estado constante de amargura e infelicidade, uma dor não física, mas nem por isso um fardo menor.

Filipe voltou da Trácia para casa, após uma ausência de cerca de dezoito meses. Não um retorno para casa dos mais felizes, e ele vai partir de volta em uma ou duas semanas com suas tropas reserva, deixando para trás algumas de suas unidades com maior tempo de serviço, para passar um merecido inverno em casa. Na corte ouvimos os detalhes. As cidades de Perinto e Bizâncio, provavelmente provocadas por Atenas, se recusam a auxiliar os esforços de Filipe na Trácia oriental. Enquanto os atenienses pilhavam toda a costa com sua frota, Filipe foi para Perinto. Construída sobre um cabo longo e estreito, a cidade era difícil de ser atacada por terra, e a marinha de Filipe era fraca. Um cerco, então, e uma oportunidade de testar as novíssimas catapultas de torção e arremesso de flechas. Os ataques de catapultas eram conduzidos em turnos, dia e noite. Eles usavam aríetes;[2] tinham sapadores para cavar túneis sob os muros da cidade e escadas enormes para passar por cima deles; eles construíram torres da altura de quinze homens para permitir que atirem no inimigo de cima para baixo, por cima das muralhas. Quando a muralha foi finalmente rompida, as tropas de Filipe penetraram e descobriram uma segunda muralha construída por seus habitantes, enquanto os macedônios ainda tentavam furar, cavar, esburacar e pôr abaixo a primeira.

O cerco recomeçou na segunda muralha. Por trás dela havia fileiras de casas acessíveis apenas por ruas estreitas e íngremes, fáceis de bloquear. Os períntios, durante todo o cerco, receberam dinheiro, armas e cereais de Bizâncio e de várias satrapias persas. A marinha ateniense esperou e observou. Filipe, prevendo uma luta feia, subitamente retirou metade de suas tropas e marchou para Bizâncio, agora sem homens suficientes devido a seu apoio a Perinto. Mas de algum modo

[2] Máquina de guerra com que se derrubavam as muralhas ou as portas das cidades sitiadas. (N. T.)

essa outra cidade também escapou de uma derrota rápida. Filipe, em um segundo ataque surpresa, tomou a frota graneleira de Atenas, que passava pelo Bósforo em sua rota vindo do Mar Negro. Um sucesso para enriquecer o tesouro macedônio e aumentar a moral do exército; guerra aberta, agora e por acaso, com Atenas, apesar de as hostilidades não eclodirem imediatamente. Neste momento o cerco de bizâncio começou de verdade e durou a maior parte do outono, o inverno e adentrou a primavera seguinte. Novamente os aríetes apareceram; novamente a cidade, com o apoio aberto de Atenas e de seus aliados na região, resistiu. Então, a marinha macedônia sofreu o primeiro golpe duro da marinha ateniense e por fim teve de se retirar para reduzir as perdas.

– Estou aborrecendo você? – Filipe diz.

Eu volto a mim. Quando despertei de manhã, chorei ao me dar conta de que estava acordado e tinha todo um dia pela frente. Pítias também despertou, mas fingiu ainda dormir enquanto eu enxugava os olhos. Minhas lágrimas devem entediá-la, pelo menos às vezes.

Trácia alguma coisa, Alexandre alguma coisa, eu podia chorar de novo pela estupidez de tudo isso. Será que ele devia levar Alexandre para a Trácia? Qual era o problema? Verdade, não tenho ideia de o que ele está me perguntando.

– Posso dar uma sugestão? – Lisímaco entra na conversa.

Fico agradecido e lanço um olhar para ele que diz isso. Ele é um estudioso, afinal de contas; talvez sofra de algo parecido. Talvez ele reconheça isso e esteja me ajudando. A retribuição de uma gentileza, pelo convite para o jantar.

– Será, porra, que vocês podem andar com essa merda? – diz Filipe. – Será que nenhum de vocês consegue falar uma frase?

– Deixe-o aqui. Ele está nas melhores mãos e em uma idade delicada também, quando metal apenas começa a endurecer, se é que me entende. Não se pode atrapalhar no momento de temperá-lo.

– Ei? – diz Filipe.

– Meu estimado colega aqui tem sido uma influência maravilhosa – Lisímaco me faz uma reverência. – Uma influência maravilhosa. Nunca vi tamanha influência sobre um garoto. Nunca vi um professor ter tamanho impacto sobre um aluno. Às vezes, olho para os dois juntos, as cabeças debruçadas juntas sobre alguma coisa, e é difícil crer que não são pai e filho. Muito bem moldado segundo a mente do maior de todos, entende o que quero dizer? Não tenho certeza se alguém além de mim percebeu a proximidade que existe entre os dois. Arranque-o daqui agora e ele carregará a ferida pelo resto da vida. A mente está começando a amadurecer. O que é mais importante que a mente?

Filipe olha para mim. Eu olho para Antípatro. Antípatro sacode a cabeça, quase imperceptivelmente.

– Ele quer muito conhecer o mundo – digo.

Filipe olha para mim.

– Ele é o aluno mais brilhante que já tive.

Filipe olha para mim.

– Não estou me sentindo bem. Os senhores me dão licença?

Deixo a corte com o punhal de Lisímaco enfiado nas costas.

Dez dias mais tarde, um criado me diz para arrumar minhas coisas, Mieza chegou ao fim. Precisam de Alexandre na corte; seu treinamento militar tem sido negligenciado; estamos em guerra contra Atenas; por ora, ele já é filósofo o bastante. O punhal de Lisímaco, por enquanto, está embainhado, apesar de no fim Filipe ter voltado para a Trácia sem o filho. O príncipe ficará desapontado. De repente os garotos foram embora e nós, os velhos, seus acompanhantes, demoramo-nos no trabalho lento de arrumar as coisas, eu principalmente, com dois anos de livros, espécimes e manuscritos, enquanto os servidores do templo observam, impassíveis como sempre. Somos uma tempestade que finalmente acabou de passar por suas vidas. Eles me dizem que vou continuar a ensinar o príncipe em Péla, menos intensamente, contudo, com menos frequência, pois outros deveres se sobrepõem aos seus estudos.

Pítias me recebe com uma refeição cara e, mais tarde, uma foda tímida em minha própria cama, um eco de nossa última vez, um prazer inesperado que sinto até na sola dos meus pés. Estou em casa.

Vou ao templo de Dioniso a pedido de Pítias, para agradecer ao deus por sua gravidez. Dou ao servidor dinheiro para um cordeiro todo branco.

– O deus está satisfeito – diz o serviçal.

É uma escolha cara – essas coisas circulam – e eu resolvo desfrutar um pouco disso, o prazer disso. A faca corta como se atravessasse manteiga. Um corte na garganta, o sangue recolhido sombriamente em bacias de bronze e, então, um pouco de trabalho de açougueiro amador para liberar um pouco de carne da coxa, dos tendões, para jogar no fogo. Um serviçal vai embora com o resto da carcaça. Hoje, serviçais de sorte, barrigas de sorte.

Estou me lavando quando vejo Fílis se ajoelhar levemente diante de uma grande estátua, maior que a estátua de tamanho natural do deus. É uma obra bonita de mármore branco. Os cachos compridos do deus estão entrelaçados com hera. O torso é musculoso, mas elegante; os quadris, estreitos; as pernas, fortes; os pés estão descalços. O rosto mostra humor contido, não o que você associaria primeiro ao deus e sempre está de acordo com meu humor quando tenho de vir aqui. O enfermeiro está rezando com ardor, os olhos fechados, se balançando um pouco, com lágrimas escorrendo pelo rosto.

– Olá – diz Arrideu.

– O que está fazendo? – ele ergue sua prancheta para que eu veja.

– Não, me conte – digo. – Use suas palavras.

– Desenhando.

Tenho mais tempo para ele agora que seu irmão mais novo está ocupado em algum lugar. Olho para o que ele quer me mostrar, algo parecido com um rosto: um círculo, de qualquer modo, com olhos e uma linha como nariz, um remoinho de cabelo e outra linha para a boca.

– Ele precisa de orelhas.

Arrideu, obediente, se concentra na tarefa e logo o círculo ganha círculos menores pendurados dos lados.

– Ele tem um nome?

O príncipe ri e não me diz.

– Você pode escrevê-lo?

– Não – diz confiante.

Eu o conduzo para o alfa, beta, gama, que agora ele recita fluentemente.

– Começa com que letra?

– Cavalo – ele diz. Então, conversamos sobre como desenhar um cavalo, as partes que uma pessoa precisaria fazer: corpo, focinho, pernas, crina, cauda.

– Eu faria uma forma oval para o corpo em vez de um círculo – eu observo por cima de seu ombro. – Como um ovo. Onde está seu enfermeiro?

– Tomando banho.

Fílis tornara-se mais amigável depois do convite para o jantar. Bem, o contrário seria difícil, mas eu sinto que estou mudando em relação a ele também, amolecendo. Tenho um pequeno plano para ele, uma pequena ideia que quero testar. Não hoje ou amanhã, mas logo, antecipo.

Digo a Arrideu que pegue sua lira e ele franze ainda mais o cenho de concentração sobre seu desenho, fingindo não ter ouvido. Seu corpo está mais limpo e forte; sua linguagem está melhorando e também sua destreza – daí o desenho, que há muito tempo eu o encorajava a fazer –, mas ele parece, infelizmente, odiar música. Quem odeia música? Ele é desajeitado, claro, e não consegue encaixar os dedos grossos nas posições mais simples do instrumento depois do intervalo de uma semana, o que é perdoável, mas minha persistência parece contaminar sua reação a toda música, e ele se encolhe e se afasta se eu toco a lira ou se ouve alguém passar cantando. Odeia o que não consegue fazer: há uma lição aí, imagino, apesar de eu desejar que uma melodia doce o fizesse sorrir e relaxar – o que já estaria bom.

– Isso é necessário? – perguntou Fílis em uma sessão anterior com Arrideu encolhido em um canto com lágrimas e nariz escorrendo, o instrumento jogado e quebrado no chão de pedra. – Ele nem consegue marcar o ritmo com palmas e canta como uma vaca mugindo.

– Eu também – eu disse, mas gostei de algo que o enfermeiro tinha dito. – Venham, vamos dar uma volta, os dois.

A preparação deles foi extremamente lenta como sempre, mas quando finalmente chegamos lá fora, pedi ao enfermeiro que batesse palmas no ritmo de seus passos. Eu fiz o mesmo. Arrideu nos ignorou. Ele se tornara um animal astuto, sabia quando uma lição estava a caminho e esse era seu modo de resistir. Peguei sua mão e bati palmas contra a minha no tempo de nossos passos. Isso ele permitiu.

– Um começo aqui – falei para o enfermeiro. – Vamos voltar mais tarde para o instrumento, como você sugere. – Tinha descoberto, então, que se tratasse o enfermeiro como igual, fingindo que minhas ideias vinham dele, eu o esquentava o suficiente para ele amolecer como manteiga e fazer tudo o que eu pedisse. Logo ele fez com que Arrideu batesse palmas direito, algo que treinamos sobre um cavalo, também. Mas nossas lições de música empacaram aí. Mesmo assim.

– Chega de desenhar, Arrideu – digo a ele hoje. – Agora vamos tocar música.

– Não.

Tento tomar a prancheta de suas mãos, mas ele luta comigo. Ele se levanta, me empurra, eu perco o equilíbrio e caio de bunda, no momento exato em que Fílis retorna. Ele fica parado na porta, o cabelo ainda úmido e oleoso dos banhos, observando nossa ceninha desprezível.

– Ajude-me a levantar, por favor, Arrideu – digo. – Acho que foi um acidente, não foi?

Ele me dá a mão, satisfeito, e puxa meu braço com quase a mesma força com que me empurrou. Linhagem de guerreiro, eu me lembro, e fui eu mesmo quem sugeriu que ele treinasse no ginásio.

– O que aconteceu? – Fílis está preocupado como uma mulher enquanto adentra o quarto. – Não está machucado? – Ele flutua até mim, começa a arrumar minhas roupas e tenta limpar a poeira, enquanto eu tento afastá-lo, sacudindo as mãos como um homem atormentado por besouros.

Arrideu pega a lira com tanta concentração e interesse quanto instantes atrás, quando se debruçava sobre sua prancheta, ignorando nosso espetáculo de palhaços e tocando um acorde passável que faz com que nós dois paremos.

– De novo – eu digo.

Ele reposiciona os dedos e consegue fazer o mesmo acorde outra vez. Ele se lembrava de alguma coisa.

– Vamos cantar? – digo.

E fazemos um barulho alegre ridículo, nós três, batendo palmas, estalando os dedos, o príncipe tocando aquele seu único acorde hesitante, Fílis e eu cantando como vacas (ele não é melhor que eu), *o barco, o barco, o barco e o mar prateado*, até que um guarda do palácio mete a cabeça na porta para ver quem está sofrendo tanto e não consegue evitar sorrir quando vê o enfermeiro rabugento, o príncipe idiota e o grande filósofo se comportando como pessoas que estão simplesmente felizes.

Certa manhã nos banhos, encontro Calístenes se esfregando vigorosamente com pedra-pomes.

– Você não sabe? – ele diz. – Alexandre marchou esta manhã. Uma revolta no Maedi. Um mensageiro chegou à noite.

O rapaz parece revigorado pela limpeza ou pelas notícias poderosas.

– Ele é uma criança – digo.

– Bem, mas ele não é – meu sobrinho gira a pedra em sua mão, pensativo. Ele está certo, é claro. Alexandre tem 16 anos. – Soube que Olímpias não ficou muito satisfeita – ele diz.

– Respeito.

– A rainha preferia ter deixado os maedis para os generais. Você devia tê-lo visto ao partir, com armadura completa, montado em Bucéfalo. Já parecia um rei.

– Eu devia ter sido informado.

Meu sobrinho, mais uma vez, parece perplexo, pensativo, divertido e carinhosamente razoável ao mesmo tempo.

– Por quê? Ele não tem nem a permissão da própria mãe e vai pedi-la para um filósofo?

Sinto uma onda quente e doce de culpa em meu peito e me pergunto se a culpa também é um humor; se for, onde seria sua glândula?

– Nós nos levantamos antes dos galos para vê-los partir.

– Você gostaria de ter sido um deles?

– Você devia tê-los visto – repete meu sobrinho, de um só fôlego franzindo o cenho, evitando a pergunta, respondendo-a e, ao mesmo tempo, repreendendo quem perguntou. Ele também é jovem.

As tropas de Alexandre retomam a cidade dos maedis e, para sacramentar isso, estabelecem uma colônia chamada de Alexandrópolis. Um pouco de arrogância com Filipe ainda vivo, mas já havia uma Filipos e uma Filipópolis na Trácia, e o homem provavelmente estava mais do que contente em permitir ao filho seu primeiro comando de sucesso. Compareço à recepção formal dos vitoriosos na corte, algumas semanas depois de minha conversa com Calístenes, onde Alexandre fica atordoado e vai embora quase imediatamente, após as oferendas rituais. Não consigo chegar perto o bastante para ver se ele pegou alguma coisa em suas viagens, algum tipo de doença, ou se está apenas cansado com toda aquela movimentação.

Quando volto para casa, Pítias ordenou o sacrifício de um carneiro em honra do garoto.

Pítias, agora, está com a barriga grande por causa do bebê e seu esgotamento deu espaço a uma dedicação obstinada aos preparativos para sua chegada. Ela acaricia a barriga placidamente enquanto conversamos. Atéas não fala mais comigo nem me olha nos olhos. Se ela tem algo a ver com isso, não quero saber.

– Dizem que ele não é filho de Filipe – ela conta.

– Fofoca de mulheres.

– De homens, também.

– Então, está bem. Quem é responsável por essa calúnia e diz ser o pai?

Pítias franze a testa com seriedade.

– Zeus ou talvez Dioniso. A própria Olímpias diz isso.

Eu rio.

– Você falou como uma verdadeira macedônia.

Mais tarde, naquela noite, ouço batidas em meu portão. Tico me chama em meu estúdio, onde estou terminando de trabalhar. As pessoas de casa já estão na cama. Um mensageiro em trajes palacianos informa que Antípatro está me convocando.

– Agora?

– Uma questão médica.

O palácio tem médicos, o exército tem médicos. O mensageiro tem um cavalo para mim, para irmos rápido com discrição, por isso não vou precisar acordar mais empregados para selar Alcatrão. O próprio Antípatro, então, ou o príncipe, é algo vergonhoso. Vasculho minha memória em busca do que meu pai me ensinou sobre as doenças do pênis e aborreço o mensageiro pedindo que ele espere, enquanto corro até meu estúdio para pegar um dos velhos livros de meu pai.

– Finalmente – diz Antípatro. – Apesar de eu achar que o perigo já passou. Ele parecia pior há uma hora, quando mandei chamar você.

Pergunto se há sangue na urina ou uma sensação de queimação.

– O quê? – diz Antípatro. – Não estou preocupado com o mijo dele, estou preocupado com seu braço. Alexandre o cortou com uma faca de carne. Achou que ainda estava em Maedi.

Antípatro me conduz a uma sala onde Heféstion está sentado com um pano bem apertado em torno de seu braço.

– Estancar uma hemorragia – Heféstion diz ao me ver, com um sorriso fraco. Ele começa a chorar.

– Tudo bem, filho. Deixe-me ver.

Antípatro, aquele bom soldado, já o lavou; não há muito mais que eu possa fazer. O sangramento se reduziu a um fio. É um corte feio, comprido e bem profundo. Aconselho-o a mantê-lo enrolado e receito sementes de papoula para a dor.

– Pare de chorar – Antípatro diz a Heféstion.

– Não preciso de sementes de papoula – diz Heféstion. – Ele vai ficar bem?

– Onde ele está? – ponho as ataduras e tesouras de volta na velha bolsa de meu pai. – É melhor eu vê-lo também.

Levamos Heféstion de volta para seu quarto, ao lado dos aposentos do príncipe. Antípatro pousa a mão por um instante sobre a cabeça do garoto bonito.

– Vá dormir. E pelo amor de deus, pare de chorar, porra. O príncipe vai ficar bem.

– Obrigado, senhor – diz Heféstion.

– O que aconteceu? – pergunto assim que Antípatro dispensa a sentinela.

– Coração de soldado, é como chamamos – ele sacode a cabeça. – Eles pensam que estão de volta à batalha. Eu estava preocupado que isso acontecesse. Ele andava estranho desde que voltaram. Ficava assustado com certos sons, qualquer som metálico. Olhos vazios, bebendo demais.

– Eu fico surpreso que o tenha deixado ir sozinho.

Antípatro me lança um olhar.

– Alexandre não me pediu. Eu queria lhe repreender seriamente, mas as cartas de Filipe não podiam ser mais orgulhosas. O que posso fazer? Não sou pai dele.

– Então, já viu isso antes.

– Normalmente em campanhas longas, quando estamos perdendo. Não devia ter acontecido dessa vez. Os maedis foram uma vitória fácil. Sua primeira batalha de verdade, é certo, mas ele é filho de Filipe. Foi treinado para isso.

– Acha que aconteceu alguma coisa por lá, algo estranho? Algo que ele não tenha contado a você?

– Posso ouvir tudo o que estão dizendo, sabiam? – diz Alexandre através da porta.

Entramos. O quarto está arrumado, a cama feita, os livros limpos e organizados. Há os restos de uma refeição sobre a mesa, com duas cadeiras afastadas: uma ceia tardia para dois. Pobre e leal Heféstion. Os talheres foram retirados.

– Ele está bem? – Alexandre está pálido, mas parece composto.

– Você está?

Ele faz um ruído, estala a língua, aborrecido.

– Estou cansado. Imagino que tenha o direito de estar cansado. Fiquei confuso por um minuto. Foi só um arranhão, não foi? Ele sabe que eu não o machucaria de verdade. Que livro é esse?

Botei o livro de meu pai sobre a mesa com minha bolsa, ao lado de sua refeição. Eu mostro a ele.

– Era disso que pensou que se tratava? – diz Antípatro.

– Fui arrancado de casa no meio da noite, como podia saber?

– Isso é nojento – Alexandre vira uma página. – Isso também.

– Alguma pancada na cabeça enquanto esteve fora?

– Não – ele deixa que eu o examine rapidamente. Alguns hematomas, arranhões e a pressão em um dos joelhos o faz se encolher.

– Isso não precisa constar dos despachos, precisa? – ele pergunta a Antípatro.

– Que Heféstion se feriu em combate?

Eles se encaram por um momento. Alexandre balança levemente a cabeça. *Obrigado.*

De volta ao corredor, eu digo:

– Precisa?

Antípatro me conduz para longe da porta.

– Os relatos que ouvi, dos soldado a quem perguntei, afirmavam que ele foi brilhante. Tudo certinho de acordo com os livros. Disseram que ele arremessava sua lança como se estivesse nos jogos, uma beleza. Sem fazer força. Ele poderia ter se poupado e deixado seus homens fazerem isso, mas liderou. Foi o primeiro em toda a investida. É isso o que seu pai precisa saber e é o que contei a ele. Essa outra coisa vamos ignorar, por conta do nervosismo da primeira vez. Você sabe sair daqui sozinho?

– Coração de soldado – digo. – Você alguma vez teve isso?

Antípatro segue caminhando com firmeza pelo corredor.

– Nunca – responde sem sequer se virar.

Hefestion ainda está acordado, como eu esperava.

– Ele não contou a você? Talvez não quisesse dizer nada na frente de Antípatro. Ele matou um garoto que estava tentando se render. Tinha jogado para longe todas as armas e estava de joelhos, chorando pela mãe. Ele não consegue parar de pensar nisso. Mas, afinal, tem aí um pouco dessas sementes de papoula?

Eu procuro em minha bolsa.

– Não tome demais. Vão deixá-lo sonolento.

– Não são para mim, são para Alexandre. Ele tem dores de cabeça.

Mostro a ele como moer as sementes, qual a dose, e enrolo uma pequena porção num papel dobrado.

– Então, ele se sente culpado por ter matado o garoto. É isso?

– Não. Ele gostou. Disse que foi a sua morte favorita na batalha.

– Ele as classifica?

– Ah, todos fazemos isso – Hefestion move o braço com cuidado. – Mas eu acho que ele voltou lá depois e fez algo com o corpo.

– Você sabe o quê?

– Não. Ele me obrigou a ficar para trás.

Eu acredito nele.

– Mas foi como começou. Foi o que ele fez com o garoto, seja lá o que tenha sido, depois que já estava morto.

Três anos depois de começar, a campanha de Filipe na Trácia chega ao fim. Calístenes e eu vamos para a cidade com milhares de outros para saudar o retorno do exército e ver Alexandre caminhar até seu pai levando uma taça cheia de vinho, que Filipe aceita com a libação tradicional de um rei que volta a sua cidade. Os dois se abraçam e o povo vibra. Eles voltam e continuam a caminhar juntos até o palácio, o braço de Filipe em torno dos ombros de Alexandre. Não ouvi fofocas sobre Alexandre desde minha visita tarde da noite ao palácio – nada, eu digo, além das especulações habituais sobre o que eles fazem ou não fazem em relação a Alexandre e Heféstion – nem fui convocado para uma lição. O primeiro atribuo à discrição empenhada à Antípatro, o último dos meus alunos. Agora, eu já o vi despido, as partes brancas e macias; macias ou podres. Nós dois precisamos de tempo para esquecer.

Ficamos bastante tempo para ver a procissão que os seguiu. As notícias da grande retirada de Filipe da Trácia, após as decepções de Perinto e Bizâncio, o precederam.

Uma campanha na Cítia arrebanhou 20 mil prisioneiros, mulheres e crianças, assim como outras 20 mil éguas reprodutoras, rebanhos e bandos de aves. O exército de Filipe combateu os tribalos a caminho de casa, sobrecarregado por toda sua carga viva, e foi forçado a deixar boa parte dela para trás. Foi uma batalha feia. Filipe recebeu uma lança na coxa e ficou um bom tempo preso, espetado embaixo de seu cavalo morto. Ele chegou a ser dado como morto e até hoje manca pronunciadamente. Uma amostra representativa de mulheres, crianças, gansos, patos, éguas prenhas e prisioneiros tribalos passam em desfile. Pelo caminho, Filipe também escolheu uma sexta esposa, uma princesa gética chamada Meda, que está aqui num vestido azul e sandálias, caminhando pelo meio dessa grande confusão de prisioneiros, soldados e cavalos, uma loura para sua coleção. Eu me lembro de minha antiga descrição das mulheres trácias que fiz para Pítias, mas ela não tem nenhuma tatuagem que eu possa ver. Pítias terá de costurar com ela em breve, sem dúvida, e será capaz de me informar em definitivo.

Mas o convite nunca chega. Pítias menciona isso uma noite quando estamos prestes a ir para a cama.

– Não me convidam para ir ao palácio há muito tempo – ela diz. – Nem Olímpias, nem ninguém. Também enviei um bilhete à mulher de Antípatro convidando-a para uma visita, mas ela nunca respondeu. Será que fiz alguma coisa errada?

Aperto a parte de baixo da palma da mão contra minha testa tentando segurar uma dor de cabeça.

– Eles nos veem como atenienses.

Ela ri.

– O quê? Mas eu nunca nem estive lá.

– Eu, então, e você como uma extensão de mim. Estamos em guerra. Eu tinha medo disso.

– Você está brincando – ela vê meu rosto. – Você *está* brincando. O rei confia em você para ser tutor de seu herdeiro. Se Filipe não duvida de sua lealdade, por que alguém mais deveria?

– Você espera que a razão governe a paixão. Você está perto de mim há tempo demais.

Ela agarra minha mão e a leva até sua barriga; o bebê está chutando. O rosto dela é uma pergunta alegre.

– É – digo. – Bem aí.

– Falta pouco, agora.

– Você acha?

Ela franze o nariz.

– Quanto ainda irei engordar?

– Então, mais uma razão para não ir andando até o palácio. Talvez eles estejam apenas preocupados com sua condição... Bebê – acrescento sério –, pare de chutar sua mãe.

– Não. É gostoso. – Ela se mexe um pouco na cama tentando ficar confortável. – É diferente dessa vez, não é? A guerra contra Atenas será diferente de todas as outras guerras. Se Filipe perder...

Eu bato palmas ao lado de meus ouvidos.

– Se Filipe vencer...

– Quando.

– Quando Filipe vencer...

– Isso mesmo.

– Ele vai dominar o mundo?

Eu me inclino para beijar sua barriga.

– Não vai?

– Isso não é uma batalha contra os tribalos. Filipe está numa situação em que pode perder mais do que uns milhares de gansos. Agora é para valer. É para valer...

– Eu entendo.

– É um mau momento para estar associado a Atenas, por mais distante que seja. Nós devíamos plantar açafrão.

Pítias ergue as sobrancelhas.

– Filipe venceu uma batalha contra os tessalônios num campo de açafrão. É considerado patriótico.

– Açafrão – diz Pítias.

– Perto do portão de entrada, onde todos possam ver.

– E isso vai resolver o problema? – diz Pítias.

No início do outono, ela é confinada e minha presença em casa não é bem-vinda. Digo a Atéas que já vi muitos partos quando auxiliava meu pai, mas ela me dispensa.

– Você desmaia.

– Não vou.

– Você vê esposa, toda sangrando, aberta que nem carne. Você nunca mais fode ela.

– Mesmo que esse fosse o caso, não consigo ver como isso seja de sua conta.

Ela ri.

– Confie um pouco em mim, está bem? Eu sei o que fazer. Se houver problema, chamo você. Melhor para você, melhor para ela. Ela não grita, chora, faz força na sua frente. Você sabe.

Eu sei, sim. Isso parece certo, até inteligente. Meu pai acreditava que escravos deviam tratar de escravos e homens livres de homens livres, mas ele nunca teve uma bruxa, especialmente uma de quem sua esposa gostasse e em quem confiasse.

– Você me chamará imediatamente se houver algum problema?

– Sim, sim, sim – ela me afasta para o lado; na verdade, põe as mãos em meu braço e me empurra.

Percebo que ela está feliz. Isso é o seu trabalho, o que ela sabe fazer, o que quer fazer e não permitiam que fizesse. Ela não vai cometer um erro.

Estou apenas caminhando pela rua, pensando em dar uma passada em meu sobrinho, quando um mensageiro se aproxima para dizer que o príncipe exige minha presença para uma lição.

– Espere – digo ao mensageiro e corro até os fundos da casa para pegar minhas coisas.

No palácio, em nosso pátio habitual, o príncipe e Heféstion estão lutando. Eles se atacam em silêncio, ferozmente. Limpo a garganta suavemente, mas apenas um ou dois pajens mais jovens olham para mim, depois desviam o olhar. Caminho lentamente pelo perímetro do pátio sob a colunata, onde os pajens fizeram um círculo em torno da luta. Através da floresta deles tenho um vislumbre do agarramento sexual de seus líderes: um pé puxa um calcanhar e repentinamente caem.

Quando Heféstion aperta o peito contra as costas de Alexandre, fazem uma pose que lembra uma tartaruga. Alexandre está de quatro, tem em suas costas a estrela de 16 pontas da casa real macedônica e Heféstion tenta derrubá-lo no chão.

– Uma luta de força – murmuro para Ptolomeu, que, como de hábito, está um pouco afastado dos garotos mais novos. O primo de Alexandre não responde. Já tentei puxar conversa com ele, em um nível diferente dos outros pajens, um nível mais apropriado à sua maturidade, com observações em voz baixa e pequenas ironias, mas Ptolomeu é leal ao príncipe e não pode se afastar dele. Ele tolera minhas pequenas gotas secas de inteligência e sagacidade com o mínimo de graça e se afasta sutilmente, como agora, sem se desculpar ou pedir licença. Mas eu sei que ele é inteligente e me pergunto por que nossas mentes não ressoam em maior concordância como cordas de um mesmo instrumento. Sei por Leônidas que Ptolomeu tem paixão pela logística da batalha e um dia será um grande tático. Talvez o rapaz perceba minha ansiedade por estimular qualquer paixão da mente e meu desejo de contribuir com ela, apesar de meu próprio saber, talvez, ser fraco nessa área em particular. Ele me acha arrogante, percebo repentinamente, ou possessivo. Confesso que desejo tocar todas as suas paixões, arrumá-las, organizá-las e refrescá-las como um escravo na lavanderia e assim deixar minha marca.

– A-ham – digo mais alto dessa vez. – Vamos começar?

– Grego – diz uma voz, insolência pura, e o insulto é repetido em um coral de assobios e zombarias.

– Grego! Grego!

– Minha mãe me disse outra coisa – digo. Os garotos abafam seus risos.

– É verdade – Heféstion não parece nem ter erguido a voz, apesar de seu peito se encher. Alexandre e ele se soltaram e estão andando um em torno do outro novamente; acho que ele só falou para provocar o adversário com sua indiferença. – Ele é macedônio, estagirita.

– Ele é ateniense – grita outra voz, e os assovios e vaias recomeçam. Ah, como eu queria a presença repressora de Leônidas.

– O que tem na jarra, estagirita? – pergunta Ptolomeu de seu canto.

– Meu pai varreu Estagira do mapa – Alexandre se levanta de repente da posição agachada em que estava, na qual se preparava para encarar o abraço tenso de Heféstion. – Como merda dos sapatos.

Os pajens se afastam para deixá-lo passar.

– O que tem na jarra? – ele pergunta.

Viro a jarra em um prato grande e raso que trouxe de casa com esse propósito. Pítias, eu e os escravos outro dia comemos um guisado delas. As criaturas minúsculas e negras se embaralham e sobem umas nas outras, tentam escalar, mas caem de volta pelas laterais rasas. Bato no fundo do jarro para desalojar as últimas e os pedaços de terra que botei como seu lar provisório.

– Formigas – diz Alexandre. Seu interesse não é mais o interesse de um menino em sua sujeira e contorções, mas o interesse de um homem pela metáfora que está por vir.

– Fale-me sobre formigas – digo.

Enquanto Alexandre fala, presto atenção em Heféstion, que está parado na colunata, secando com uma toalha o suor dourado de seu corpo e rindo com dois outros pajens mais velhos que também se abstiveram da aula. Comportamento extraordinário, já que não se percebe no adorável Heféstion uma mente própria. Quando percebe que estou olhando para ele, algo em seu rosto hesita. Em essência, é um menino bom e vai contra sua natureza ser malicioso ou manipulador como está tentando ser agora. Eu me pergunto qual o motivo da disputa.

– Isso mesmo – digo para Alexandre, que concluiu seu pequeno discurso sobre inferioridade e a inconsequência absoluta das formigas e parece mais calmo. Se usar o corpo o incita, usar a mente o tranquiliza. – Mas ainda assim também são como homens, se prestarmos atenção.

Homem, rapazes e garotos olham fixamente para o prato, para a massa retorcida ali.

– Você tem um jeito, ateniense – Alexandre diz isso com sua voz mais pensativa – de começar todos os seus ensinamentos mostrando que estou errado.

– Formigas foram o mais fácil de coletar para meu propósito. Poderia, da mesma forma, ter trazido vespas. Ou garças. Na verdade, eu gostaria de ter trazido um bando de garças, se eu tivesse as armadilhas.

Alexandre não diz nada, espera.

Explico que esses animais compartilham com os homens uma necessidade de viver em comunidade, com um único propósito ou objetivo para todos: constroem abrigos, compartilham comida e trabalham para perpetuar sua espécie.

– Nós vivemos em um formigueiro? – diz Alexandre. – Ou em um ninho de garça todo sujo de merda? Atenas deve ter sido grandiosa.

– Mas a diferença é que o homem distingue o bem do mal, o justo do injusto. Nenhum outro animal faz isso. Essa é a base de um Estado, do mesmo modo que é a base de uma casa.

– Leis – Ptolomeu parece interessado.

– Atenas também tem as leis mais grandiosas, não tem? – Alexandre persiste. – As mais justas? Acho que Atenas deve ter o melhor de tudo. Como você deve sentir falta dela.

– Às vezes, sinto mesmo, quando meus alunos são enfadonhos. É o Estado ideal.

O ruído de 20 pajens que momentaneamente se esqueceram de expirar.

– A Macedônia é o Estado ideal – diz Alexandre.

– A Macedônia é um império, não um Estado. No Estado ideal todo cidadão participa da vida da pólis, do judiciário, da promoção do bem e da justiça. Estados diferentes têm constituições diferentes, é claro, e governam a quantidade e o tipo de poder que cada cidadão pode possuir. Posso falar a vocês de Esparta, de Tebas, de suas constituições diferentes. Posso falar a vocês sobre o regime em que a classe média detém o equilíbrio do poder. Mesmo que nem todos os indivíduos sejam completamente bons ou perfeitamente adequados à liderança, a habilidade do coletivo de indivíduos sempre excede a soma de suas partes. Pense em um jantar comunitário, muito mais divertido do que um jantar oferecido à custa de um único indivíduo. Nesse ponto eu posso falar de Atenas.

– Estamos em guerra com Atenas – Ptolomeu se aproxima. – Era melhor você falar da Macedônia.

– Posso, da mesma forma, falar a vocês a respeito da monarquia – patino sobre a interrupção e o alerta que ela implica, estou sobre gelo fino. – Onde uma família excede todas as outras em excelência, não é certo que essa família deva governar?

– Isso é uma pergunta? – diz Alexandre.

– Quais são os objetivos do Estado? Eu proponho dois: autossuficiência e liberdade.

Ptolomeu, agora junto ao meu ombro, inclina-se sobre a mesa e vira o prato de formigas de cabeça para baixo. Os garotos gritam com um misto de prazer e medo quando as formigas se espalham por suas mãos, pés, roupas e pelo chão.

– Liberdade – Ptolomeu dá de ombros enquanto tira terra das mãos. – Caos.

– Você disse melhor de sete – exclama de repente Heféstion, com a velocidade precisamente ridícula de um ator muito ruim, mas determinado. – Estamos só em três a dois. Já recuperou o fôlego ou precisa de mais tempo?

A colisão dos dois, o barulho que faz, lembra-me que os homens também são carne. Os gritos dos garotos abafam os sons da luta e eu rapidamente pego meu prato antes que se quebre. Hoje eles estão sem o mínimo respeito por mim; não haverá mais aula. Enquanto me preparo para ir embora, encontro o olhar de Ptolomeu.

– Estagira era um lugar bonito? – pergunta Ptolomeu, não sem simpatia.

Eu agradeço a ele pelo interesse.

– Na verdade, sei que era bonita – os garotos gritam e se agitam ao nosso redor, Alexandre e Heféstion trocam a luta corporal pelos punhos, luta mais suja e mais verdadeira. – Eu estava lá quando eles...

– Sim. Imaginei.

– Só que você devia ser mais cuidadoso – Ptolomeu dá uma olhada nas páginas, então encontra outra vez meus olhos com seu olhar direto, relaxado, franco, simpático, apesar de não haver nele nenhum desejo de amizade. – Ninguém agora quer ouvir sobre as glórias de Atenas. Estamos em guerra.

– Será, então, que agora devo ficar com medo de meninos?

– Meninos – diz Ptolomeu. – Meninos, seus pais.

– Que notícias você tem do exército? – Filipe está outra vez em campanha. As Termópilas deviam tê-lo detido, como ocorreu com tantos invasores no passado, mas os atenienses e os tebanos entre eles se esqueceram de reforçar as estradas secundárias, e Filipe simplesmente fez a volta pelo caminho mais longo. Recentemente, ele tomou a cidade de Elateia, a dois ou três dias de marcha da Ática e de Atenas.

– Negociações diplomáticas com Tebas – diz Ptolomeu. – Juntem-se a nós contra Atenas ou pelo menos permaneçam neutros e nos deixem passar por seu território sem problemas. Parece que posso ouvir Demóstenes em Tebas, esperando para começar seu discurso ateniense.

– Você ouve muita coisa.

– Ouço.

– Estou surpreso que não esteja lá com eles.

– Antípatro me pediu para ficar aqui.

Nós vemos a luta.

– Ele está se sentindo muito melhor – diz Ptolomeu.

Agradeço a ele pela informação.

Em casa, sou recebido por Tico, que me diz que Pítias deu à luz uma menina. Eu a encontro dormindo em lençóis limpos, com os cabelos penteados, e a bebê já limpa e enrolada dormindo num cesto ao lado dela. Atéas está na cozinha amassando pão, obrigado, como se esse fosse o verdadeiro trabalho do dia que ela teve de interromper para fazer um parto.

– Fácil – ela diz antes que eu consiga falar. – Demorado, mas sem problemas. O primeiro sempre demora muito. O próximo será mais fácil. A minha senhora...

Ela faz força para encontrar as palavras. Eu me pergunto quando Pítias se tornou sua senhora em vez de a minha esposa, quando surgiu essa afeição.

– Descansar? – sugiro.

Ela bate rapidamente com os nós dos dedos em uma panela.

– Ferro – satisfeita, ela volta para sua massa.

– Obrigado.

– Da próxima vez vai ser mais fácil – ela não se dá ao trabalho de virar o rosto para olhar para mim. – Talvez eu até o deixe assistir.

Uma semana após o nascimento, carrego a bebê em torno do altar que Pítias acendeu, para purificá-la. Penduramos tecido de lã nas portas para mostrar ao mundo que é uma menina e preparamos uma festa, sob os cuidados de Atéas, para celebrar a vida dela até agora. Atéas é ferozmente possessiva em relação à criatura, ao ponto de eu vê-la tomar a bebê dos braços de Pítias e de fazer Pítias chorar, mas eu não intervenho. Depois de dez dias, preparamos outra festa, dessa vez convidando alguns amigos para o dia do nome. Calístenes traz chocalhos para minha filha e belos vasos pintados para Pítias, como manda a tradição. E Atéas observa a todos mal-humorada, murmurando para si mesma; sua expressão se abre apenas quando olha para a bebê.

A pequena Pítias tem uma ruga de boxeador no alto do nariz e olha para mim com um olhar que os escravos dizem ser sobrenaturalmente calmo e firme, o que prenuncia grande sabedoria. Outras profecias: uma abelha branca no alecrim; um bando de andorinhas que passou diante da lua ao anoitecer; um calor fora de época e uma brisa de aromas frescos à meia-noite; faíscas que saíram de um fogo na cozinha que, supostamente, tinha sido apagado. Todos na casa colecionam esses acontecimentos e os trocam como moedas raras. Esses e outros eventos maravilhosos continuam por semanas, alcançando o clímax febril quando menos conseguimos dormir. Eu entendo que toda casa com um bebê novo fique tão boba e terna, por isso coleciono mais silenciosamente, e guardo para mim mesmo, meus próprios talismãs: o fio de leite do seio de minha esposa até os lábios de minha filha depois de mamar; o baixar repentino de sobrancelhas da bebê quando algo a diverte; o modo como, nos momentos de maior incômodo, ela enfia o rosto todo nos seios da mãe como se buscasse ali ser esquecida. Liberdade e autossuficiência: a casa está igual a um navio. Pítias, eu e os serviçais somos marinheiros unidos pela determinação de proteger nossa carga pequenina e chorona. Tico forra um carrinho com travesseiros e cobertores limpos e empurra o bebê para cima e para baixo no pátio enquanto os serviçais batem palmas no ritmo e, para sua diversão, gritam, bum, bum. Ela sorri pacificamente com a aristocracia suave de um bebê. Tudo e todos pertencem a ela. Quando come as primeiras porções de papinhas com mel, os escravos olham em meus olhos, sorriem e me parabenizam. Eu me dou conta de que eles não costumam me olhar nos olhos com frequência.

Eu estava preocupado com Pítias, sem saber se ela cresceria para a maternidade ou seria oprimida por ela. Sua elegância fria e distância estranha não eram bom sinal. Mas seus seios se encheram de leite e ela se sentou no chão para brincar e falar com ternura com a bebê, mesmo em sua roupa branca. Ela chora de exaustão de vez em quando, e tanto ela quanto a bebê se afligem quando qualquer um – de mim a Tico – sai de casa por muito tempo. Não temos nenhuma liberdade, mas há uma autossuficiência em nosso prazer com a criança e entre nós. Todo mundo, inclusive eu, parece se tocar mais, como se a vontade de tocar a bebê, para passar os dedos em sua moleira ou apertar seus dedinhos gorduchos, tenha se transferido para as outras pessoas. Eu mesmo, apesar de ela ser só uma menina, me responsabilizo por supervisionar sua educação, que deve começar, digo para qualquer um que queira ouvir, o mais cedo possível. No Estado ideal, a educação das crianças será o negócio mais importante do governo.

– Ah, o Estado ideal – diz Pítias. – Será que no Estado ideal ela terá de aprender a ler? – isso porque ela me pegou recitando o alfa-beta-gama para a bebê, que me observa de seu bercinho de junco trançado com os olhos arregalados, abrindo e fechando os punhos.

– Eu trabalho com o material que me dão.

– Imagino que no seu Estado ideal ela será uma cidadã, não?

Explico a ela por que isso é ridículo. A hierarquia do Estado imita a de casa, onde os homens comandam e as mulheres e os escravos obedecem como a natureza os preparou para fazer.

Tebas votou por se aliar a Atenas, dando início a uma incomum campanha de inverno. Filipe, em um raro erro tático, não correu para o sul para pegar o desfiladeiro, mas esperou achando que ainda podia conseguir negociar uma solução. Os atenienses correram para o norte para tomar o desfiladeiro e por alguns meses os exércitos adversários ficaram presos em suas posições, com alguns conflitos entre eles, mas sem entrarem em combate. Quando chega a primavera, Filipe apela para o truque mais velho do livro: permite que uma carta falsa, que sugere que ele está desistindo e voltando para casa, caia em mãos atenienses. Ele chega a recuar um pouco seu exército, apenas para fazer a volta de noite e atacar o desfiladeiro, onde os atenienses reduziram suas defesas. Filipe toma o desfiladeiro e a cidade, e o impasse termina.

Ultimamente Pítias anda distraída, carrancuda e me pede para escrever um breve relato da vida de Hérmias como recordação, o que faço em uma manhã no pátio enquanto minha filha gorducha fica sentada nas pedras aquecidas pelo sol, balbuciando e olhando para seus dedos. Não permiti que fosse enfaixada, pois creio que isso inibe o desenvolvimento dos músculos. E aqui está ela, uma bebê saudável, linda e rosada; talvez com o sangue do próprio Hérmias, uma graça balbuciando ao sol. Acho que a velha raposa teria se emocionado, apesar do seu jeito.

– Está lindo – diz Pítias.

– Estava pensando em nossa pequena Pítias enquanto escrevia.

Ela me agradece novamente, então franze o cenho e leva a mão ao lado do corpo. No momento seguinte chamo os escravos com ela em meus braços. Ela tem de ser levada para a cama, onde permanece deitada por dias, sentindo muita dor.

– O que é? – pergunta-me Atéas. Ela me deteve no corredor, em frente a nosso quarto. Pergunta, questiona mesmo. Ela não parece contente.

– Não sei.

– Eu olhei, não é um bebê outra vez.

– Não, ela não está grávida.

– Eu garanto ao senhor – ela diz, aborrecida. – É doença.

– Ela está um pouco quente. Além da dor na barriga, está um pouco pálida e suando. Roupas frescas, acho, e uma dieta leve. Líquidos claros. Vamos esperar alguns dias para ver o progresso.

Comecei a estudar o caso como meu pai teria feito. O primeiro desde minha juventude. Também não estou satisfeito.

– Digo às mulheres – diz Atéas.

Não sei se entendi. Eu me pergunto se é o abismo entre nossos idiomas, se alguma coisa se perdeu aqui.

– *Você* é a mulher que cuida dela – digo devagar e em voz alta. – Estou instruindo você nos cuidados dela. Você tem habilidade com essas coisas mais que as outras. Vai seguir minhas instruções e me avisar se houver qualquer mudança.

– Não – diz Atéas. – Digo às mulheres. Eu não faço com doentes.

Por um momento fico sem palavras.

– O que você está dizendo?

– Não faço com doentes – ela cruza os braços sobre o peito para enfatizar, um detalhe que me faz pensar rapidamente em Carolus.

Eu podia bater nela, açoitá-la, mutilá-la, cortar sua garganta grossa por atrevimento. Podia.

– Eu digo às mulheres pelo senhor – ela diz. – Roupas frescas, comida leve. Eu digo.

– Você não vai fazer aquilo que foi mandado?

Ela dá de ombros.

As palavras saem de mim antes que eu consiga detê-las:

– Por favor.

Ela recua. Eu poderia ter batido nela, não faria diferença, porque agora não posso ficar com ela.

– Sua mulher burra – digo.

O assunto na corte agora é guerra, guerra e guerra, mas Filipe está jogando um jogo maior e mais uma vez seu exército parece empacado. Ele toma a cidade portuária de Naupacto, mas então envia embaixadas a Tebas e a Atenas. Chega também a notícia de que Espêusipo morreu em Atenas. Com Filipe em humor diplomático, escrevo imediatamente para inscrever meu nome para a eleição do líder da Academia e escrevo para informar Filipe. À noite, à luz de candeeiro, sento-me com Pítias e conto a ela sobre Atenas, tento conjurá-la nas sombras. Ela é uma flor, eu lhe digo, na lama macedônia. Seu refinamento é mais adequado a uma vida ao sul. O tempo lá é mais ameno, digo a ela, nada dessas chuvas intermináveis de inverno. As casas, é verdade, são menores, mas têm bom gosto e elegância. Há maior variedade de templos, a comida é mais tentadora; o teatro, mais sofisticado. Os maiores atores, a melhor música do mundo! E a Academia (será que ela dormiu? Não, o quarto está silencioso demais, ela está ouvindo), a Academia onde as maiores mentes se dedicam aos maiores problemas, onde é possível ter um vislumbre da ordem em meio ao caos. Eu continuo falando, descrevendo as belezas da vida que vou arranjar por lá, a tranquilidade e, por fim, quase ao amanhecer, ela adormece.

No dia seguinte, enquanto ela permanece deitada, febril e ensopada de suor, apalpo sua barriga inchada e ela grita.

– Como está a senhora? – Atéas me detém outra vez no corredor com a pequena Pítias no colo.

Terei de encontrar uma babá. Pítias está fraca demais para cuidar da criança e Atéas... Atéas, Atéas. Não vou deixar minha filhinha bebê com um elemento nortista tão rústico.

– Vá ver você mesma.

A pequena Pítias estende os braços e grita para mim quando eu não a pego.

Dez dias mais tarde recebo uma resposta para minha carta: a Academia me agradece pelo interesse e informa que selecionou um ateniense, Xenócrates, para conduzir a escola. Ele é um velho acadêmico, conhecido por todos como um estudioso, um administrador competente e um patriota.

Na corte, Alexandre se senta em uma cadeira menor ao lado do trono vazio, com Antípatro a seu lado. Eles olham juntos a carta da Academia.

Alexandre lê mais rápido, mas finge não fazê-lo. Vejo seus olhos caírem do papel para seu colo quando termina, apesar de sua cabeça nunca se mover.

– Vou registrar isso nos despachos – diz Antípatro. – Outros negócios?

Eu limpo a garganta.

– Achei que pudéssemos discutir outras táticas. Se há alguma alavanca que possa ser usada, um pouco de pressão política, um modo de fazê-los mudar sua decisão.

– Isso não é uma questão urgente – diz Antípatro.

Procuro algo indulgente nele. Boca amarga, olhos que não piscam. A mulher dele não costura com a minha.

– Não sou ateniense – digo.

Ele gesticula para a carta como se dissesse: *você quer ser*.

– Nós podíamos mandar assassinar Xenócrates – diz Alexandre.

– Outro assunto – diz Antípatro.

Risos contidos, abafados. Os outros homens à espera são velhos ou jovens demais para brigar. Eu, claro, também sou.

– Cuide disso você mesmo, meu velho – diz um dos homens de idade para que eu escute. – Se quer tanto isso.

– Ele quer – diz outro. – Olhem para ele. Está chorando – assobios por toda a sala.

– Calem a boca, todos vocês – Alexandre diz. – Minha cabeça dói.

Antípatro ergue os olhos para mim.

– Eu mesmo vou fazer isso – diz Alexandre. – Por que não? É um cargo valioso. Nós podíamos usá-lo lá.

– Vamos discutir isso em particular – diz Antípatro. – Outro assunto?

– Vá se foder – diz Alexandre. – Você não é meu pai.

– Então, vamos discutir isso agora – diz Antípatro. – Não, você não vai sozinho para Atenas apagar um careca de 100 anos que tem um esquadro no lugar do pau. Você é um príncipe da Macedônia. Esse show de horrores em especial não é para você.

Antípatro me olha nos olhos.

– Xenócrates era meu amigo, muito tempo atrás – digo. – Estudamos juntos – faço uma grande reverência para Alexandre. – Perdoe minha emoção. Minha decepção me deixa irracional. Vamos, em vez disso, discutir as embaixadas? Eu tive uma ideia...

– Dispensado – diz Antípatro.

Uma grande gargalhada geral durante o meio segundo que levo para perceber que ele está falando comigo. Alexandre se assusta com o barulho.

– Eles abusam de você – diz o príncipe naquela tarde.

Estamos sozinhos. Heféstion não apareceu e Alexandre dispensou seus companheiros que restaram com um mau humor raro.

– Você também – disse para Ptolomeu, que estava parado hesitante à porta. – Estou cheio de você. Você gosta de ser babá?

– É compreensível – digo agora. – Eles me escolheram para representar o que odeiam. Se é uma escolha justa, é outra questão. Como vai sua cabeça?

– Mas eu acho que essa era toda a questão. Você era amigo de meu pai e de Antípatro e eles o trataram assim.

Olho para as várias respostas à minha disposição como um jogador de cartas que estuda sua mão e resolve jogar duas ou três delas ao mesmo tempo.

– Um: eu não iria me glorificar a ponto de me chamar de amigo de seu pai. Sou seu súdito, às vezes seu conselheiro e tutor de seu filho. Não é fácil ser amigo de um rei. Dois: se seu pai perder para Atenas, ele perde tudo. Isso é um grande fardo para carregar. É compreensível que ele e Antípatro sejam hostis a qualquer um, mesmo que essa pessoa seja remotamente ligada ao inimigo. Três: você sabe que a amizade é uma relação muito complicada, às vezes mais complicada que a afeição entre um homem e sua mulher. E também é a mais valiosa.

Ele dá de ombros.

– Não – digo. – Um rei tem de ser articulado o tempo inteiro.

– Conversa, conversa, conversa. Estou cansado disso. Estou cansado de lições e de diplomacia, de ficar em casa para agradar visitantes da corte de meu pai. Sabe o que Carolus me ensinou? Ele disse que nunca há verdade nas palavras, apenas no corpo. Disse que sempre que um personagem fala é para esconder suas verdadeiras intenções. As palavras são a superfície, é preciso procurar embaixo delas. Ele disse que os melhores atores falam com o corpo e que seus gestos são mais memoráveis que suas falas.

– Imagino que ele estivesse falando do palco – imagino que ele estivesse querendo botar o garoto de quatro.

– Ele estava falando da vida. Somos todos mais verdadeiros no corpo do que jamais seremos na fala.

– Eu adoraria ver Carolus expressar um teorema pitagórico sem palavras.

– Eu quero lutar – Alexandre me olha com expressão triste. – Os meios e os fins, você sempre fala sobre meios e fins e sobre o que uma coisa é adaptada para fazer. Esse é o seu talento, não é, aplicar alguns pequenos conceitos em um leque amplo de temas? É isso o que Lisímaco diz. Que são pouquíssimas ideias que você aplica de modo muito amplo.

– Lisímaco.

– Por que meu pai não vai para a guerra? Por que não me convoca? Estou pronto para lutar. A guerra é o maior dos meios para o maior dos fins, a glória da Macedônia. Por que ele simplesmente não luta?

– Seu pai está envolvido em negociações diplomáticas... – Alexandre cospe –... como o meio mais inteligente de chegar ao fim que vocês dois tanto valorizam: a glória da Macedônia. Seu pai quer a Pérsia. Não quer mutilar os gregos e esfregar isso na cara deles, pois eles serão necessários a seu pai. Não são um inimigo dispensável, são aliados insubstituíveis. Ele precisa de seus recursos... Você tem sentido dores de cabeça de novo?

Não sei se ele me ouve ou não.

– Estou cheio de ficar em casa. Olhe o que eu fiz com os maedis, e sabe o que ele me disse? – um momento, uma onda na superfície lisa das coisas. É a primeira vez que qualquer um de nós menciona os maedis. – Ele me disse que se eu saísse sozinho outra vez enquanto ele fosse vivo, cortaria meu tendão da perna e diria a todo mundo que eu tinha tropeçado em minha própria espada. Aí eu teria de ficar em casa pelo resto da vida.

– Seu pai sofre do que em um homem comum chamaríamos de excesso da virtude do orgulho. Não tenho certeza se tal coisa é possível em um rei. Estamos desperdiçando tempo – de repente fico com raiva e não me importo que ele perceba. Sou macedônio para os atenienses e ateniense para os macedônios. Vencer os maedis foi um triunfo, a Academia não é um assunto urgente. – Estamos desperdiçando tempo um do outro. Você gostaria de estar com o exército e eu gostaria de estar em Atenas escrevendo livros. Infelizmente, fomos deixados na companhia um do outro. Vamos tirar o máximo de uma situação desagradável e terminar essa lição o mais rápido possível para que possamos retornar a nossos próprios interesses solitários? Mostre-me suas anotações da última vez.

Só perdi a paciência com ele desse jeito uma vez, nos estábulos, anos atrás. Sua resposta me leva direto de volta para lá. Seus olhos se arregalam e ele imediatamente me entrega suas anotações para me apaziguar, para que eu fale mais baixo. Eu descobri seu calcanhar de Aquiles, a única coisa que ele teme: alguém que abuse dele, que não abaixe a voz. A voz dela?

Revisamos o trabalho que começamos sobre ética e as virtudes. Que a ética é, sim, uma ciência, apesar de lhe faltar a precisão de uma ciência como a geometria; que, como aprendemos em nossos estudos da metafísica, tudo almeja um fim, ou um bem; que tal fim está em uma hierarquia que leva ao fim humano supremo, a felicidade. E o que é felicidade? O prazer é superficial, a virtude é compatível com a infelicidade, grande riqueza é apenas um meio para se alcançar um fim, não um fim em si mesma, o "bem" é uma abstração, um conceito vazio. Felicidade é uma atividade da alma de acordo com a virtude, daí que um ato virtuoso exige tanto o ato quanto um motivo.

– Diga-me uma virtude.

– Coragem.

– Sim. E como se chama a falta de coragem?

– Covardia.

– Sim. E em excesso?

– Um excesso de coragem?

– Sim, sim. Não me venha com uma resposta estúpida e pomposa para se lisonjear. Pense.

Rapidamente:

– Precipitação.

– Sim, temos os extremos. E no meio...

Alexandre estende as duas mãos com as palmas para cima, naquele gesto com o qual gosta de zombar de mim.

– Minhas poucas ferramentas com as quais tento ordenar o universo. Você deve procurar o meio justo entre os extremos, um caminho do meio, o ponto de equilíbrio. Esse ponto varia de homem para homem, não há um padrão universal de virtude para cobrir todas as situações em todos os momentos. Você deve...

– Isso é interessante.

– Sim. É por isso que sou diferente de meu próprio professor, insistindo em particularidades em vez de universalidades. Um sistema menos formalmente belo e mais pragmático, mas infinitamente mais pragmático, mas infinitamente mais flexível e aplicável, se você...

– Não, não essa parte. O que você disse dessa vez sobre o ponto de equilíbrio. Você já disse isso antes, mas... – ele torna a estender as mãos naquele gesto familiar. Ele encara as próprias mãos, agora sem zombaria.

– A verdade no corpo – não consigo evitar dizer.

– Você não pode estar dizendo para valorizar a mediocridade.

Quero rir do modo como ele passou pelas pedras fundamentais.

– De jeito nenhum. Moderação e mediocridade não são a mesma coisa. Pense nos extremos como caricaturas, se isso ajudar. O meio, o que buscamos, é o que não é caricato. A mediocridade não entra nisso, entende?

– Você – bem devagar, com a mão esquerda estendida. Ele estende a direita. – Meu pai.

– Caricaturas? – digo, com muita delicadeza para não desencorajá-lo. Ele parece muito jovem nesse exato momento, um garotinho fazendo grande esforço para entender.

– Extremos – ele diz, com cuidado igual, ainda olhando para as próprias mãos. – Como se meu pai, para contrabalançar uma tendência extrema em si mesmo, tivesse ordenado o extremo oposto a você para criar equilíbrio em mim.

– O que...

– Estou pensando também em meu irmão.

– Quem?

Ele olha para mim.

– Quero dizer, você me contou que não tinha irmão. Nunca mais o ouvi falar dele desde aquele dia, quantos, cinco anos atrás?

– Eu sou um extremo em comparação a ele? E qual seria o meio justo entre nós?

– Você sabe nadar?

– É claro.

– Sabe mesmo?

– Um pouco.

– Eu poderia ensiná-lo.

Ele não diz nada, à espera do que está por vir.

– Há algum tempo estou com vontade de dar a seu irmão um dia de praia, um passeio. Podíamos ir todos juntos.

– Uma aula de natação.

– Uma aula de moderação. Falamos antes sobre orgulho e sobre o excesso de orgulho. Vamos chamar isso de vaidade.

– Sim – sei que ele está pensando no pai e na honra que ele achava merecer pelos maedis.

– E a falta de orgulho, a ausência de orgulho: vergonha.

O rubor começa a tomar conta de suas faces graciosas.

– Você tem vergonha de seu irmão. Tem, não é?

– Temos o mesmo sangue – ele diz baixinho.

– Ele fala, é limpo, não fede. Sabe montar, conduzido por alguém. Ele é como uma criança muito, muito pequena no corpo de um homem crescido. Depois de ultrapassar essa incongruência, fica mais fácil.

– Você viria?

No início, não tenho certeza de onde ele quer chegar.

– Você não me deixaria sozinho com ele?

Eu prometo.

– Só que meu pai pode me convocar antes. Se essas embaixadas enviadas a Atenas e Tebas fracassarem, posso ter de partir imediatamente. Talvez mesmo amanhã.

– Amanhã eu não posso, de maneira alguma – digo. – Tenho negócios amanhã.

– Depois de amanhã, então, se meu pai não mandar me chamar.

Concordo.

– Mas afinal de contas, que negócios? Para mim você não parece um homem de negócios. O que vai fazer amanhã?

– Não – diz Pítias.

– Amor – estamos em seu quarto, no início da noite. Ela está sentada na cama, apoiada em vários travesseiros. Cheguei para apresentar meu caso, não para pedir algo. – Ela não me respeita. Isso é intolerável.

– Ela é inteligente e competente. Como ela desobedeceu a você? Diga-me que eu converso com ela.

Não vou contar a ela, não esta verdade.

– Ela ameaçou nos envenenar.

Pítias me lança um olhar.

– Ela ameaça envenenar todo mundo seis vezes por dia. É para sabermos que ela está feliz. Desde quando você é tão tirânico com os escravos? Tico se recusa a tomar banho com os outros e você não o vendeu.

– Eu tenho Tico há 20 anos. Você consegue fazer um cavalo tomar banho se ele não quer?

– Tico não é um cavalo.

Eu não cedo. A conversa acabou. Eu não digo: a função dela é devoção a você e ela não consegue desempenhar essa função. O medo dela não me interessa. O medo de um falcão, de um cão ou de um cavalo é irrelevante. Eles desempenham as funções para as quais são treinados ou não. A rebelião dela é mais que apenas uma inconveniência, é uma afronta à ordem natural das coisas. Ela ofende tudo aquilo a que confio minha sanidade, doces ordem e estabilidade, tudo em seu devido lugar. Não serei ameaçado.

– Não! – Pítias diz quando me viro para a porta. – Ela é minha!

– Você tem outras. Aquela morena de quem você gosta, Hérpiles...

– Você disse que eles eram da família. Você disse que não se vende a família.

– Eles nunca foram da família. Olhe. Escute. É a ordem natural das coisas, o fim natural para o qual as coisas são feitas. Meios e fins. Algumas pessoas nasceram para serem escravos, outras, mestres. Mas, às vezes, a vida interfere na ordem natural e as coisas ficam... confusas. Nós cometemos um erro com Atéas.

– Não sei do que você está falando.

– Eu cometi um erro. Ela não foi feita para ser escrava. Ela não foi feita para isso. Não nasceu para isso e é independente e teimosa demais para aceitar que sua situação mudou. Se ela fosse homem, seria um médico. Não posso, em sã consciência, ficar com ela.

Pítias olha para mim do mesmo modo que meu pai me olhava há muito tempo atrás, como se algo tivesse acontecido comigo, com meu rosto, com as palavras que saem de minha boca.

– Isso seria antiético.

– Liberte-a, então – Pítias sacode a cabeça uma vez com força, como se estivesse tentando se livrar de algo. – Liberte-a e pague pelos seus serviços. Ela ficaria conosco como uma mulher liberta, eu sei que ficaria. Para onde mais ela poderia ir?

– Estamos rodando em círculos. Não quero ficar com ela. Ela é desobediente. Acha que isso vai melhorar se a mantivermos como criada e não como escrava? Só vai piorar e dar mau exemplo para os outros. Vão pensar que estamos com medo dela, que não ousamos dizer a ela o que fazer, não ousamos nos livrar dela. Temos apenas uma opção – uma ideia me ocorre, uma ideia cruel. A pequena Pítias está começando a andar, agora. Ela se agarra às saias de Atéas e a segue por toda parte, repetindo o nome da escrava em sua voz baixa e sincera. – A bebê vai sentir falta dela, sem dúvida.

Pítias fica imóvel.

– E ela vai sentir falta da bebê. Elas são muito próximas, não são?

– Ela é uma bruxa – Pítias ergue lentamente o olhar para mim. – Estou doente.

– Ela não a fez ficar assim nem pode curá-la. Paus, pedras e ossos?

– Você vai me curar.

Faço uma reverência como se concordasse. De qualquer modo, estou fora dessa conversa, fora desse quarto.

No MERCADO, AS BARRACAS de escravos estão lotadas, um mau sinal para mim. A guerra traz incertezas, aperta os cordões das bolsas. Há uma saturação no mercado no momento e os produtos não circulam. O primeiro homem que abordo me vê chegando, dá uma olhada nela e sacode a cabeça. O segundo pergunta o que ela faz sem olhar para mim nem para ela. Não consegue tirar os olhos de uma briga de galos a algumas barracas de distância.

– Cozinheira maravilhosa. Boa escrava de casa, em geral. Leal, boa com crianças – tudo verdade, em sua maior parte.

– Então por que quer vendê-la?

– Minha esposa não gosta dela – o mercador de escravos a examina de modo cansado. – Sabe como são as mulheres. Vontades que surgem do nada. É impossível argumentar com elas.

– Não há muito do que ter ciúmes aqui – os olhos do mercador correm de volta para os galos.

– Ei, vá se foder – diz Atéas.

Tentamos outra barraca, fora do campo de visão e audição da que acabamos de deixar.

– Sem falar – digo a ela. Acho que devia ter trazido Calístenes, que é melhor em qualquer coisa que exija charme, mas me sinto envergonhado porque ele estava certo desde o início.

– Ou vai fazer o quê?

– Quanto? – pergunta o negociante seguinte.

Dou um preço baixo.

– O que há de errado com ela?

– Ei, vá se foder – digo, antecipando-me a Atéas e na esperança de calar sua boca. – Ela é saudável. Eu apenas não preciso mais dela. Economia em casa, essas coisas. Cortando as gorduras.

– O senhor joga? – ele parece interessado. Ele acha que me pegou. Vai funcionar.

– Cuide de seus negócios – digo de uma forma que ele entenda como sim. Eu, provavelmente, também pareço um perdedor, um homem meigo, vestido com elegância e com mãos macias arrastando uma escrava sorridente de barraca em barraca, sem achar compradores.

Ele oferece um preço que é menos da metade do que eu paguei por ela.

– Ela sabe cozinhar – digo.

– Aceite – diz Atéas. – Ele parece bom.

As sobrancelhas do homem se erguem e ele começa a sorrir. Ele alterna o olhar entre mim e Atéas, à espera de que algo aconteça. Eu devia bater nela, imagino.

– Eu aceito – digo.

O sorriso se abre. Mesmo nesse mercado, mesmo após respostas insolentes, ele fechou um bom negócio. Ele me paga e abre a porta da jaula. Atéas se abaixa para entrar. Espero que ela tenha tomado um bom desjejum.

– Ah, antes que eu me esqueça, ela é uma bruxa – digo ao mercador de escravos para apagar aquele sorriso e, espero, fazê-lo pensar duas vezes sobre como tratá-la. Não me permito olhar para trás.

Arrideu é mais alto que Alexandre. Pelo resto de minha vida serei capaz de fechar os olhos e vê-los caminhando pela trilha empoeirada da praia em meio ao capim alto e seco, o oceano rugindo, fora de nossas vistas, logo depois da próxima elevação. Em algum lugar eles estão sozinhos no universo, nesse caminho ensolarado, ainda andando, Alexandre perguntando coisas lentamente e aguardando as respostas, Arrideu inclinando a cabeça até a altura do irmão. Nós, seus acompanhantes, seguimos atrás como uma cauda cada vez mais longa: os nobres primeiro, eu, Fílis, depois criadas, guardas, carregadores, cavalos e carroças para carregar as coisas para um dia real na praia. Eles vão montar tendas na areia com móveis e tapetes, mesas com pães e frutas, divãs para que ninguém tenha de conhecer a sensação de dormir na areia quente e se levantar depois deixando sua própria forma para trás. Só faltam os companheiros de Alexandre, apesar de eu não saber se ele os deixou para trás por vergonha ou consideração. Enquanto a praia é transformada em aldeia às suas costas, Alexandre caminha com o irmão até o topo de uma duna próxima para continuarem sua conversa. Ele está se expondo. Eu me parabenizo, acredito que ele está fazendo isso por mim, para mostrar que pode manter a palavra e mantê-la com nobreza, mesmo em circunstâncias que, eu sei, ele acha revoltantes, até mesmo aterrorizantes: a proximidade com seu irmão que tem merda na cabeça. Eu gostaria de saber sobre o que estão conversando. O fracasso das embaixadas de Filipe, talvez, e a partida iminente de Alexandre, finalmente, para se unir ao exército do pai?

– Príncipes, venham – largo minha bolsa na areia. Fílis ficou para trás como pedi que fizesse, para relaxar por uma hora, ler um livro, eu disse a ele. Esta é comigo. Tiro a roupa e caminho na direção das ondas. Hoje estão muito pequenas, quase nada, pequenas lambidas na orla dourada. Ao longo de toda a praia as cabeças se voltam para nos observar. Os príncipes tiram a roupa como eu fiz. Mais tarde, vamos encontrar tudo o que deixamos ali arrumado e dobrado em uma das barracas como se feito por mães reprovadoras.

Agora eles estão diante de mim com boa aparência sob a luz do sol, à espera do que tenho para oferecer em seguida.

– É como um banho grande – digo, principalmente para Arrideu.

– Eu estava contando a ele como tínhamos nossas lições juntos – diz Alexandre.

– Não – diz Arrideu.

Pego sua mão e entro com ele na água até a altura dos calcanhares, onde ele para e se agacha.

– Não – a água o lambe, molha seu traseiro.

Alexandre segue à nossa frente até ter água na altura da cintura. Ele ergue os braços fora d'água como uma garota com medo de molhar as mãos. Passo por ele a passos largos, para provocá-lo, mergulho e dou algumas braçadas. Quando olho para trás, eles estão na mesma posição, me observando.

– Venham – digo.

Alexandre estende a mão para conduzir o irmão mais para o fundo.

Depois de nadarmos, Arrideu se dirige com obstinação para as tendas e seu enfermeiro. Sua pele ficou pálida do jeito que conheço, os olhos vazios. Ele quer seu cochilo. Alexandre gosta quando ele se vai e se joga na areia quente. Eu me sento ao seu lado.

– É bom fazer uma excursão.

Ele ri com os olhos fechados para o sol.

– Eu costumava vir aqui o tempo todo, quando tinha a sua idade – digo. – Eu devia fazer isso com mais frequência. Alguns dias eu mal deixo minha biblioteca. Não me lembro quando foi a última vez em que vim nadar. Vou sentir isso amanhã – acrescento, enquanto massageio as pernas. Para falar a verdade, já estou sentindo um pouco.

– Você fala como se tivesse mil anos de idade – diz Alexandre. – Quer fazer uma excursão? Uma excursão de verdade?

Não respondo. Estou pensando em um massagista, na esperança de que meus músculos doloridos não me distraiam durante meu trabalho amanhã. Que perspectiva desagradável.

– Ésquilo lutou em Maratona – diz Alexandre. – Até Sócrates foi soldado de infantaria. Qual é a sua desculpa?

– Respeito – eu vasculho minha bolsa à procura de uma toalha. Eu podia sentir cãibras nas pernas se as deixasse molhadas. Acho que talvez já estivessem começando.

– Você devia vir – diz Alexandre. – Marche com o exército, veja a batalha. Você quer morrer sem nunca ter visto uma batalha? Como uma mulher?

– Você quer me ensinar? Quer que eu me torne o aluno?

– Andei pensando – ele deita e fecha os olhos contra o sol em uma demonstração de informalidade. Informal demais, alguma coisa está por vir. – Andei pensando sobre as formas que ensinou para a gente naquele primeiro dia. Lembra? O camaleão? E como você disse, deve haver algo que todos os camaleões compartilhem, uma forma de camaleão, mas que não pode ser assim em outro mundo. Tem de ser neste mundo para que nós sejamos capazes de perceber e explicar a mudança?

– Eu me lembro.

– E o que nós conversamos anteontem, sobre encontrar o meio termo justo entre dois extremos. O ponto de equilíbrio. Estive pensando que o mesmo se aplica às pessoas. Somos todos versões um do outro. Repetições, ciclos. Você vê isso nas melhores famílias, a repetição de traços e características físicas. Meu cabelo vem de minha mãe; minha altura, de meu pai. Eu sou o ponto de equilíbrio entre eles. Mas mais do que isso. Você e meu pai. Eu e meu irmão – ele abre os olhos, rapidamente, não aguenta ficar sem ver minha reação. – Apenas versões da mesma forma, sabe? Extremos opostos, mas também versões da mesma forma.

Eu não posso evitar adicionar mentalmente minhas próprias comparações: meu mestre e eu, nossos sobrinhos, Espêusipo e Calístenes, Lisímaco e Leônidas, Olímpias e Pítias, Pítias e Hérpiles, Ilaeu... agora há um interessante ponto de apoio. Ilaeu e meu mestre, Ilaeu e meu pai, Ilaeu e eu. Carolus e meu pai. Alexandre e...

– Você vê as consequências, não vê? – agora, ele está sentado novamente com os olhos abertos. Ele vê as palavras que quer dizer mais rápido do que consegue. – Macedônios e gregos, gregos e persas. A mesma forma. Todos são apenas versões uns dos outros.

– Uma divertida aplicação laica de ideias extremamente complexas. Você pode virar um filósofo, afinal de contas, com algumas décadas de mais estudos, sem distrações.

– Isso vai acontecer – ele diz.

– Eu desejo que sim. Você não pode desenvolver tais ideias além de mero entretenimento se está constantemente marchando para a guerra.

– Mero entretenimento? É filosofia da própria guerra. Toda batalha é contra uma versão de você mesmo. Todo inimigo...

Eu ergo a mão para interrompê-lo:

– Todo persa...

– Nós já tivemos essa discussão.

– Todo ateniense, então. Você vai negar que tem uma personalidade ateniense tanto quanto tem uma personalidade macedônia?

Abro a boca para falar, penso, paro.

– Você vai para cada batalha sabendo que está lutando contra você mesmo.

– Isso seria algo de se ver – admito.

– Então você vem?

Ah.

– Seu pai não permitiria.

– Meu pai não vai nem perceber. Ninguém vai pedir que lute. Podia viajar com os médicos.

Aquele velho pesadelo. Mas então penso nele estendendo a mão para Arrideu na beira da água. Ele está tentando me ajudar na direção de alguma coisa.

– É importante para ele – digo mais tarde a Pítias. – Amor, você não está sendo razoável. Ele vai me levar sob sua própria proteção.

– Isso vai ser de grande ajuda se ele for derrotado – diz ela de sua cama.

– Se formos derrotados, não vai importar por muito tempo onde estou. Péla não será mais segura. Eu pensei – acrescento, mudando de tática. – Pensei que você tivesse alguma afeição por ele.

– Eu tenho alguma afeição por você – ela diz, mas quando me aproximo fecha os olhos e vira pedra.

Vou até o quarto da bebê. Aos 18 meses, ela já é alta e fala bem para a idade, com muitas palavras de adultos e maneiras de dizer as coisas que ficam muito graciosas em sua boca. Seus humores – teimosia, ataques – me lembram de Arimnesta e me dão um pouco nos nervos, apesar de Pítias achar que isso vai passar com a idade. Eu não tenho tanta certeza. Ela sentiu muito a partida de Atéas, mas hoje está quieta, felizmente, brincando de botar e tirar alguns blocos de madeira e potes da cozinha. Eu me abaixo até o chão perto dela, os joelhos se estalam e mostro a ela como fazer uma torre botando os menores em cima dos maiores. Ela observa, aprende. Escondo seus blocos dentro dos potes, na minha mão, embaixo de minha sandália, e a observo encontrá-los. Digo a ela que vou me ausentar por alguns dias (o que são semanas, meses para ela?), mas ela não reage. Finge não ouvir quando peço um abraço e um beijo. Eu me levanto para ir embora e ela se atira em mim, *não, não*. Seu vestidinho creme é uma cópia do da mãe, até as flores cor-de-rosa bordadas nas barras. Tenho que retirar seus dedos e empurrá-la para que se solte de mim. Chamo Tico para segurá-la na casa para que eu possa abrir o portão e sair.

Filipe já está na Fócia, marchando na direção da Boécia e da própria Atenas. Eu cavalgo com Alexandre e Antípatro e alguns reforços para nos juntarmos à força principal.

Somos conduzidos em nossa marcha para o sul, simbolicamente e para dar sorte, pelo eterno mascote macedônio: um bode; um de uma dúzia transportada em sua própria carroça para que possam enfeitiçar uns aos outros. Se apenas minha situação fosse mais confortável! Eu ando, monto, caminho, permitindo que as bolhas e assaduras enfeiticem umas às outras, me perguntando quanto tempo leva para um cavaleiro médio desenvolver uma virilha de couro. Somos na maioria soldados a pé com apenas alguns cavaleiros, amigos de Alexandre que montam com ele. Eles levam facas e lanças longas, parecidas com a sarissa da infantaria, e usam apenas armadura leve. Os soldados da infantaria são organizados em esquadrões de aproximadamente 200 homens, agrupados geograficamente; eu caminho um pouco com o esquadrão calcídico, na esperança de encontrar alguém de casa. Eles são batedores, arqueiros, fundibulários, espadachins e lanceiros. Eles também têm armaduras leves. Se a cavalaria é a aristocracia, os soldados da infantaria são um grande cozido quente de macedônios, colonos conquistados, mercenários, falam mais línguas do que consigo reconhecer em torno das fogueiras à noite. Eles viajam rápido, tão rápido quanto um bode mimado, graças àquela armadura leve e ao fato de o equipamento pesado das máquinas de sítio já estar com Filipe. As unidades – as menores, formadas por grupos de dez, que acampam, comem, mijam, fodem e lutam juntos – são intensamente leais umas às outras e a Filipe; até mesmo os mercenários se comportam melhor que a maioria, porque Filipe se preocupa em pagá-los bem e rapidamente.

Minha fantasia, talvez, era a de uma viagem confortável ao lado do príncipe, discutindo Homero e as virtudes. Na verdade, pouco vejo Alexandre, que ora cavalga na frente, ora atrás, brincando com os homens, fazendo um verdadeiro espetáculo em sua bela armadura e em seu belo cavalo. Ele fica só levemente ridículo e talvez apenas para mim. Ele lidera como foi ensinado e faz isso bem. À noite, ele vai de fogueira em fogueira, improvisando discursos de encorajamento que deixariam Carolus orgulhoso. Os rostos dos homens se iluminam quando o veem chegando. Na maior parte do tempo, monto com Antípatro, que está mais simpático comigo agora do que quando me juntei à campanha. Conversamos sobre política: fronteiras, impostos, estratégia militar. (Isso *é* política para um general.) No quarto dia de nossa jornada, batedores contam que a principal força do exército está acampada no Vale do Césifo, presos ali pelas forças gregas. O campo de batalha, então, será um lugar chamado Queroneia, uma planície larga, quase lisa, com um rio ao norte e montes ao sul. Amanhã, agora que nós chegamos.

– Você nunca fez isso antes, fez? – um médico diz para mim.

É o início da noite. Ajudei a encerar as tendas onde vamos remendar os feridos e, ao ver os outros limparem seus instrumentos, faço o mesmo. As memórias de meu pai agora estão fortes, no silêncio triste de soldados nervosos sentados em volta dos fogos de cozinhar, sem cozinhar. Bebendo. Vemos estrelas pontilharem o céu, mas ainda há luz suficiente. Eu enrolo e desenrolo algumas bandagens. O equipamento do outro médico é mais negligente e mais leve que o meu. Comprei tudo novo para isso e dá para ver. Ele é mais jovem que eu e mais experiente. Ele me disse do que vou precisar e o que devo deixar empacotado; não haverá tempo para usar o equipamento cirúrgico.

– Não – digo. – Nunca vi uma batalha.

– Você está fodido, hein? – ele remexe minhas coisas. – Isso é bonito.

Um novo jogo de facas; deixei as de meu pai em casa. Ofereço a ele as facas.

– Sério?

Digo a ele que poderá pegá-las quando eu for embora. É uma promessa.

– Claro.

Ele não parece se importar com nada. Eu me pergunto se também andou bebendo. Eu gostaria de saber onde conseguir um pouco. Ele aponta para uma tenda.

Aqui há um pouco de tumulto, finalmente, uma falação de noite de véspera. Os soldados estão em fila com suas taças e cantis. O vinho é ruim, ralo e azedo; no fim da fila você sente o cheiro. Sei que não será forte o suficiente. Minha mão treme quando estendo o cantil de meu pai e o soldado que serve tem de segurar minha mão para firmá-la, um gesto maternal que, imagino, ele já deve ter feito milhares de vezes. Ele não tem uma perna abaixo do joelho e resmunga alguma coisa quando termina de servir. Alguma bênção: vejo os lábios se moverem para todos os soldados.

No caminho de volta às tendas dos médicos, dou o cantil para um garoto que guarda os cavalos.

A tenda de Antípatro fica perto da de Filipe e da de Alexandre, agora sob a proteção de carvalhos e cercada todo o tempo pelos guarda-costas reais. Eu durmo com os médicos, na tenda onde trataremos dos feridos amanhã. Eu durmo. A viagem até ali foi dura e nunca fui tão longe sem privacidade. Há privacidade no sono. Sonho com Pítias, Pítias doce e desejosa como nunca a vi, e desperto com uma ereção. Os médicos já estão todos ocupados à minha volta, arrumando seus postos de trabalho; do lado de fora, ouço gritos de comando, o retinir de armas de metal, o bater de pés e de cascos de cavalos em uníssono.

– Não, não – o médico chefe me para na saída da tenda. – Você não vai sair lá fora, agora não. Tarde demais para isso. De qualquer modo, o que está procurando? Um desjejum? Acha que o príncipe está tomando seu desjejum? Acha que talvez seja convidado?

Ele sabe quem eu sou, me conhece e não quer a responsabilidade. Merda de diletantes, hein?

– É só para mijar – eu disse, baixo como Pítias, olhando para baixo.

– Use o penico.

Não sou o primeiro, pelo menos. Meu fluxo aterrissa em bons cinco centímetros de amarelo. Então, essa é uma regra: ninguém sai da tenda. Faz sentido, tudo no lugar. Arrumado e limpo. Não me incomodo com isso.

Observo os outros e tento copiá-los, transformando meu colchão de campanha em meu próprio lugar de trabalho. Arrumo parte de meus instrumentos e percebo o olhar do médico jovem da noite anterior.

– O que está faltando? – água, alicates. Eu devia ter ido até o rio antes do amanhecer como os outros e trazido minha própria. Também não tenho balde e terei de usar meu próprio odre. Sob o olhar severo do chefe, eu o encho em um barril perto da porta.

– Fique mais perto de mim – disse o jovem médico. – Pode pegar os meus emprestados quando eu não estiver usando.

Do lado de fora soa uma trombeta. Todos na tenda olham para o alto, depois de novo para baixo.

– Rápido – ele diz.

Qual foi aquela fantasia, outra vez? A conversa de filósofos que cavalgam juntos e então – ah, sim – uma visão do topo de uma colina elevada, Alexandre esperando demais por isso, mas Antípatro, sem dúvida, Antípatro ao meu lado, explicando a batalha, apontando suas características, conduzindo-me por sua lógica e depois um vigoroso aperto de mão quando o dia estivesse ganho. Alexandre, então, virá me encontrar, um pouco de lama sujando um dos lados de sua face, sem dúvida nada pior, vai rir e dizer como está satisfeito por eu ter vindo assistir a seu grande dia. E Filipe atrás dele, Filipe sem fôlego, talvez um pouco ensanguentado, mais suado, mais sujo, mais mal-humorado, dizendo a gente não o estragou demais, então, eu e você estragamos? Nas tendas, mais cedo, terei salvado algumas vidas, exibido algumas habilidades inesperadas (habilidade com as facas?), conquistado respeito e ofertas jocosas para me unir à unidade dos médicos se o rei não quisesse mais meus serviços em outro lugar. Boa piada! Eu também posso ir direto para Atenas, Filipe diz, enquanto o sol poente flerta com as copas das árvores, dourando nossos cabelos, enquanto juntos voltamos o olhar para a planície da batalha, vá em frente e comece seu trabalho lá, como tínhamos combinado.

A trombeta soa outra vez, e os médicos ficam imóveis como crianças brincando de estátua. De longe, muito longe, um grito de comando, um silêncio longo, outro grito. Um som parecido com o de uma onda e o chefe diz: "A seus postos". Ele não precisa gritar. Eu olho para o chão e me distraio quando começo a observar o andar desengonçado de um besouro na terra.

Depois de alguns minutos ouvindo algo que soa como um oceano distante, o jovem médico ao meu lado pega um conjunto de dados.

– Joga?

– Agora?

Por toda a tenda, aos poucos, os homens começam a relaxar. Conversam em voz baixa, alguns chegam a deitar.

– Ainda não vai ter trabalho nenhum. Os feridos que conseguiriam chegar aqui sozinhos vão continuar lutando enquanto podem.

Há um corpo de homens para trazer os feridos, mas eles só entram no campo depois que os arqueiros terminam. O chefe gosta que todos fiquem em seus postos, só para garantir, mas provavelmente ainda temos algum tempo, a menos que seja uma grande derrota. Primeiro os feridos por flechas. É para isso que servem os alicates, não é? Nosso objetivo e tirar os homens daqui e botá-los de volta para lutar. Cuidamos primeiro dos fáceis. Olhos, peito ou braço da lança, esses ficam para depois. O chefe normalmente os seleciona para nós, mas ele não consegue pegar tudo. Se algo inesperado surgir, não perca tempo. Lembre-se: olhos, peito ou braço da lança, mande de volta para o chefe. Se eles viverem, cuidamos deles depois.

– Olhos, peito, lança.

– Quer saber o que está acontecendo lá fora?

– Sim, sim.

O jovem médico remexe em sua bolsa, guarda os dados e tira bonequinhos pequenos, menores que meus dedos.

– Filipe está aqui, aqui à direita, o braço da espada, enfrentando os atenienses. Alexandre à esquerda, o braço do escudo, enfrentando os tebanos e boécios. A infantaria entre eles. Somos em menor número, mas não muito – ele começa a manobrar os bonequinhos como uma criança faz com seus brinquedos. Ele realmente vai pulando com eles pelo chão para indicar movimento. Como brinquedos, como teatro. – Dois braços, pinças. Táticas tebanas, hein? Sabia que Filipe foi refém em Tebas quando seu irmão era rei? – eu sei. – Aprendeu com os melhores. Eles agora vão se arrepender disso. Filipe vai tentar estender a linha ateniense, atraí-la, vai até recuar um pouco, para que eles acreditem estar vencendo. Estenda essa linha além do limite e, então, volte-se sobre eles e rompa através dos espaços abertos com a cavalaria. Alexandre do outro lado, bem. Podia estar lutando com fogo, hein? É isso o que eles dizem. Então, os dois lados se juntam e aí está.

– Como você sabe disso tudo?

Ele recolhe as figurinhas rapidamente com a mão.

– Acordei cedo, antes de o chefe fechar a tenda. A caminho do rio dei uma olhada no campo. Pude ver os padrões, como o inimigo estava posicionado. E já vi bastantes batalhas de Filipe para saber como ele costuma agir. Estender a linha inimiga, então penetrar usando a cavalaria como cunha. Usar Alexandre para apavorar todo mundo.

– Mas ele nunca usou Alexandre antes.

– Ele estava esperando por esta.

Levo a mão a seus bonequinhos, ergo as sobrancelhas para dizer "Posso?". Ele me deixa pegar algumas.

– Está se gabando disso há semanas – prossegue. – O dia em que meu filho chegar. O dia em que eles virem o que meu filho pode fazer.

– Você esculpiu isso?

– Eu mesmo – madeira talhada, bonito. Soldadinhos em diversos uniformes.

Ele aponta e dá nome a eles:

– Ilírio, tessalônio. Olíntio, esse aqui, é? Este é um tribalo. Gosto desse.

– A seus postos – grita o chefe.

Ele abre a entrada da tenda para receber o primeiro ferido, um macedônio com uma flecha na coxa. O soldado já quebrou o cabo. O chefe o encaminha para um posto. Quando o médico arranca a ponta com seus alicates, o soldado dá um grito.

– Você, e você, e você – diz o chefe.

De repente há um homem à minha frente. Um mercenário. Ele tem um sangramento sobre o olho, mas não parece profundo. Ele olha para mim e vomita para frente. Então, eu vejo a flecha, enterrada em seu ombro esquerdo.

– Mande-o de volta – diz o médico jovem, mal olhando para mim. Está ocupado com seu próprio homem, agora.

Digo ao mercenário para se deitar.

– Uso seus alicates?

– Mande-o de volta.

– É o braço do escudo – pego os alicates e puxo. O homem grita. A ponta de flecha sai, ela sai mesmo. Eu fiz uma. Eu me atrapalho quando rasgo sua túnica para fazer uma atadura. O homem abre os olhos, me encara e morre.

– Não, espere – digo.

O médico jovem aponta para sua virilha, para a florescência de sangue ali.

– Olhos, peito, braço da lança, virilha. Chefe! – ele aponta para meu posto.

O chefe chama alguns atendentes para levar o corpo embora. Imediatamente chega outro e outro. Logo minhas roupas estão ensopadas de sangue. A maioria deles morre. Como previra o médico jovem, flechadas cedem passagem para ferimentos de lança, cortes ou ossos quebrados. Eu começo a mandá-los de volta com mais rapidez.

– Espere – diz este, enquanto estou erguendo a mão para chamar a atenção do chefe. – Só enfaixe.

Um ferimento na coxa, sangrando muito. Eu deveria tratar de coxas, mas este aqui sem dúvida vai sangrar até a morte. Olho para seu rosto, olho novamente.

– Qualidade! – Lisímaco ri e em seguida faz uma cara feia. – Eu sou um homem de sorte.

Aperto um torniquete o máximo que posso e pressiono uma bandagem sobre o ferimento com as duas mãos, apoiando todo meu peso sobre ele.

– Filho da mãe desgraçado – ele diz.

O chefe olha sobre meu ombro, segue em frente.

– O que está acontecendo? – pergunto.

– Retirada.

Tento afrouxar a pressão e o sangue começa a jorrar outra vez. Eu torno a me apoiar.

– Só até o rio – ele diz. – Tenho que voltar. Precisamos de todos os homens.

– O príncipe?

Ele sorri, faz uma careta. Eu relaxo e o sangramento melhorou. Eu o ajudo a se levantar.

– Mando um beijo para ele por você.

O trabalho prossegue. Minha mente categoriza automaticamente, sem pensar, apesar de, sem dúvida, ser uma contradição em termos. Digamos, em vez disso, que minha mente categoriza antes de meu desejo de categorizar. Penso mais rápido que minha vontade de pensar. Matéria e forma: a alma dá forma à matéria da carne, não acho que isso seja meramente uma metáfora. É como a cera e a impressão sobre ela. Então, alguns corpos são naturais, outros, não; alguns corpos naturais têm vida, outros, não. Também há a questão do propósito. Será possível dizer que a alma é o propósito do corpo? Sinto que algo não está claro aí, há uma falha nos dentes de minha lógica. Pítias tem um pente de casco de tartaruga que ela tenta usar apesar de uma falha de dois dedos onde os dentes se quebraram. Ela o trouxe da corte de Hérmias e não permite que eu o substitua. Vamos deixar o propósito de lado por enquanto. Os atributos da vida: mente, sensação, movimento no espaço e os movimentos implícitos na nutrição e no envelhecimento. A sensação vem primeiro; animais, por exemplo, podem sentir antes de conseguirem se mover. Limpo as mãos em um trapo, que já está molhado e preto de tanto esfregar. Nem todas as criaturas têm todas essas faculdades. Plantas, por exemplo, têm a faculdade nutritiva, mas não têm sensação. Os animais não têm o que nos humanos é chamado de mente e são incapazes de pensamento racional.

– Ei! – o médico está sacudindo meu braço. – Você precisa sentar, hein?

– Não.

– Precisa, vá lá. Acabou. Não está ouvindo? – um ribombar alto do lado de fora, o oceano está se aproximando. – Chefe!

Eu me pergunto quem está morto. Então, há mãos sobre mim. Estão me botando sentado. O chefe aperta meu nariz com dois dedos, joga minha cabeça para trás, joga vinho em minha garganta. Algo forte, não como o da noite passada. Eu engasgo.

– Você está bem, velho.

Ele solta meu nariz e eu me afasto num impulso, falando de modo confuso.

– O que aconteceu?

O jovem médico aproxima seu rosto do meu com os olhos bem abertos enquanto examina minhas pupilas. Ele toca sua própria têmpora.

– Você apagou.

– Nós vencemos – diz o chefe.

Eu dou uma golfada roxa. O chefe esfrega minha cabeça sorrindo e vai servindo uma dose para cada homem em sua tenda.

– Para casa, agora, hein? – o médico toca outra vez a têmpora.

Eu balanço a cabeça.

– Deite, se quiser.

– Podemos sair?

– Em breve. Ainda temos um longo dia pela frente. O chefe vai nos levar à procura de sobreviventes. Cada tenda médica fica responsável por uma seção diferente do campo; temos de esperar para ver qual é a nossa.

– Todos os sobreviventes ou só os nossos?

O médico balança a cabeça.

– Você está aprendendo. Pão?

Pego o pedaço que ele oferece. Está sujo do sangue de suas mãos, sangue com algumas substâncias como o sangue cheio de coágulos da menstruação de Pítias. O gosto é salgado. Consigo dar uma ou duas mordidas. Vejo o chefe inclinar a cabeça para ouvir um oficial na entrada da tenda; depois ele se volta para nós.

– Macedônios e atenienses. Todo mundo entendeu isso? Se não tiverem certeza, perguntem.

– E os outros? – pergunto ao médico.

– Há um corpo de homens para isso. Traga seus instrumentos caso encontre um homem que não possa ser movido.

– Campo Leste – repete o chefe para cada homem enquanto saímos em fila pela abertura da tenda. – Tem muitos cavalos caídos. Cuidado com eles. Campo Leste.

Lá fora, a princípio não consigo ver nada. O sol fere tudo o que toca. Adentramos em um mundo de homens e cavalos, aparentemente correndo de um lado para outro pareciam triturados, homens atordoados pela abertura no tecido pela qual acabaram de passar, a marcha de volta ao campo de batalha para o mundo falso de tendas, colchões, refeições e vida. Eles precisam beber para poderem celebrar. Procuro rostos conhecidos e me dou conta: a maioria deles. Será possível?

– Por aqui.

O chefe nos conduz na direção do rio, na direção dos cavalos. Há um corpo de homens para isso também: um oficial de cavalaria faz um trabalho cruel em meio aos animais derrubados, cortando gargantas. Alguns berram, outros movem as pernas, correndo para lugar nenhum. Outras equipes médicas se espalham pelo campo, de cabeça baixa como catadores de frutas silvestres. Vejo que o chefe está perto de mim, de olho.

– Não – ele diz quando me agacho para ver algo mais de perto, uma pessoa. Tebano. – Ande, vamos.

Eu paro.

– Ande, vamos.

O tebano está olhando para mim.

– Ande, babaca.

Eu me agacho e tiro a bolsa de instrumentos do ombro. No alto, abutres orbitam o campo cantando, esperando apenas que deixemos o local.

– Seu babaca – ele se ajoelha ao meu lado. Os olhos do tebano se alternam entre nós. O chefe sente a pulsação tocando a lateral do pescoço, ergue as sobrancelhas com os polegares para ver melhor os olhos, belisca os pés do homem. Continua a beliscá-lo, subindo pela perna e pela coxa. Ele está no peito quando o tebano geme.

– Me ajudem.

Juntos nós o viramos e o deitamos de lado. Suas costas estão cobertas de sangue.

– Paralisado – diz o chefe. – Espinha seccionada. Estava fugindo, filho da puta?

– Não – diz o tebano.

Nós o rolamos de costas outra vez para ele ver o céu.

– Ande, vamos – diz o chefe para mim. – Você não quer ver isso.

Eu não me movo.

– Feche os olhos – diz o chefe para o tebano. Ele não fecha. – Vou fazer como se fosse você um dos nossos – ele diz, e enfia a faca onde recentemente sentira a pulsação. Nós dois damos um pulo para trás fugindo do sangue que jorra. A mão do tebano bate algumas vezes no chão e então para. Seus olhos não se fecham.

– Esse não é meu trabalho – diz o chefe. – Não me obrigue a fazer isso outra vez.

– Chefe!

O jovem médico achou algo e está acenando para nos chamar. Eu me abaixo outra vez.

– Não tenho tempo para isso. Você está por sua própria conta.

Tenho uma prancheta e um estilete na bolsa. Ponho o tebano de lado outra vez e desamarro seu colete de couro, que se desmonta em pedaços no lugar onde foi cortado pela arma. As bordas de pele têm cor de ameixa. Eu as afasto para descobrir uma camada de gordura amarela. Mas o que eu quero são ossos. Preciso de minhas facas e também de algo para limpar as mãos, para poder escrever e desenhar.

Não sei quanto tempo se passa.

– Aqui está você.

– Um minuto – eu acabo de encontrar um fio longo de alguma coisa no fundo da cavidade aberta.

– O que é *isso*? – o chefe se ajoelha ao meu lado e olha com atenção.

– Não sei. Estou vendo aonde vai dar.

– Olhem só – outra voz, outra sombra se ajoelhando ao meu lado. O jovem médico. – Todos esses pedaços saíram desse aí?

Eu tinha jogado muitas vísceras no chão.

– Você está bem? – diz o médico.

– Preciso de mais papel.

O chefe acena com a cabeça para o médico, que sai correndo.

– Ele vai encontrar tudo de que você precisa. O que foi... ai, cacete. – Um fedor toma conta, eu atingi as tripas. – Você *faz* isso? – ele diz.

– *Você* faz isso.

– Não depois que estão mortos – o chefe olha para o campo ao redor. Tento me levantar. – Firme – ele segura meu braço. Meu pé formiga muito por ficar agachado por tanto tempo. – Eles estão erguendo as piras. Você já está acabando?

– Não.

– Ele tem de ir com o povo dele.

– Eu nem comecei com a cabeça.

Ouvimos gritos na beira do campo atrás de nós, uma discussão.

– Ah, não – o chefe começa a chutar terra sobre as vísceras. – Não, não, não. Deite-o de volta, rápido. Me ajude. E guarde essas suas merdas.

– Eu não terminei.

– Olhe – diz o chefe. – Sei quem você é e por que está aqui. Entendo o que faz, de certa forma. Mas os soldados não vão gostar disso. Pelo menos deixou o sexo em paz. Mas você tem que parar agora.

– Eu estava chegando lá.

– Trabalho de mulher – ele olha para trás, por cima do ombro. – Oh, me fodi – ele vira o tebano de costas outra vez para não vermos o buraco que eu fiz ali. – Ajoelhe-se – sussurra ele.

– Majestade – digo.

– Dispensado – Alexandre está olhando para o tebano. A cabeça corre, corre. Eu fico parado. – Ele está morto?

– Está.

– Porque, às vezes, você acha que eles estão mortos, mas eles não estão – diz Alexandre. – É preciso acabar com eles.

– É.

Hefèstion parou a uns dez passos de distância. Seu rosto está branco.

– Eu lutei aqui – diz Alexandre. – Campo Leste. Ele está morto?

Havia algo turvando meus pensamentos, que agora começam a clarear. Atrás de Heféstion vejo Antípatro e o próprio Filipe. Eles também pararam a uma distância cautelosa.

– Filho – digo. – Aconteceu alguma coisa?

– O que você está fazendo?

Estendo meu bloco de papel para que ele o veja.

– Posso ajudar?

– Já terminei. Na próxima vez. Acho que nós precisamos nos lavar.

– Eu lutei aqui.

– Alexandre – Heféstion se aproxima. Alexandre saca sua faca e Heféstion recua.

– Filho – digo de novo. – Você poderia me mostrar onde eu me lavo?

Ele está olhando para o tebano. Agacha-se ao lado dele como eu fiz há algumas horas.

Caminho num grande círculo ao redor dele até Filipe e Antípatro. Eles estão discutindo em sussurros.

– Acontece – murmura Antípatro. – Você sabe tão bem quanto eu.

– O que acontece?

Filipe sacode a cabeça.

– Ele apunhalou o tratador de Bucéfalo – diz Antípatro. – Achou que era um inimigo. A batalha tinha terminado.

– Como depois dos maedis.

Antípatro parece cansado.

– O quê? – diz Filipe.

Nós olhamos e vemos Alexandre trabalhando no tebano com sua faca, cortando na linha do cabelo.

– Isso é culpa sua – diz Filipe para mim. – Você ensina a ele essa merda. Que espécie de animal é você, afinal de contas? Quem faz isso com um corpo? O que aconteceu depois da luta contra os maedis?

Antípatro sacode a cabeça.

– Esse é meu filho.

– Ele ainda é – digo.

– Ele será rei um dia.

– Olhem – chama Alexandre. Ele está debruçado sobre o corpo. – Sai fácil, venham ver.

Heféstion se afasta mais.

– Cuidem disso – diz Filipe –, vocês dois, já que sabem tanto sobre isso. Levem-no para dentro de uma tenda, cacete, antes que alguém veja – ele saca a faca o bastante para enfiá-la de volta com força na bainha de couro. – Será que eu tenho um herdeiro ou não?

A face de Heféstion está verde, o fenômeno que Arimnesta tentou me descrever tanto tempo atrás.

– Isso não está acontecendo – diz Filipe. – Vou voltar para o acampamento.

Vou ver o que Alexandre está fazendo. Ele começou a retirar a pele do rosto a partir da testa. Ele a está retirando inteira com a faca, puxando aos poucos, de leve. Ele descasca o rosto até os olhos.

– Eu tentei com os maedis – diz Alexandre. – Tentei trazer uma de volta, mas não consegui retirar.

– Para mim?

– Para Carolus. Achei que era possível secá-la. Ele disse que não tinha dinheiro para máscaras.

– Posso ajudar? – estendo a mão e ele me entrega sua faca. Pego o pedaço de pele da testa e o puxo com delicadeza para esticá-lo como ele fez. – Posso terminar isso? Acho que precisam de você no acampamento.

– Quero ficar aqui também.

– Seu pai está muito orgulhoso de você – digo lentamente –, do que fez hoje. Ele quer celebrar com você. Quer que o mundo os veja juntos – sinto Antípatro às minhas costas. – Seu pai precisa de você agora.

– Venha, majestade – diz Antípatro.

Alexandre olha para Heféstion.

– Ei – seu rosto se ilumina de prazer. – Quando chegou aqui?

Heféstion olha para mim.

– Agora mesmo.

Aceno para ele com a cabeça pelas costas de Alexandre. *Está bem, vá em frente.*

– Ei – diz Heféstion. – Então, bem, estou faminto! Quer procurar algo para comer?

Alexandre joga um braço sobre seus ombros e eles caminham de volta na direção das tendas. Tento arrumar a testa do tebano no lugar, mas as bordas agora estão irregulares e não se encaixam mais no couro cabeludo.

– Ele não vai se lembrar de nada disso – diz Antípatro. – Alexandre. Ele também não se lembrou da última vez.

O jovem médico chega correndo ofegante com três blocos de papel embaixo do braço.

– Isso basta? Foi tudo o que consegui achar. Tebano, certo? Eles estão perguntando nas piras. Eu o ajudo a carregar até lá quando terminar.

– Ele já terminou – diz Antípatro.

Nós o carregamos por uns cem passos até a pira dos tebanos, que já está crepitando e soltando fagulhas sob a luz dourada do final de tarde. Sem as entranhas ele não pesa muito. Nós o jogamos sobre os outros corpos enquanto o oficial responsável toma nota em seu bloco de papel para manter o registro. O médico vai embora correndo. Antípatro e eu ficamos olhando para o fogo e para o ar quente tremeluzindo ao seu redor.

– Tenho pesadelos – diz Antípatro.

Um silêncio demorado.

– Eu trabalho – digo. – É como o oceano. Entro, mergulho fundo e então saio.

Ele assente, sacode a cabeça. O sol poente doura nossos cabelos. O tebano – fumaça –, se eleva até as esferas.

ANTÍPATRO E O PRÍNCIPE partem para Atenas, escoltando os ossos dos atenienses mortos. Uma cortesia: a derrota transformou os atenienses novamente em aliados respeitáveis. Eu consegui um saco de sementes de papoula com o chefe antes de desmontarmos o acampamento e mostrei a Antípatro como administrar a dosagem certa. Filipe vai passar o outono no Peloponeso tentando amarrar algumas pontas soltas e organizando uma grande conferência em Corinto, onde talvez vá direto ao assunto: preparar todos os seus novos súditos para uma campanha persa. Filipe nunca foi a Atenas e abrir mão dessa oportunidade é notável. Meu palpite é que nesse exato momento ele não aguenta ficar perto do filho.

Viajo de volta para casa em Péla com um comboio de feridos que conseguem andar. Nada de bodes, dessa vez; sem sorte, sem pressa. Eu troco ataduras, limpo ferimentos, lanceto infecções, sedo os delirantes.

Em casa, dou à pequena Pítias seu presente: um soldadinho ateniense entalhado para mim pelo médico, em troca de minhas facas. Visito a mãe dela na cama, onde agora passa a maior parte do tempo. Não consigo convencê-la a fazer exercícios e quando ela se levanta, se arrasta pelas paredes ou se apoia no braço de uma escrava. Não consigo acusá-la de se fingir de doente, mas tampouco posso me livrar dessa desconfiança.

– Atenas – diz Pítias. – Atenas, Atenas. Talvez Filipe esteja certo. O que você teria feito lá, na verdade, mais do que o trabalho que faz agora, para uma plateia mais atenta?

– Isso não é nada?

– Para ele, é.

Sacudo a cabeça.

– Olhe para esta cidade. Veja o que ele fez com ela. Trouxe atores, artistas, músicos. Ele sabe o que significa ser culto, alimenta a mente. Ele entende a... a diplomacia disso.

– Acha que é pessoal?

Eu não respondo.

– Vamos ver de modo prático, então. O que ele faria com você? Ele não pode, na verdade, impô-lo à Academia se eles não o quiserem de livre e espontânea vontade. Pelo menos isso ele sabe. Então, o que você poderia fazer por ele?

– Ter minha própria escola – digo para provocar, mas vejo que a dor está voltando e que ela perdeu o interesse na discussão.

– Uhnn – diz o velho ator quando me vê, uma consoante de prazer que se transforma numa tosse gutural e molhada. – Quanto tempo – ele acrescenta quando a tosse diminui, inspirando fundo em busca de fôlego para produzir as palavras.

Uma criada me conduziu até a cabeceira da cama, onde Carolus jaz em uma estranha tranquilidade: o que está por baixo dos lençóis parece encolhido quase até ficar completamente achatado, mas a mão e a cabeça parecem enormes. Mãos peludas com os nós dos dedos pronunciados, trabalhadas com elegância e detalhes impressionantes por algum mestre escultor. A cabeça leonina, o cabelo branco, mais comprido do que eu me lembro, e penteado para trás em um penacho gorduroso que ainda mostra as marcas de arado do pente, rosto por barbear, os olhos duas joias afundadas em olheiras suaves.

– Ela é uma boa garota – diz da empregada, quando pergunto se há algo que possa fazer por ele, alguém que eu possa chamar; podemos sem problemas abrir mão de alguém para passar a noite, se ele quiser. – Não, as noites não são tão ruins; às vezes, quase durmo. Eu me lembro de muita coisa à noite. Espetáculos de que participei, atores com quem trabalhei, públicos para os quais me apresentei, viagens, amantes. Minha infância, também, e histórias que meu pai e meu avô me contavam sobre suas apresentações, sobre sua época. Tenho muita companhia à noite.

– Me desculpe por ter demorado tanto. Eu viajei com o exército, acredite, como médico.

– Não pensei que estávamos com tamanha falta de homens.

– Não estamos. Alexandre queria que eu fosse. Queria me levar para sair e ver o mundo.

– Pelos olhos dele – diz Carolus.

– Pelos olhos dele.

Ele balança a cabeça, fecha os olhos e os abre com esforço.

– Ele gosta de você. Isso é bom.

Espero um pouco até que ele torne a fechar os olhos e começo a achar que devo ir embora quando ele os abre de novo.

– Estou aqui – digo.

– Você ia embora.

Não sei dizer se ele está assustado.

– Devo ir?

– Não.

Olho em torno do quarto enquanto ele faz o trabalho de respirar, preparando a próxima frase. Uma estante de livros, imagino que sejam peças, que me dão vontade de olhar mais de perto. Há máscaras nas paredes e objetos de cena guardados aqui e ali. Ele se cercou das coisas que o deixam mais feliz.

– Embaixo da cama – ele diz.

Eu me abaixo da cadeira que puxei para perto dele e afasto os lençóis e cobertores pendurados. Encontro uma caixa.

– Isso – ele diz, e eu a retiro de lá.

Os dedos dele tremem um pouco, por isso eu a ergo e ponho em seu colo onde ele possa alcançá-la. Ele abre a tampa. Lá dentro há uma máscara.

– "Oh, terrível coisa é conhecer a verdade quando a verdade revela-se inútil!" – cito. – "Eu bem assim pensava; mas creio que o esqueci, pois do contrário não teria consentido em vir até aqui."

– "Ordena que eu seja reconduzido a minha casa, ó rei" – retruca Carolus. Claro que ele sabe seu *Édipo* tão bem quanto eu. – "Carregue sua própria sina, que carregarei a minha. É melhor assim: confie no que digo."

A máscara de Tirésias de seu avô é elegante, leve e velha. A fita com a qual era amarrada na cabeça do ator está amarelada, gasta e desfiada. No início ela parece quase sem traços: os olhos são rasos como pequenas vagens não pintadas, o nariz e a boca minimamente marcados. As maçãs do rosto são altas e largas; a testa é delicadamente enrugada, no molde, não na pintura. É grande, maior que um rosto humano, para poder ser vista do fundo de um teatro, mas leve. Minhas mãos quase parecem se erguer quando a pego, enganadas pela ilusão, a contradição entre tamanho e peso.

– Você já a usou alguma vez?

Ele ergue a mão e lentamente a pega de mim para pousá-la sobre seu rosto. Depois de um momento de descanso ele faz força para erguer as mãos outra vez e retirá-la. Eu o ajudo e a guardo com cuidado na caixa.

– Primeira vez – ele diz. – Última vez.

Tampo a caixa e a recoloco embaixo da cama.

– Sinto falta de meu pai.

Depois de um longo momento, percebo que ele está chorando.

– Posso olhar seus livros? – pergunto.

Eles estão bem usados, rasgados e marcados, algumas linhas sublinhadas e outras riscadas. Ele tem alguns que não tenho. Quando me viro para a cama, ele está me observando.

– São seus – ele diz.

– Sou muito ávido. Mesmo agora e deixo que você perceba. Me desculpe.

– Não o desculpo. Estar vivo é ser ávido. Quero que você seja ávido. Quero que todos sejam ávidos. Sabia que ele veio me ver?

Eu tinha perdido o fio.

– Seu pai?

– Meu pai está morto. Alexandre. E por falar em avidez, qualquer dia esse moleque vai abrir a boca e engolir o mundo inteiro.

O esforço é muito penoso. Ele tosse até que todo o seu ser se concentre em uma expiração longa, abafada e difícil que deixa seu rosto roxo e fecha seus olhos em duas pequenas fendas como o próprio cego Tirésias. Ao ouvir isso, a criada volta ao quarto com uma taça de água e o ergue com um gesto ensaiado até que sua respiração melhore. Ele dá um gole, fraqueja, toma outro gole. Ela o põe deitado novamente, arruma suas cobertas, põe a palma rapidamente sobre sua testa e me lança um olhar simpático para que eu me apresse.

– Você precisa dormir – digo.

Eu me levanto e me preparo para ir embora. Não tenho certeza que gesto fazer ao sair. Talvez esteja consciente demais de meus movimentos devido à imobilidade dele ou porque, afinal de contas, ele é um ator e saberia exatamente o que é preciso fazer como segurar as mãos de uma pessoa quando a deixa pela última vez. Eu me inclino para lhe dar um beijo na testa. Ele abre os olhos de novo, agora obviamente sentindo dor. Hesito.

– Você precisa amá-lo melhor – ele diz. – Alexandre. Ele sabe a diferença.

Eu vou até o fim, deixo que meus lábios toquem sua testa enrugada, que não está fria nem febril, mas morna, humanamente morna.

QUATRO

POBRE PROXENO. O marido de minha irmã se esforçou muito para ser um pai para mim naquelas primeiras semanas imorais após a morte de meus pais. Ele falava com gentileza, me dava tapinhas nas costas, franzia o cenho em concentração, nas raras ocasiões em que eu falava. Mas eu já era um rapaz muito esperto e minha fisiologia tal, que o pesar me deixou frio. Foi isso que eu o ouvi dizer a minha irmã, Arimnesta, no navio de Péla para Atenas, quando eles achavam que eu estava dormindo em meu beliche. Ele apresentou a ela sua confusão como um diagnóstico médico. Eu tinha sangue e humores ralos, que corriam frios nos tubos onde nos outros corriam quentes. Era culpa dele achar minha companhia desagradável? Ele era um homem naturalmente quente, assim como ela era uma mulher naturalmente quente. Eles choraram, falaram de seu amor pelos mortos, encontraram alento nos ritos de luto e então seguiram em frente. Eram como cães amistosos, mas eu era um lagarto.

– Shhh – Arimnesta estava amamentando o bebê de novo, eu podia ouvir o ritmo de sua boca sugando. Arimnesto roncava baixo no beliche acima do meu. – Ele não é um lagarto. A pele dele é quente quando você o toca.

– Isso pode vir do exterior, da absorção do sol – disse Proxeno. – Eu realmente acho que ele tem esse problema. O corpo precisa liberar o excesso de fluidos provocados pela tristeza. Como ele vai liberar esses fluidos se não chorar?

Arimnesta disse algo que não consegui ouvir, e os dois riram baixinho. Eu rolei no beliche e eles pararam.

Após um minuto, Arimnesta disse:

– Mamãe costumava dizer que ele tinha o oceano dentro dele, mas que esse era seu grande segredo e que eu não devia nunca contar a ninguém. Ela disse que se ele quisesse falar sobre isso, ele falaria, mas que nós nunca devíamos forçá-lo – agora ela estava chorando. – Ah, mãe – ela disse e em seguida se dirigiu a Proxeno:

– Desculpe-me.

– Não.

O rangido de um beliche. Eu arrisquei uma olhada: Proxeno se abaixando para sentar-se com ela e o bebê no chão, para beijar seu rosto, acariciar seu cabelo. Eu fechei os olhos de novo.

– Ele já acabou? – perguntou Proxeno, referindo-se ao bebê.

– Quase.

Depois que ela arrumou o bebê em seu cesto, eles fizeram sexo em seu beliche, sexo delicado, quase silencioso, preocupado com o bebê, com Arimnesto e comigo. Ouvi com interesse. Seu amor terminou em um único suspiro pesado de Proxeno.

– Não consigo ver como essa escola pode ser boa para ele – disse Proxeno depois de algum tempo. – Mais pensamentos e vida dentro de sua cabeça. Talvez devêssemos levá-lo de volta para Atarneu, conosco afinal de contas, e lhe arranjar uma esposa. Ele pode trabalhar comigo como aprendiz.

Arimnesta disse algo que não consegui ouvir.

– Então, nós arranjamos uma casa para ele.

Arimnesta tornou a murmurar.

– Você também está um pouco fria – disse Proxeno. – Está bem. Você o conhece melhor. Talvez esse Platão faça maravilhas. Enquanto isso, não posso dizer que sentirei falta de seu irmão.

– O QUE QUER DIZER COM ELE NÃO ESTÁ AQUI? – disse Proxeno.

O homem chamado Êudoxo explicou que Platão recentemente partira para a Sicília, para cuidar da educação do jovem rei de lá.

– E quando ele é esperado de volta?

Quatro, cinco anos? Mas eu era bem-vindo para iniciar meus estudos com esse Êudoxo e seu companheiro, Calipo, enquanto isso. Como diretor em exercício da escola, ele cuidaria de minha educação tão escrupulosamente quanto o próprio grande homem.

– Anos? – disse Proxeno surpreso, não aborrecido.

Naquela noite comemos com Êudoxo e Calipo, e em algum momento durante a refeição foi decidido que passaríamos a noite. Os gêmeos e o bebê estavam na cidade com parentes de nossa mãe.

Proxeno foi cedo para seu quarto para escrever cartas. Inquieto, visitei nossa carroça no pátio e peguei, eu achava que silenciosamente, um enorme punhado de passas.

– Ainda com fome? – disse uma voz.

– Sempre – tampei a ânfora cuidadosamente.

Êudoxo fez um gesto para que eu o acompanhasse e me conduziu pelo portão até a estrada.

– Vamos caminhar, está bem? Assim nossas vozes não vão perturbar seu guardião nem Calipo.

– Em que ele está trabalhando?

Êudoxo riu.

– Ele está dormindo. Ele tem horário de passarinho. Vai acordar ao nascer do sol assobiando sua musiquinha.

Disse a ele que não entendia o que aquilo significava.

– Trabalhar, escrever – disse Êudoxo. – Trabalhamos muito por aqui. O que acha disso?

Estávamos caminhando por uma estrada adorável, margeada por oliveiras, perfumada pelas flores dos jardins públicos pelos quais passávamos. A escola ficava nos limites da cidade. Lugar tranquilo. Parecia o campo, mas não os campos que eu conhecia: doce, quente e confortável, mesmo à noite. O Sul, então. Êudoxo (*comportado* era a palavra que eu buscava para ele: barba bem aparada, magro, roupas corretas, todo limpo, arrumado e de apetites tão modestos – como percebi no jantar, quando dispensou carne e vinho por um pouco de fruta e água –, que podia cortar alguns anos de sua idade que ninguém perceberia) pousou brevemente a mão em meu ombro, apertou e soltou.

– Senti muito quando soube de seu pai. Seu guardião o honra muito ao trazê-lo para nós e tão rapidamente.

– Não acho que ele sabe o que fazer comigo – minha voz estava enferrujada. Eu quase não falara com ninguém nas últimas semanas. – Ele está tentando encontrar um lugar para eu viver.

– Pode ficar com Calipo e comigo – disse Êudoxo. – Se você resolver ficar. Se seu guardião tomar essa decisão. Vários estudantes estrangeiros ficam alojados conosco.

Eu o agradeci.

– Mas afinal, de quem é a decisão? Por curiosidade.

– Não tenho certeza – disse.

– Vou mostrar o lugar para você amanhã.

Gostei dele por isso, por não perder o ritmo.

– Haverá alguma aula?

– De manhã – o próprio Êudoxo iria falar sobre um problema matemático proposto por Platão, antes de ele partir para a Sicília. – Acho que estará cheia. Você e seu guardião terão uma boa ideia de nossos alunos e da atmosfera por aqui.

Perguntei se ele se lembrava de Ilaeu.

Ele riu.

– Muito bem. Poeta excelente, matemático terrível. Imagino que terei de desfazer a bagunça que ele fez em você.

Quando eu disse que era mais um quarto vazio que um quarto bagunçado, ele riu de novo.

– Venha – ele entrou pelo meio de algumas árvores. – Quer ver onde você moraria?

Tínhamos dado a volta sem que eu percebesse. Separada do prédio principal, no fundo do jardim, havia uma casa menor com luzes nas janelas, apesar de ser tarde. Podíamos ouvir vozes e risos baixos de jovens. Êudoxo bateu com os nós dos dedos de leve na porta, então ela se abriu. Havia meia dúzia de rapazes sentados ao redor de uma mesa baixa, bebendo e discutindo sobre algo em um pedaço de papel que passavam de mão em mão.

– Novo aluno – disse Êudoxo.

Eu vi que seria o mais jovem. Eles me cumprimentaram, sorrindo, amistosos. O que atendeu à porta me levou mais para dentro da casa para me mostrar o alojamento com suas fileiras de esteiras de dormir, bem limpo, confortável o bastante, enquanto Êudoxo ficou na sala da frente, sorrindo, para ver o pedaço de papel.

– Quer ficar aqui esta noite?

– Quero.

O rapaz tinha uma mecha de cabelo jogada como meu irmão e um olho preguiçoso. Eu estava preparado para gostar dele. Estava preparado para gostar de todos eles, por que não, e de seu problema de matemática também.

Na manhã seguinte, Proxeno e eu ficamos atrás, sob a colunata, enquanto o pátio grande se enchia de membros da Academia que tinham vindo ouvir Êudoxo. Eu me esforcei para acompanhar a palestra, enquanto Proxeno olhava ao redor, desempenhando um cálculo mais pragmático. Mais tarde, durante a refeição, ele me disse que tinha gostado do que vira. Homens bem vestidos e sérios de boas famílias. Ele reconhecera alguns rostos. Mais tarde ele chamou Êudoxo de lado para um rápido passeio. Eu sabia que eles estavam falando de dinheiro. A escola não cobrava nada, mas o alojamento e alimentação tinham de ser cobertos. Eu sabia que tinha bastante dinheiro e terra: uma propriedade de meu pai em Estagira e outra em Cálcis, de minha mãe. Dinheiro não seria problema.

Meu colega de casa de olho preguiçoso me levou até outros rapazes.

– Nós vamos à cidade. Quer ir?

Assenti.

– Preciso me despedir de minha família.

Proxeno enviara um mensageiro na frente, até a casa de nossos parentes na cidade, por isso os gêmeos já estavam à espera na rua com as carroças quando chegamos. Beijei o bebê, Nicanor, que Arimnesta estendeu para mim, e abracei Arimnesto.

– São seus? – disse meu irmão sobre meus companheiros de alojamento, que ficaram um pouco afastados em respeito a nossas despedidas.

Êudoxo contara a eles da morte repentina de nossos pais, e contou a eles também, eu achei, sobre minha insensibilidade e entorpecimento. Pelo menos eles ainda não tinham perguntado por que eu não falava. Eles provavelmente pareciam estranhos para meu irmão: pele branca de quem não sai de casa, sem armas, braços magros pendentes. Cérebros estranhos como o meu.

– Amigos – eu disse.

Arimnesto sabia que eu não sabia fazer amigos. Eu pude perceber que ele queria dizer algo, algum conselho que tinha medo de oferecer. Por fim, ele juntou nossas testas em uma batida carinhosa e sussurrou para que Proxeno não ouvisse.

– Relaxe, beba um pouco mais.

Eu assenti.

Arimnesta me abraçou por longo tempo, mas disse apenas:

– Cuide-se.

Proxeno nem desmontou. Naquele momento, fiquei chateado por ele não gostar de mim, por me entender tão mal.

– Venha ficar conosco em Atarneu quando terminar aqui – ele disse.

– Escreva – gritou Arimnesta, erguendo o bebê para me ver.

As carroças já estavam andando, levantando poeira. Ergui minha mão, mantive-a no ar enquanto eles se afastavam. Eu queria morrer.

– Tudo bem? – disse meu colega de alojamento.

Eles conheciam um lugar onde podíamos comer, um sobrado em uma rua movimentada num bairro comercial. Em meio a pão e espetinhos de carne em uma mesa comprida, alguém sacou o pedaço de papel da noite anterior e eles recomeçaram. Saí da mesa e entrei mais na casa, à procura de algum lugar educado para mijar.

– Por ali – gritou uma mulher da cozinha. Ela acenava com a mão em uma direção. – Por ali, por ali.

Passei pela porta a que ela se referia, entrei num quarto e encontrei o penico num canto. Quando me virei, havia uma garota sentada em um colchão de palha no chão.

Quando saí, voltei a meu lugar no banco.

– Tudo bem? – disse outra vez meu colega de alojamento.

Era uma hora de caminhada entre a porta da casinha no jardim até a porta do quarto da garota, uma caminhada que fiz várias vezes nos meses seguintes. Nunca custava muito; nós mal nos falávamos. De volta à escola havia uma biblioteca onde eu passava a maior parte do resto de meu tempo. Às vezes, havia palestras públicas de manhã, eventualmente um simpósio à noite. Eu podia ir ou não, meu tempo me pertencia. Pensei em Perdicas, em Eufreu e em seus jantares esnobes: a ritual mistura de água e vinho, a bênção, os discursos ensaiados sobre tópicos determinados, as sátiras inteligentes, hah, hah. Certa noite eu também falei algumas ideias que eu estava organizando sobre as formas das quais todos aqui falavam tanto, a inefável essência das coisas. Eu não gostava muito do inefável e disse isso com cuidado. Não é claro que as coisas precisam estar enraizadas no mundo para fazer sentido?

– O garoto cheira a candeeiro – disse alguém, fazendo-os rir. Todos ficaram satisfeitos e curiosos também. Então, eles estavam me observando esse tempo todo, esperando.

Eu sempre teria cheiro de candeeiro, eu sabia disso. Eu não tinha espontaneidade, meu saber era seco como cocô de rato e igualmente tão desprezível. Eu precisava recuperar as horas, sim, até tarde da noite em cima de um candeeiro, me exaurindo. Eu mentira para Êudoxo. Meu interior não estava vazio, mas perversamente desordenado. No barco para Atenas, estávamos comendo sentados na parte inferior. Minha irmã servia pratos de comida quando uma onda forte repentina virou tudo de lado, ela e o bebê caíram, a comida foi jogada no chão, pratos e taças se quebraram, todo mundo gritava. Minha mente agora estava assim, dada a tais viradas de ponta-cabeça. Em certos dias, tudo o que eu conseguia fazer era acordar e virar para o lado e dormir mais. Meus colegas de alojamento, por algum instinto, me deixavam sozinho. Certos dias, eu sabia que nunca teria de dormir outra vez e produzia monumentos de trabalho que eram puro gênio ornado de ouro e marfim reluzente. Não era bem assim no dia seguinte. Aprendi a não mostrar ou falar de minhas ideias a ninguém até que tivesse sentado semanas sobre elas como uma galinha choca, conferindo e tornando a conferir, assegurando-me de que tudo estava bem amarrado e em perfeita ordem. Oh, bom, firme, estudioso e entediante eu, que me servia daquela garota repetidas vezes, usava-a com força e gozava gritando quando não havia ninguém para escutar.

Em meu 19° inverno, chegou a notícia de que Plantão estava voltando da Sicília antes do previsto.

– Como ele é? – perguntei a Êudoxo no jantar. Eu tinha praticamente esquecido que na verdade ele era minha razão para estar ali. Eu podia levar minha vida mais ou menos do jeito que estava, minha vida de Ilaeu, sexo, livros e boa quantidade de privacidade e temia uma mudança.

Minha voz mudou de tom, em silêncio, mas não fez diferença: porque eu falava pouco, as pessoas paravam para ouvir quando eu o fazia e como eu era brilhante as pessoas adoravam qualquer ignorância que eu demonstrava. Soube que era o único aluno que não o conhecia. Ele gostava de aprovar as admissões pessoalmente e fui o último que ele aceitou antes de partir para a Sicília. Vozes em torno da sala competiam para me esclarecer. Ele era nobre, descendia do grande estadista ateniense Sólon por parte de mãe e do deus Posêidon por parte de pai. Sua família era atuante na política e esperava-se que ele seguisse esse caminho, mas ele era tão meticuloso, tão moral, que em vez disso se ocupou de teorias políticas e pedagógicas, teorias que tentara implementar na Sicília. Mas o jovem rei de lá já estava bem escolado em tirania e libertinagem e não estava interessado nas restrições beatíficas pregadas por Platão. Foi isso o que Êudoxo interpretou da carta que nos leu durante a refeição. Platão estaria em casa em duas semanas.

– Vai ficar tudo bem – ele acrescentou para que apenas eu ouvisse.

Descemos até o porto para receber seu navio, todo o nosso bando alegre e esquisito, liderado por Êudoxo e pelo sobrinho de Platão, Espêusipo. Todos falam alto demais e bem podiam ter usado flores nos cabelos. Eu caminhei um pouco para ver o desembarque. O sol lançava moedas na água bem no ponto que eu olhava, ofuscando minha visão, e quando ergui os olhos vi o próprio grande homem no cais, cercado por meus professores e colegas de classe. Meu nome foi chamado, mas eu já estava a caminho. Não ia revelar mau humor.

Espêusipo me apresentou com a mão em meu ombro, como se me conhecesse bem e minhas realizações fossem suas. Platão era um pouco mais jovem do que seria meu pai e parecia cansado. Tinha cabelo grisalho bem aparado e rugas em torno da boca e dos olhos. Magro, não tão alto quanto eu, roupas leves e simples, lascas duras de luz nos olhos. Gostei de sua aparência apesar de não ser o que eu esperava. Esperava alguém educado e simpático, com a seriedade representada por algo oculto.

– Desculpe por não estar aqui quando você chegou – ele disse como se três anos atrás fossem a semana passada. – Eu queria estar. Fiquei muito triste por seus pais. Achei que poderia fazer um bom trabalho na Sicília, influenciar muitos destinos. Era o que parecia, na época.

– O cálculo moral, a escolha de servir ao bem maior para um número maior – anunciou Espêusipo como se estivesse interpretando um oráculo.

A multidão ao nosso redor murmurava e assentia. Platão parecia incomodado.

– Eu teria esperado mais – eu disse. Mais murmúrios e cabeças balançando. Uma boa resposta, eu apenas falei a verdade. *Seus pais,* ele dissera, não *seu pai*. Ele e eu dividíamos uma bolha: estávamos presos, juntos, naquele momento há três anos. Eu só agora chegava a sua escola, em sua mente, meus pais tinham acabado de morrer, em minha mente. Toda manhã, quando eu acordava, eles morriam outra vez. Hoje meus estudos verdadeiros iam começar.

– Quero passar algum tempo com você – ele disse.

Estávamos nos afastando do navio, levados pela multidão ansiosa por fazê-lo se mover, para reintegrá-lo à escola como uma cidade ansiosa pelo retorno de seu rei ao palácio ou uma criança pela volta dos pais a casa.

– Mais tarde. Agora estou cansado demais. Quero contar muitas coisas a você e também ouvi-lo muito. Não gosto de não conhecê-lo. Êudoxo me escreveu...

Naquele momento deixei que Espêusipo entrasse entre nós para me afastar. Seria um flerte? Em uma barraca comprei tâmaras e fiquei para trás para comê-las enquanto a multidão com quem eu viera desaparecia a distância, as ovelhas guiando o cão. Músicos já tinham sido contratados, eu sabia, e estavam preparando uma grande refeição. Ninguém ia trabalhar naquela tarde. Será que o ouviram dizer que estava cansado?

– Você – disse a garota, surpresa quando me viu sentado sozinho em uma das mesas compridas. Tinham-me dito para eu esperar, o que não era comum. O cabelo dela estava solto; seu rosto, inchado. Eu a segui até o quarto dos fundos onde ela esfregou o olho com força com o lado do dedo enquanto eu me despia. A cama estava arrumada.

– Onde você dorme? – perguntei.

Ela apontou para o teto. Negócios em baixo, moradia em cima.

– De dia. Você dorme de dia.

Ela deu de ombros e assentiu.

– Desculpe.

– Não, não – ela deixou o vestido cair, bocejou e então riu.

– *Você* me desculpe. Não estou muito sensual hoje. Trabalhei ontem à noite. Preciso de um banho.

Podia ser uma provocação de puta – *sou tão suja* –, mas ela me olhou por um instante a mais. Eu me perguntei se isso era algo que eu devia me oferecer para pagar ou se ela estava tentando me dizer algo totalmente diferente: *não pertenço a você. Só a você.*

– E se a gente não conversasse? – digo.

Volto para a Academia. O sol estava se pondo e o lugar estava praticamente deserto. Eu podia ouvir a música vindo da casa grande, via a luz e o movimento dos dançarinos pelas janelas. Risos, palmas, cheiro de carne assada. Na casa de hóspedes, eu me lavei rapidamente e troquei de roupa. Marcas de dente nas partes macias. Uma boa refeição cairia muito bem.

Em um nicho perto da porta de entrada, Espêusipo, vestido de linho, revisava anotações. Olhamos um ao outro de cima a baixo e, então, afastamos nossos olhares. Houve gritos quando entrei pela porta interna. Eles, meus colegas de classe, já estavam bêbados e gritavam a cada aparição: eu, Calipo com um pergaminho embaixo do braço, um escravo com uma bandeja de novas iguarias. Platão estava sentado com Êudoxo, mas interrompia a conversa de vez em quando para olhar para esse ou aquele aluno e sorrir, dizer algum gracejo. *Tanto tempo,* li várias vezes em seus lábios, e *obrigado.* Ele não tinha trocado de roupa ou a roupa de viagem era sua única. Eu vi que ele me viu. Ele ergueu a mão para pedir silêncio.

– Sobrinho – chamou.

Espêusipo tinha entrado imediatamente atrás de mim e fez questão de botar sua mão pegajosa em minha cabeça para me afastar.

– Tio. Estou todo aqui, agora.

Espêusipo me soltou. Eu recuei e me misturei às pessoas, recuei e recuei enquanto ele fazia seu discurso de boas-vindas, até que encontrei um escravo apoiado contra a parede com uma bandeja, que comi inteira. Terminei a tempo de aplaudir com os outros.

– Água – pedi ao escravo que levava dois jarros em sua bandeja. Minhas mãos ainda estavam com o cheiro da garota ou eu imaginava que estivessem. Peguei uma flor branca de um arranjo e enfiei um dedo de cada vez em sua garganta, em busca de perfume. Platão estava respondendo a Espêusipo. Tinha pegado o pergaminho com Calipo, desenrolado-o para mostrar um mapa do mundo coberto de pontos pretos. Platão estava explicando que cada ponto representava o lugar de nascimento de um membro da Academia. Todos nos aproximamos, à procura de nossos pontos. Não havia o ponto de Estagira. O ponto de Péla devia ser o meu.

– Tenho tanto orgulho de todos vocês – estava dizendo Platão. – Fiquei longe por tanto tempo. Tempo demais, eu sei. Estou tão, tão cansado que não posso me imaginar fazendo outra viagem tão cedo. Vocês agora vão ter que me aturar, é isso o que estou dizendo – risos. – Temos muito trabalho a fazer, muitos problemas para resolver, problemas difíceis. Mas não há problema sem solução. Nós, aqui, somos o mundo em miniatura, e juntos vamos solucionar todos os problemas do mundo. Problemas de geometria, problemas de física, problemas de governo, problemas da justiça e da lei. O que alcançarmos aqui permanecerá incorruptível por eras vindouras – aplausos. – E eu peço desculpas por essa comida horrorosa. Vi que os padrões da cozinha caíram muito desde que parti. Vou resolver esse problema amanhã – risos e aplausos. Um detalhe: a comida estava gostosa e sofisticada e o mestre era um asceta conhecido. – Amanhã – repetiu.

Quando a festa recomeçou, fui até ele.

– O novo rapaz gostou de meu discurso? – perguntou.

– Todos os problemas têm solução e a comida amanhã vai piorar?

Ele riu e inclinou-se para frente para ver minha taça.

– Ele não bebe?

Ele falava como Ilaeu. Ilaeu falava como ele.

– Não muito.

– Por que não?

Calipo estava enrolando o pergaminho, ouvindo algo que Êudoxo dizia em seu ouvido. Ficamos sozinhos por um momento no meio daquele salão repleto.

– Meu mestre em Péla bebia. Isso impediu que terminasse seu trabalho.

– Ilaeu.

Assenti.

– Eu me lembro da época dele aqui. Um rapaz adorável. Uma mente adorável. Tinha dom para línguas e para linguagem. Adorava poesia. Naquele tempo, ele também bebia e gostava de ir à cidade sozinho, à noite. Isso, na época, parecia inofensivo.

Ele continuava olhando para mim.

– A carta dele me comoveu – disse Platão. – Antes de tudo foi inesperada porque ele foi embora daqui com raiva. Eu não tinha notícias dele há anos. Então, ele diz que tem um rapaz e que eu devia receber esse rapaz.

Cheirei meus dedos.

– Eu também tive um mestre, anos atrás. Você me acompanha, por favor? Tenho problemas para ouvir nessa sala.

Ele me levou por uma cortina. Senti que meus colegas de classe nos observavam. Nós nos sentamos em um quarto onde eu nunca havia entrado, uma cela com cama, mesa, duas cadeiras e uma estante de livros.

– Meu mestre foi um pai para mim – ele disse. – Eu vou ser um pai para você, se deixar. Você já é tantas pessoas para mim. Ilaeu, outra vez, e eu mesmo mais jovem, e você também. Êudoxo me conta que os outros têm medo de você. Diz que você passa muito tempo sozinho.

– É.

– Isso não é uma coisa ruim. Não precisa ser.

– Por que Ilaeu foi embora com raiva?

– Ele queria ser meu favorito, mas não correspondi.

Ficamos sentados ouvindo os sons da festa no salão grande.

– Nem todos os problemas têm solução – eu disse.

Conversamos um pouco sobre isso. Eu também já queria ser seu favorito e imaginava um modo para lutar por isso. Ele tinha bajuladores suficientes na outra sala. Ele disse acreditar na perfeição, eu disse acreditar em compromisso. A perfeição era um extremo, e eu tinha uma necessidade de evitar extremos, talvez porque eu fosse tão sujeito a eles.

Uma batida na moldura da porta e Êudoxo botou a cabeça para dentro.

– Comida – ele botou um prato sobre a mesa.

– Prefiro dormir – Platão se levantou e me entregou o prato. – Coma por mim. Rapazes estão sempre com fome. Nossa conversa vai durar anos, não precisamos terminá-la esta noite.

Êudoxo me levou de volta para a festa.

– Acho que não vai querer isso – ele apontou o prato com a cabeça. – Foi preparada especialmente para ele. Sem mel, sem sal. Ele gosta de você. Sobre o que conversaram?

Pão, figos, iogurte, um ovo de pato.

– Sortudo! – meus amigos me cercaram, olhando para o prato, olhando para mim.

A garota tinha lambido e mordido, lambido e mordido até que eu não sabia mais quem era. Eu sabia que a havia visto pela última vez. Tonto, dei o prato para alguém.

CINCO

Pítias está morrendo. Sua dor é uma fita reluzente que a arrasta por dias cruéis e noites sem dormir. Isso é tudo o que é real para ela. Ela fica deitada na cama em seu quarto, os lençóis docemente perfumados por frutas colocadas nos armários para amadurecer, ventilados a cada hora por sua criada. Não consigo evitar pensar em sua dor e também, como um ser racional, alguém com quem ela precisa discutir para se resgatar, mas como é uma pessoa que raciocina pouco, ela não consegue. Vejo perplexidade em seu rosto, as rugas em sua testa, enquanto a lógica da dor a toma repetidamente. Às vezes, em voz baixa, ela fala de sua meninice na corte de Hérmias, da mãe e da irmã mais nova, que ela nunca havia mencionado antes. Às vezes, ela grita, e não consigo dizer se é de dor ou tristeza. Ela se remexe dormindo, assolada por pesadelos, e acorda com o rosto pálido, olhos e boca negros de medo. Demoro muito para convencê-la a me contar o que ela vê.

– Uma estrada – ela diz –, estou andando... – e, então, o terror toma conta outra vez, e ela se recusa a contar mais. Sei que ela acredita que esses sonhos são proféticos.

– Se me contar os sonhos, posso encontrar um meio de detê-los – mas isso também a incomoda: se os deuses desejam que ela veja sua morte, seria ímpio recusar a visão.

– Então, você morre no sonho, é isso? – pergunto com insistência. Eu nunca tive um sonho recorrente; na verdade, nunca tive sonhos com qualquer coerência e fico fascinado.

Pítias fecha os olhos e com grande esforço os abre novamente. Ela olha diretamente em meus olhos enquanto fala, e minha atenção a suas palavras é encoberta pela revelação de que durante todo o nosso casamento nós raramente nos olhamos nos olhos. Ela está sempre olhando acima de meu ombro, ou para meu peito, ou para meus pés.

– Estou andando – ela diz. – Estou sozinha. Venta e o céu está negro. Então, o céu começa a derreter. Ele cai em tiras e atrás do céu há um fogo branco, um barulho enorme. Logo os céus pegam fogo e o céu se reduz a alguns poucos farrapos negros que se desfazem ao vento. O vento, o barulho e o calor são insuportáveis, mas o pior de tudo é que estou sozinha.

Ela agarra minhas mãos, os nós de seus dedos estão embranquecidos.

– Mal fecho os olhos e ele vem – murmura. – Será que eu errei em contar a você?

Eu a conforto do melhor modo que sei, por meio da linguagem da razão, explicando que o órgão dos sentidos no corpo, o coração, precisa de intervalos naturais chamados sono, que o objetivo é dar descanso aos sentidos. Explico a relação entre digestão e sono (em particular tomando nota de perguntar à empregada sobre seus hábitos alimentares) e digo a ela que os sonhos são a persistência das impressões sensoriais, brincando com a imaginação. Muitos fatores podem afetar a natureza do sonho de uma pessoa como um leve estímulo sensorial durante o sono, um quarto quente ou frio demais, por exemplo, que pode ser exagerado no sonho, produzindo uma impressão de congelamento ou queimadura. Talvez seu sonho de grande calor tenha sido sugerido pela febre ou por cobertores demais. (Seus olhos seguem os meus por toda essa lição como a pequena Pítias quando eu digo que um dia ela será uma grande dama linda como a mãe dela, desconfiada, mas querendo acreditar.) Explico também que certas pessoas são particularmente susceptíveis a sonhos violentos e isso inclui pessoas excitáveis, ou sob a influência de alguma emoção forte, ou aquelas com mentes vazias, vácuos que precisam ser preenchidos. (Não sugiro a que categoria ela pode pertencer. Meus próprios sonhos são desprezíveis, minha mente está muito ocupada quando desperta para sugar combustível durante o sono.) Como por impiedade, explico com delicadeza que sabe-se que os cães sonham, movem as pernas como se corressem durante o sono, e por que os deuses enviariam visões a um cão? Não, sonhos podem ser coincidências ou pressentimentos, mas também há pessoas que respondem a qualquer estímulo, assim como a água treme quando a menor das pedrinhas é atirada nela e se tem visões em palha, no fundo de panelas e em unhas cortadas tanto quanto em sonhos. Isso não significa nada.

– Pensei, talvez, que fosse uma memória. – Pítias está mais calma agora. – Quando você me falou dos céus, de todas as... as esferas, a esfera mais externa que era toda negra e com furinhos de modo que o grande fogo atrás dela reluzia através deles como estrelas. Isso me assustou na época, quando você me explicou, e eu achei que talvez estivesse me lembrando disso nos sonhos.

– Viu só? – sinto-me simultaneamente tomado por gratidão, afeição, deslumbramento e dor por sua morte inevitável e iminente. – Você já refletiu sobre isso sem mim. Estou orgulhoso de você.

Ela, então, se deita e fecha os olhos numa demonstração de coragem.

– Ela está confortável – diz a criada mais tarde quando pergunto. – Dormiu um pouco esta tarde quando o senhor saiu.

Essa criada, Hérpiles, é uma criatura afetuosa, não especialmente jovem, com postura firme e rosto simpático. A morena de olhos verdes de quem Pítias gosta. Agora que Pítias está totalmente presa à cama, Hérpiles assumiu a administração da casa. Eu já a vi mimar a pequena Pítias com abraços, palavras doces e carinho que a menina aceita com total atenção e seriedade. Desconfio que ela esteja tentando me confortar. Não fico chateado com o esforço, mas curioso pela audácia que isso implica. Ela é uma criada, não uma escrava, mas mesmo assim...

– Você leva tudo com muita calma – digo para ela enquanto fecha a porta do quarto da doente. Seus braços estão cheios de roupa de cama que ela acabou de trocar, seu rosto afogueado pelo esforço de retirá-las sem incomodar Pítias. Eu estava com vontade de ficar ao lado da cama dela como agora faço toda noite, mas Pítias me expulsou de lá, dizendo que eu só a faria pensar.

– Em vez disso, converse com Hérpiles – diz minha esposa. – Ela vai ouvir.

– Eu já vi isso antes – diz agora a criada no corredor – quando eu era menina. Às vezes, no estômago, às vezes, nos seios. Minha mãe costumava cuidar de doentes e me levava com ela.

Eu abro espaço para que ela caminhe à minha frente e a sigo até a cozinha, onde ela joga a roupa suja em um canto.

– E você pode calcular... – digo, mas a coragem desmorona em meu interior e fico parado ali, infeliz, sem terminar a frase.

– Quanto tempo?

Balanço a cabeça. Ela, por sua vez, sacode a dela, o que, a primeira vista, imagino significar que ela não quer arriscar um palpite, mas então ela diz:

– Ela não vai sofrer muito mais.

Eu a vejo se movimentar pela cozinha, arrumando e começando a preparar minha refeição. Ela puxa um fio de seu cabelo, uma linha branca grossa do meio de cabelos negros, e com ele começa a fatiar um ovo cozido para o jantar da pequena Pítias. Não tão jovem, mas não tão velha. Suas mãos, especialmente as unhas, são limpas para as de uma criada. As panelas estão escovadas, o chão, esfregado. Minha própria roupa de cama, eu só agora percebo, sempre é trocada antes que eu consiga sentir meu cheiro nela. Minhas refeições são pontuais e quentes, meus pratos favoritos surgem sem que eu tenha de pedi-los. Até o jardim do pátio parece mais bem cuidado, sem ervas, sempre regado, podado e estaqueado. Agora estou percebendo tudo.

Quando limpo a garganta, ela se vira da tábua de cortar, limpa as mãos e levanta a saia, por causa de algo molhado no chão, penso de início. Quando ela sorri, com riso nos olhos, eu recuo como se fugisse de fogo. Passo o resto da noite em meu estúdio com a porta fechada, o que os serviçais sabem significar que não devo ser perturbado de forma alguma.

Há precedentes históricos para certas fronteiras territoriais – Esparta, Argos, Arcádia, Messínia – que Filipe, ocupado em redesenhar o mapa da região, deveria conhecer. É o que digo a mim mesmo, enquanto planejo enviar a ele uma carta de aconselhamento. Talvez eu o compare a Héracles no texto. Vozes no portão. Tico vai mandá-los embora. Estou me sentindo mal. Não quero sair de meu estúdio. Não vejo ninguém, apenas passos.

– Você tem as orelhas e o crânio cheios de merda – digo a Tico sem tirar os olhos dos mapas na mesa diante de mim. – Eu disse a você, não estou em casa.

– Não posso ouvi-lo.

Ergo os olhos.

– Orelhas cheias de merda – explica Alexandre.

O que é isso? Mais alto, voz mais profunda, o quê? Ah, o quê?

– Eu vim ver Pítias.

– Veio mesmo?

– Ela disse que eu podia vir quando quisesse.

O canto de minha boca se retorce. Um sorriso, se eu pudesse sorrir. Ele se abaixa à minha frente e olha para meu rosto.

– Ela não...

– Ainda não.

Ele segura minhas mãos.

– Não – eu as puxo. Sem calor, sem toque. – Ela está dormindo. Você fica até ela acordar?

Ele assente.

– Como você está? Quando voltou?

– Ontem – ele me fala brevemente sobre suas semanas anteriores, monitorado de perto em Atenas e então rapidamente enviado para casa. – Eles não sabem o que fazer comigo. Meu pai e Antípatro. Eles acham que vou machucar alguém ou a mim mesmo. Antípatro chegou a me dizer isso. Não vejo meu pai desde a batalha. Pelo menos eles devolveram minha faca.

Então, aí está, sobre a mesa entre nós afinal.

– Você se lembra de muita coisa que aconteceu naquele dia?

– Um pouco. Sei o que Heféstion me contou – ele hesita. – Ele me disse o que meu pai falou sobre não ter um herdeiro. É verdade?

– Filipe estava com medo.

– Não, eu acho que não. Meu pai não fica com medo.

– Não fode, então. Você... nós estávamos fazendo uma coisa que ele não entendeu.

– Nós?

– Você, então.

– Um presente. Carolus gostou da cabeça.

Então ele se lembra.

– Mas afinal, como você conseguiu aquilo?

Ele está com uma expressão vazia e eu estremeço. Isso me leva de volta seis anos atrás, aquele mesmo ar de incompreensão quando Carolus perguntou a ele onde iria encontrar uma.

– Você lembra. A cabeça foi trabalho meu. Eu ia esculpir uma de barro e pintá-la. Fui até a casa do ator para dar uma olhada nele, para ficar mais parecida, e no minuto em que eu o vi soube que ele não iria atuar. Estava óbvio para qualquer um. Havia uma velha lá que disse que ele estava dormindo havia dias e não ia acordar de novo. Ele estava com febre. Ela levantou o lençol e me mostrou a barriga dele. Estava inchada por não conseguir cagar havia muito tempo. Ela disse que aquilo o estava matando, havia um bloqueio e seu corpo estava se enchendo de merda. Isso pode acontecer?

Eu digo que sim com a cabeça.

– Então, eu desenhei seu rosto para minha escultura e fui para casa trabalhar nela, mas não conseguia acertar. Ela parecia boba, como se tivesse sido feita por uma criança.

– Você *era* uma criança. Escultura é difícil o bastante até para um mestre artista.

Ele não dá atenção a isso.

– Eu devia ter sido capaz de fazê-la, mas não consegui. Então, me dei conta do motivo. Era porque eu já tinha uma ideia melhor. Era perda de tempo trabalhar numa ideia menor. Então, voltei à casa dele.

Quero saber e não quero saber.

– E você... – minhas mãos tremem. Em breve terei cem anos de idade. – Ajudou?

Ele hesita, muda o que ia falar. Em seis anos é a primeira vez que o vejo fazer isso.

– A velha fez com um travesseiro. Ela disse que ele já tinha sofrido bastante.

– E ela deixou você levar a cabeça?

– Eu levei a coisa toda. Ela sabia quem eu era. O que ela podia fazer? Eu fiz com que tivesse um enterro apropriado depois. Não sou um animal.

O maior insulto que um homem podia proferir contra outro, eu me lembro de dizer a ele certa vez, e é a maior conquista de minha estada aqui que ele acredite nisso.

– Você faria uma coisa dessas de novo? Hoje?

– Você tem de admitir que foi eficiente.

– Admito que foi eficiente. Você faria isso de novo?

– Você quer que eu diga não. Não, eu não faria isso de novo.

– Por que não?

– Porque Carolus está morto.

– Não sobrou ninguém para impressionar?

Alexandre olha para o próprio colo.

– Perdoe-me, eu provoco dor com palavras, a arte do trágico. Diga-me, se você fosse escrever uma tragédia, sobre o que ela seria?

– Eu?

– O que faz você sentir medo, pena?

– Isso é fácil. Você. Preso aqui, comigo, quando podia ser grande no mundo. Guardado em uma caixinha por meu pai e com a tampa bem presa. Um animal morrendo em uma jaula.

– Você não está morrendo.

– Eu estava falando de você.

– Não, não estava.

– E quando você estiver acabado, todo o suco sugado, alguém vai aparecer, vai cortar sua cabeça ao meio e dizer: vejam aqui esse cérebro enorme. Vejam que desperdício.

– Não é desperdício – digo baixo.

– Desperdício de mente, desperdício de corpo, desperdício de tempo. Sobre o que você escreveria uma tragédia?

– Mestre – Tico está parado à porta –, minha senhora está acordada.

Nós nos levantamos.

– Quero vê-la sozinho – diz Alexandre.

Eu espero no pátio, mexendo em minhas ervas. Fim de outono outra vez, tudo morrendo de novo. Mesmo as plantas perenes ficaram apenas madeira e marrom. Os dois não ficam juntos por muito tempo.

– Ela perguntou se você me alimentou – diz Alexandre quando retorna após alguns minutos. – Disse a ela que não e que estava faminto.

– Agora vou passar por um inferno – caminhamos juntos até o portão. – Como está sua mãe?

– Mais feliz. Eu a tenho visto bastante por esses dias. Quem vai me deter?

Na rua, Heféstion e um punhado de outros que reconheço aguardam, garotos que ensinei. Homens, agora, que não dão a mínima para mim com exceção de Heféstion, que acena com a cabeça e olha para outro lado.

– Minha escolta – diz Alexandre.

– Vou vê-lo outra vez?

– Meu pai proibiu. Por isso, é claro que vai.

Volto para Pítias. O quarto está quente e escuro e cheira às especiarias que são queimadas em um braseiro para perfumar o ar.

– Ele não consegue dormir – ela diz. – Sons altos o assustam. Ele não consegue se concentrar em livros. Nem sempre consegue lembrar como passou o dia. Fica com raiva e, quando volta a si, tem vontade de morrer.

– É uma espécie de doença de batalha. Eles chamam de coração de soldado.

– Coração de soldado – vejo que ela revisa isso em sua mente. – Parece um elogio.

– Também já pensei nisso. Disseram que normalmente eles se recuperam.

– Ele diz que está piorando.

Eu me lembro dele mancando atrás da mãe.

– Ele está preocupado com você. Quer que você lhe dê atenção para que se esqueça de si mesmo. Ele vai ficar bem.

A resposta, claro, é que eu não escreveria uma tragédia. Não tenho esse tipo de mente.

Filipe retorna a Péla no início do inverno. Um homem mudado. Ele masca salsa para adoçar o hálito, veste-se com elegância e bebe evidentemente menos. Diz-se que ele está apaixonado pela filha do general Átalo, uma garota chamada Cleópatra. Ela é um vazio vivo: jovem, bela e sem graça. A boca faz um biquinho natural como as pétalas de uma flor, provavelmente a fonte da atração. Tem a serenidade sincera de uma favorita que não tem idade o bastante para apreciar os riscos de sua posição e uma risada aguda.

Hérpiles é de Estagira e essa é a ponta da adaga que perfura meu coração. Pítias me conta isso durante uma de nossas tardes longas, quando nossa conversa corre solta e sem rumo, e não é difícil para eu mencionar que ela cuida bem de mim durante sua doença. Na vez seguinte que por acaso ficamos sozinhos juntos, quando Hérpiles serve meu jantar, pergunto a ela se é verdade.

– Não se lembra de mim?

– Queria lembrar – digo sinceramente. – Mas acho que você é mais nova que eu.

– Talvez um pouco. Eu me lembro da casa de seu pai. Flores bonitas. Meu pai ajudou o seu a remover um ninho de vespas que havia embaixo da calha. Eu devia ter sete, oito anos. Eu me lembro de ficar sentada no jardim olhando com um bando de outras crianças das casas ao redor e você ficar nos afastando cada vez mais dali para não sermos picados. Igual a um cão pastor.

– Eu me lembro – e de repente eu me lembro... o calor forte de verão, o zumbido das vespas, o barulho extraordinário de todos os visitantes no jardim e minha própria excitação e exaustão por estar no meio de tantas crianças quando estava acostumado a passar meu tempo sozinho. O dia foi como um festival.

– E o que mais?

– Você sempre estava nadando. Nós víamos essa cabeça saindo da água, minhas irmãs e eu, e sabíamos quem era. Mas minha mãe disse que nunca deveríamos rir, pois você era um favorito do deus do mar.

– Você ria de mim?

Rindo, ela faz um gesto desdenhando da minha pergunta e enche minha taça.

– Meu pai era pescador. Você não deve ter me conhecido, mas eu me lembro de você. Trabalhei para sua mãe depois que você saiu de casa e ela me mandou para você quando se casou.

– Sim – apesar de ser uma memória sem muita consistência, na época eu só tinha olhos para Pítias. Talvez eu me lembre de uma mulher alguns anos mais velha que minha nova esposa, mais alta, mais pesada e de sorriso mais fácil. Eu nunca tive muita ligação com as mulheres de minha esposa.

Durante os dias e semanas seguintes, nós trocamos essas pequenas reminiscências – a grande nevada, a grande colheita, a tempestade terrível, os festivais de nossas infâncias compartilhadas, mas separadas. A oferta da cozinha ainda não foi repetida, apesar de eu acreditar que será. Ela não é um broto verde como era Pítias, seus seios são uma massa pesada em comparação às maçãs de Pítias. Por um tempo resolvi que realmente não gostava dela: fácil, agradável e sorridente demais, próxima demais de minha própria idade, familiar demais e acima de tudo desconcertante demais, uma mancha negra em minha memória, um lugarzinho vazio, um rosto que eu devia me lembrar, mas não consigo. Ela se torna incômoda, uma chateação, e ouço seus passos, sua voz, apenas pela irritação que isso produz em mim. O cheiro dela, também, um perfume de minha esposa (Pítias me contou do presente: "Eu tenho demais, agora nunca vou terminar com eles"), transformado pela alquimia de sua pele diferente de flores mais leves em flores mais fortes, assim eu imagino. Seus maneirismos – a maneira como ajeita o cabelo atrás das orelhas com dedos curvados, o hábito de gemer baixinho quando senta após ficar muito tempo de pé ou se levanta, após muito tempo sentada, o sorriso leve constante, o gesto ocasional e inconsciente de segurar os próprios seios com as mãos – tornaram-se intoleráveis para mim. Claro que estou me apaixonando e sei disso. Sexo não é a cura, mas um tratamento que estou poupando para o auge da febre.

Um dia ela resolve arrumar os livros em minha biblioteca, leva-os para fora para apanhar sol, tirar o pó e secá-los para inibir a formação de mofo, um processo que me distrai: as idas e vindas, os livros fora do lugar, o medo das mãos engorduradas de minha filha, medo da chuva. Levanto de minha mesa e vou até a porta a cada um ou dois minutos para me assegurar que a pequena Pítias não está chupando a minha *República* ou que uma nuvem não desabou para arruinar tudo.

– O céu ainda está azul – diz Hérpiles, apontando para cima. Na vez seguinte em que olho para fora, ela não percebe, está olhando para um dos livros.

Eu me aproximo dela pelas costas e olho por cima de seu ombro. Ela leva um susto e fecha o livro subitamente.

– Não.

Pego o livro de sua mão. A capa está grudenta. Eu o abro, leio algumas linhas e rio. Desenhos, também, o que ela devia estar olhando.

– Perfeito. Eu precisava de um convite para o casamento.

No dia seguinte ao casamento, Alexandre, Olímpias e seu séquito deixam Péla e vão para Dodona, a capital da vizinha Épiro, onde o irmão de Olímpias é rei.

– Não vejo o porquê de tanta confusão – diz Calístenes para mim em meu estúdio. – Filipe teve outras mulheres depois de Olímpias. Por que agora ela resolveu fugir?

Ouvi na entonação da frase a condescendência da corte.

– E Alexandre, que é um leão na batalha e em casa é tão histérico quanto uma mulher.

– Quem diz isso? – pergunto.

– Se tivesse ido à corte, teria visto. Ele está nervoso como o inferno, comprando briga com as pessoas por nada. Como na noite passada. Atacar Átalo? Ameaçar o próprio pai?

Calístenes foi ao casamento como convidado de Filipe. Eu não fui convidado.

– O que aconteceu, exatamente? – eu tinha ouvido apenas um relato distorcido de Tico. Escravos obtêm sua informação rapidamente, mas raramente ela é primorosa.

– Átalo fez um brinde dizendo que belas crianças eles iriam gerar ou algo assim. Alexandre tomou isso como ofensa e jogou uma taça em sua cabeça. E o acertou – Calístenes imita Átalo levando um golpe na têmpora – *Duf.* Então, Filipe dá um pulo, cai de cara no chão e Alexandre pergunta como ele vai chegar à Pérsia se não consegue nem se levantar do próprio divã...

– Que simpatia.

– E depois algo sobre terem insultado a mãe dele pela última vez. E, então, eu meio que perdi o fio, já havia bebido muito.

– Olímpias não é macedônia, é epirota; isso faz de Alexandre um mestiço. Um macedônio puro devia passar à frente de Alexandre na fila do trono.

– Alexandre não vai deixar ser superado por um bebê – diz calmamente meu sobrinho.

Nunca deixo de me surpreender como o homem pode passar por cima de sua própria ignorância e prosseguir com uma conversa como se eu precisasse de explicações.

– Não vejo como ele vai conseguir evitá-lo. Um regente pode governar através de um bebê até ele ter idade. Não seria a primeira vez.

Apesar de agora eu ficar em casa a maior parte do tempo, sei dos mexericos, inflamados quando vêm de meu sobrinho, quando me visita, calmos quando vêm de Hérpiles. Alexandre instalou sua mãe na corte de seu irmão, em Dodona, e visitou o famoso oráculo que existe lá, um enorme carvalho cheio de ninhos de pombos e com vários potes de bronze pendurados que ressoam ao vento. Depois disso, partiu sozinho para o norte, e há rumores de que ele tem refletido profundamente. (Hérpiles sorri, eu sorrio. Então, guardamos nossos sorrisos sem mais comentários.) Enquanto isso, um mediador, Demarato de Corinto, um amigo da família, fica no vaivém entre Péla e Épiro levando mensagens de respeito e contrição entre pai e filho. Os macedônios observam tudo isso com sua afeição voraz habitual como se os dois homens fossem um leão e seu filhote brigando. Às vezes, Alexandre volta sozinho para Péla, de cabeça erguida, e reassume com dignidade e magnanimidade seu antigo papel de herdeiro aparente. Os problemas da menina Cleópatra colaboram. Dizem que ela está grávida e enjoada por causa disso e que raramente se levanta da cama.

Começo um pequeno trabalho sobre respiração, um livreto para me manter ocupado ao lado do leito de Pítias. Ela varia entre estados conscientes e de inconsciência, e passo horas a observar o sol andar pelas paredes, a ouvir o ritmo da respiração dela. Eu mesmo escorrego tão facilmente, nessas tardes, em um estado de estupor narcotizado, com memórias e devaneios eróticos se entrelaçando enquanto me lembro de Pítias no auge de sua juventude. Pítias na noite de nosso casamento com seus véus e guirlandas enquanto eu a conduzia para minha porta, onde as mulheres aguardavam com tochas acesas e mais tarde no banquete de casamento, comendo bolo de gergelim e marmelo. Pítias, que após aquela noite eu tive de seduzir com infinita paciência para que tirasse a roupa e viesse para minha cama. Pítias que agora está presa ao leito, que não vai se levantar de novo. Eu chego até a me masturbar uma vez quando ela está deitada com a respiração difícil. Escrevo tudo o que sei sobre respiração, em homens, animais, peixes e aves e tento dissipar a memória a qual não fui capaz de resistir, a memória que agora machuca meu coração, de nossa noite de núpcias, quando deitei minha cabeça em seu peito, senti o sobe e desce de sua respiração e achei que nunca mais teria de dormir sozinho.

Pítias morre à noite. Quando começa com um arfar rouco, vou à cozinha em busca de um copo de água e, quando volto, ela se foi. Fecho seus olhos, ponho a moeda em sua língua e deito ao seu lado, encostando meu rosto em seu ombro, seu pescoço, seus seios, no último calor que há ali. Meu até o final.

ALGUNS DIAS DEPOIS, um mensageiro aparece. Cavalgamos juntos até o palácio. O verão está chegando. A luz está ficando chapada e o calor permanece no chão por mais tempo. Penso brevemente em levar Hérpiles para a costa, ensiná-la a nadar, mas sei que não vou. Ela ficará animada demais, sorridente demais.

Descubro que minha audiência é privada. Depois de esperar por alguns minutos em uma antessala pequena, Filipe aparece e me dá um forte abraço.

– Eu soube. Sinto muito.

O rei se senta comigo por um longo tempo, falando com sua gentileza rústica familiar, com uma emoção na voz que parece verdadeira e me comove. Ele é mais paciente comigo do que sou com a pequena Pítias, que chorou tanto que ficou com febre e vomita tudo o que come. Ela fica pedindo uma moeda para o barqueiro para poder ver a Mamãe. Não consigo ficar perto dela.

Depois de algum tempo, eu me forço a dizer a ele:

– Estou atrapalhando você com suas obrigações.

– Não está, não. Eu fico pensando na minha pequena, se ela tivesse morrido. Eu não sei o que faria.

Então, eu me lembro de parabenizá-lo pelo nascimento de sua filha.

– Eurídice, nós a chamamos, em homenagem a minha mãe. – Filipe sacode a cabeça. – Vou lhe contar mais uma coisa. O sátrapa de Cária ofereceu a filha a Arrideu.

– Em casamento?

Filipe ri e esfrega os olhos.

– Cária... – tento pensar com clareza.

– Nem grande nem pequena demais. Estratégica. Pode funcionar. Vamos oferecer um jantar para ele, você deve vir.

– Para Arrideu?

– Para Pixodaro. O sátrapa. Entretanto, isso é uma ideia. Suponho que ele deve estar presente, não?

– Arrideu? – repito.

– Você está certo, é claro. Só espero que ele não estrague tudo. Ele come sozinho, não come?

– Qual foi a última vez que você o viu?

Filipe aperta os olhos com força.

– Não me lembro – diz por fim. – Há quanto tempo você está com a gente?

– Seis anos.

– Deve ser isso mesmo.

Eu me levanto para ir embora.

– Espere, espere, espere. Você está com uma puta pressa hoje. Ainda não contei a você a coisa mais importante.

Aparentemente, nem a morte de minha mulher, nem o nascimento de sua filha, nem o casamento de seu filho são o mais importante. Torno a me sentar.

– Você está com cara de quem acha que eu vou bater em você.

Ele finge me dar um soco na cabeça e eu me abaixo automaticamente. Em algum ponto dos últimos 25 anos eu adquiri o reflexo.

Filipe ri.

– Nunca agradeci a você pelo meu presente de casamento, agradeci, no meio de toda aquela confusão? Você sempre foi engraçado.

Então, isso era o mais importante: um livrinho seboso, um pouco de nostalgia ainda com um leve perfume de passas.

– Fui?

– Você tinha uma cara de palhaço. Estava sempre tentando fazer todo mundo rir. Eu me lembro que você sabia imitar as pessoas. Costumava imitar seu pai e meu pai. Na verdade, era meio assustador.

– Não era eu.

– Ah, era, e uma vez você me imitou, também, e eu enchi você de porrada. Foi muito engraçado, mas eu tive de fazer aquilo. Acho que você fingia foder uma maçã.

– Você gostava mesmo de maçãs – digo lentamente, tentando me lembrar.

– Ainda gosto – ele dá um tapa na própria coxa, como se eu tivesse resolvido tudo. – E isso é uma coisa engraçada. Alexandre também gosta muito de maçãs. Eu costumava dividir a minha com ele quando ele era pequeno, eu o alimentava com minha própria faca. Ele queria ficar comigo o tempo inteiro, não me largava. Onde você acha que foi parar aquele menino?

– Ele arranjou a própria faca.

Ele soca meu queixo com delicadeza, um golpe que vejo chegar e dessa vez deixo que me acerte.

– Nos devíamos ter sido melhores amigos.

É o mais próximo de um pedido de desculpas que eu vou ter. Eu assinto.

– Cleópatra diz que Olímpias pode estar falando a verdade quando diz que o garoto é filho de um dos deuses. Não importa a verdade, você ouviu os rumores. A própria Olímpias os espalha. Há anos ela faz isso, mas até agora eu nunca tinha prestado atenção. Pequena Cleópatra, hein? Já é uma política. Nós dois sabemos aonde ela quer chegar, é claro, só que ela não é boba de dizer isso abertamente. Apesar de eu não achar que seja verdade. Outro amante? Pelo menos na época, não. Nós tínhamos muito fogo durante uma época, a mãe dele e eu. Você acha que ele se parece comigo?

– Que coisa para se perguntar.

Filipe ri.

– Vê só? Engraçado. Afinal de contas, o que você vai dizer? Está bem. Ele sempre puxou a ela, o cabelo, a pele e por aí vai. Não é ridículo eu começar a me perguntar só agora?

Decido que minha tristeza vai me comprar alguma indulgência.

– Ele não é muito alto.

– Que simpático você me lembrar disso – Filipe parece aborrecido, o que era perigoso. Mas então ele diz outra vez:

– Que simpático você me lembrar disso – os olhos não estão mais focados em mim e sei que dei a ele o que queria, uma pedrinha bem lisa para ele segurar à noite e esfregar com o polegar, uma pedrinha para concentrar suas preocupações, um talismã: dois homens baixos em um reino de altos.

Eu me pergunto por quanto tempo isso vai funcionar para ele e o quão inteligente é sua nova mulherzinha. Uma filha dessa vez, mas um filho na próxima, talvez, e aí o quê? Ela não é tão boba e ingênua, se já está olhando tão à frente. Ela aprendeu rápido ou alguém a está ensinando. E quanto tempo vai levar até Alexandre descobrir que seu pai desconfia que ele seja bastardo?

– Está bem – diz Filipe. Eu me pergunto do quanto disso ele já se deu conta sozinho. A maior parte seria meu palpite. – Viu só, pra mim sempre é bom conversar com você. Agora vou lhe dar algo. Este, provavelmente, não é o momento certo e você pode não ligar nesse seu período de luto, mas eu quero que sempre se lembre disso, se sabe o que quero dizer, e pense no que significa. Estou reconstruindo Estagira.

– Estagira?

– Uma compensação por tudo o que você fez com o garoto. Um presente. Chame como quiser. Sei que as coisas não saíram do jeito que nenhum de nós esperava, mas é impossível você olhar para ele e achar que perdeu seu tempo.

– Não, não acho.

– Não pode. Enfim, eu ordenei que as obras começassem e queria que você fosse lá mais perto do fim do verão para supervisioná-las. Pode me dizer o que precisa ser feito que eu resolvo. Pastagens, plantações, construções, barcos, o que quer que seja preciso. Podíamos levar as pessoas de volta, também, tentar levar. Talvez você saiba onde encontrar algumas delas.

– Talvez.

– Eu me lembro que você tinha um irmão.

– Sim – não conto a ele que Arimnesto morreu aos 18 anos, quando caiu de um cavalo, nem que, no ano seguinte, Arimnesta morreu ao dar à luz seu segundo filho, uma menina que morreu com ela, ou que Proxeno e Nicanor deixaram Atarneu e foram morar em Eresos, em Lesbos. Pítias e eu os visitamos lá uma ou duas vezes nos anos em que vivemos em Mitilene. Estagira nada significa para eles. E sem dúvida não é Atenas, mas entendo que a promessa, agora, está nas esferas com o tebano.

Nós nos levantamos juntos e nos abraçamos pela última vez.

– Ele parece um deus, não parece? – diz Filipe. – Quem compreende os deuses? Você não pode me culpar por fazer planos de reserva. Alguns dias eu só olho para ele e me pergunto o que vai fazer em seguida.

– Veja isso – diz Alexandre.

Ao seu sinal, o ator começa a declamar.

– Você não pode fazer isso – digo após algumas palavras, quando percebi a essência do discurso.

O ator para. Alexandre se vira para mim com sua velha expressão de incredulidade bem-humorada.

– Majestade – acrescento rapidamente.

Estamos na biblioteca do palácio, onde Alexandre me convocou ostensivamente para uma lição.

– Mas eu posso e eu vou – diz Alexandre. – Quem você acha que ele vai preferir para sua filha, Arrideu ou a mim? Será que ele ousaria me recusar?

O ator é alto, magro e elegante e permanece parado com habilidade sobrenatural enquanto outros falam. Eu o reconheço como Tessalo de Corinto, o famoso ator trágico, um novo favorito da corte macedônia.

– De novo – diz Alexandre, e o ator recomeça. Ele fala longamente sobre as qualidades de Alexandre enquanto o príncipe marca o ritmo nos braços de sua cadeira.

– Você conheceu essa garota? – pergunto quando ele termina.

Alexandre joga algumas moedas que o ator apanha e embolsa com habilidade. Ele se inclina bastante, bem lentamente, com dignidade trágica e deixa a sala.

Alexandre ignora a observação e por consequência toda a conversa informal, com um aceno da mão, como se tivesse espantando uma mosca.

– Ele arranja um casamento para meu irmão. Meu irmão mais velho, mais fraco e idiota. Então, por que não eu? Não sirvo para casar? Será que ele acha que Arrideu tem algo que me falta? Cária é nosso aliado mais importante contra os persas.

Eu me pergunto se devo ousar dizer que isso não é verdade.

– Ele está tentando me substituir. Não confia em mim. Ele teve uma filha, sabe, então agora precisa encontrar outro modo. Ele vai botar até uma cria de Arrideu na minha frente.

Percebo uma pilha de papéis sobre a mesa, perto de seu cotovelo.

– Tem notícias de sua mãe? – Olímpias permaneceu em Épiro com o rei, seu irmão, com muita raiva, dizem os macedônios.

– Ela me escreve – Alexandre mostra os papéis.

Eu o aconselho a reconsiderar.

– Acho que você também não acredita que estou pronto para o casamento.

– Para esse casamento, não. Está abaixo de você.

Observo o garoto refletir sobre minhas palavras, segurando-se imóvel, com nobreza como fez o ator.

Quando Filipe descobriu sobre o plano de Alexandre, baniu quatro dos companheiros de Alexandre, inclusive Ptolomeu, mas não Hefés-tion. Filipe nunca foi tolo, mesmo com raiva. Queria punir o filho, não acabar com ele. Quando Filipe soube que Tessalo já tinha partido de volta para Corinto, enviou soldados atrás dele, que o trouxeram de volta para Péla acorrentado. O ator suportou essa indignidade com grande nobreza e sofreu em silêncio.

– Posso imaginar – digo.

Hérpiles, que está contando a história, cutuca meu braço em re-provação. Estamos na cama. Estamos trepando, agora, um negócio gostoso e picante que não tenho que explicar a ninguém. Ela foi ver o ator ser arrastado pelas ruas como fez a maior parte de Péla, enquanto fiquei em casa para trabalhar em meu livro.

– Mas coitada dessa garota – diz Hérpiles. – Não sabe com que irmão ela vai ficar.

Viro-me de costas para ajudá-la.

– Ela vai ficar com Arrideu. Acho que Filipe cuidou disso bem rápido.

– Coitada da garota.

Fecho os olhos.

– Coitado do garoto.

Minha mente vai trabalhar nas categorias de prazer e como en-siná-las. Nas primeiras vezes, Hérpiles me deixou fazer do meu jeito. Quando ela começou a me guiar um pouco, imaginei que estivesse me oferecendo liberdades que talvez eu hesitasse em tomar: língua nos seios, dedos no buraco. Então, uma noite depois que eu tinha termina-do, ela continuou a gemer e a se mexer até que perguntei a ela qual era o problema. Desci meus dedos por seu braço até seus próprios dedos para ver o que ela estava fazendo.

– Precisa de um pano? – perguntei. Mas ela não estava limpando, estava esfregando. Ela tentou usar meus dedos, mas eu os tirei e disse a ela que fosse mais modesta.

– O quê? – ela disse.

– Terminei – eu sabia que estava soando igual a meu pai. – Isso não é necessário.

– Você terminou. Eu, não.

Sem saber o que dizer, deixei-a continuar. Ela arqueou um pouco as costas e então desmoronou em uma série de espasmos, gemendo fraquinho com cada expiração. Um som desagradável.

– E o que foi isso?

Supus que sua resposta fosse uma mentira. Meu pai tinha me ensinado que o que ela alegou ter experimentado não era fisicamente possível.

– Na próxima vez você pode ajudar – ela disse.

Pedi a ela que me descrevesse o prazer.

– Como mel – ela disse. – Como um tambor – e outros sorrisos: um morro, ondas quebrando, a cor do ouro.

Ela disse que quando gozei soei como um homem que levantava algo pesado e então, com grande esforço, o largava no chão.

O PRIMEIRO REI GREGO da Macedônia ouviu de um oráculo que devia construir uma cidade no primeiro lugar que visse os *aigas*, os bodes. Há 24 anos, a primeira missão militar de Filipe como rei foi a defesa de Egas – antiga capital, local das tumbas reais – contra Atenas. No fim deste verão, a corte se muda para Egas.

O palácio, com a retaguarda protegida por uma montanha, dá para o Norte com vista para o santuário, a cidade e a planície abaixo. É menor que o palácio em Péla, mas mais velho e sagrado: todas as cerimônias importantes são realizadas aqui. No coração do complexo há um pátio quadrado cheio de colunas, depois salas de recepção, santuários, salas de visitas. O salão circular do trono tem uma inscrição para Héracles em mosaico; nos outros lugares, o chão é trabalhado com vinhas e flores em pedra. Andar por ali é como passear numa campina florida. Perto do muro oeste há um teatro ao ar livre. Um muro alto de pedra protege os cortesãos em seu caminho do palácio ao teatro, separando-os do espaço público da cidade. O teatro é de pedra e terra batida, com plataforma para o público e um altar para Dioniso no centro da arena.

Além da corte de Péla, veio o rei de Épiro e o irmão de Olímpias, Alexandros. Filipe, sempre pensando em política, arranjou para a filha dele e de Olímpias se casar com o próprio tio. O casamento é amplamente visto como uma ferramenta para confirmar a lealdade de Alexandros a Filipe, mais do que a Olímpias. Também é um casamento importante não tanto por quem são a noiva e o noivo – Filipe, supostamente, ainda tem algum controle sobre eles –, mas como uma oportunidade para Filipe exibir toda a sua grandeza perante todo o mundo. A própria Macedônia estará em evidência. Haverá um festival de artes, jogos e enormes banquetes durante vários dias. Convidados estrangeiros vêm de todos os lugares; esta não é uma temporada em que os estrangeiros recusem um convite de Filipe.

Na manhã do primeiro dia de celebrações, está prevista uma apresentação de Eurípides, novamente *As bacantes.* Será que Filipe está se permitindo alguma ironia, lembrando o cunhado da última peça a que assistiram juntos, há tantos anos atrás? Todos adoramos *As bacantes.*

Eu me sento na plateia com meu sobrinho, mais perto do fundo, para esperar o início da peça. Abaixo de nós estão sentadas algumas centenas de convidados escolhidos por Filipe, homens elegantes e garbosos em suas roupas de festival, flores nos cabelos, suas muitas línguas glorificando o ar. O resto dos convidados – mil no total, segundo eu soube – já estará comemorando, à espera dos jogos da tarde. O calor é opressivo, e sinto falta de Hérpiles, que permaneceu em Péla para cuidar da pequena Pítias e de nosso filho recém-nascido: Nicômaco como meu pai. Sinto falta da presença de meu filhinho na cama, onde Hérpiles, muito prática, o colocou entre nós naquela primeira noite, onde ele dorme com os braços abertos, uma das mãos na mãe, a outra em mim. Ele me dá um prazer animal profundo – seu calorzinho gorducho, um filhote na toca, os membros entrelaçados – que nunca tive com minha filha. Pítias insistia que ela dormisse no próprio quarto com a babá, que para as mamadas da noite nos despertava formalmente com uma batida ritual na porta como se temerosa de nos interromper em algum ato de dedicação a minha mulher. A pequena Pítias era um bebê nervoso que levava uma eternidade para dormir de novo depois de acordar. O pequeno Nicômaco, até agora, come como um lobo – Hérpiles o alimenta no colo, de pernas cruzadas ao meu lado na cama, como uma garota camponesa – e dorme como um bêbado, com uma gota branca de sua felicidade no canto da boca. Ele será um tipo descomplicado, eu acho. Sinto sua falta. Também tenho prazer com Hérpiles, que é naturalmente boa e competente, que compartilha de minhas memórias da infância e é de uma praticidade confortante em comparação com a ausência etérea de minha esposa morta. Mas meu trabalho a aborrece de verdade e quando falo sobre ele ela sempre está ocupada com alguma coisa, remendando, cortando legumes, amamentando ou fazendo tranças no cabelo da pequena Pítias.

É hora de começar a escolher um futuro: algum lugar com pessoas com quem eu possa conversar ou pelo menos fantasmas com os quais possa viver.

– Vejo uma viagem – disse-me ontem Calístenes, sacudindo os dedos na frente dos olhos como um sacerdote que tem uma visão. Eu também, mas viagens exigem esperança, coragem, planejamento e um desejo de despertar de manhã. Vou precisar de um bom tempo para reunir essas tropas.

A procissão tem início, os tambores e trombetas, as estátuas de deuses e em seguida o próprio Filipe, alguns passos à frente de sua guarda pessoal. A multidão grita. Um dos guarda-costas de repente se abaixa e saca uma faca. Filipe parece dizer algo, parece levar a mão ao ombro do soldado e então a faca está enfiada no peito de Filipe. O quê? Filipe olha para trás sobre o ombro, se ajoelha com cuidado, toca o cabo da faca e deita.

Não vejo o que acontece no palco depois disso. Por toda a minha volta os homens estão berrando palavrões, clamando pelos deuses, negando o que viram. O quê? Não! Então, a multidão começa a empurrar e a tropeçar e a correr e somos levados junto com ela, Calístenes e eu, partículas em uma corrente. Nós nos damos os braços para permanecermos juntos. Fora do teatro, soldados gritam para as pessoas voltarem para onde quer que estejam hospedadas e ficarem lá. Para nós, é a biblioteca do palácio. Somos revistados em busca de armas várias vezes em nosso caminho até lá. Calístenes está sangrando devido a um chute que levou no calcanhar.

– O príncipe está bem? – pergunto a um soldado no portão do palácio. Ele nos reconhece.

– Você quer dizer o rei.

– Ele está bem?

– Ele é o rei – diz o soldado.

A biblioteca está silenciosa. Nossos colchões estão onde os deixamos pela manhã. Há tantos estrangeiros aqui, que todos os quartos vagos foram tomados. Não gosto de comer, beber, me lavar e mijar aqui, trazendo umidade para junto dos livros, mas não nos foi dada escolha.

– Você viu quem foi? – Calístenes rasga uma tira de sua roupa de cama para fazer um curativo no calcanhar. – Pausânias.

– Por quê?

Calístenes sabe. Conta uma história sobre o oficial – um complemento para a história que Carolus me contou sobre sua promoção, há muito tempo. Ele teria discutido com Átalo, pai da nova rainha, e Átalo, fingindo uma reconciliação, o convidou para jantar, o embebedou e o jogou no pátio para os cavalariços. Quando Pausânias procurou Filipe por justiça, o rei se recusou a punir o próprio sogro. Em vez disso, mandou Átalo partir no comando de uma força avançada rumo à Pérsia, para preparar a invasão vindoura, e promoveu Pausânias outra vez, agora para sua guarda pessoal, em uma tentativa de pacificá-lo.

– Eles o seguraram e se revezaram – diz Calístenes. – Ele cagou sangue por dias.

– Ele atacou o rei por um caso de violência sexual? Isso não me soa bem – seria uma contradição, *eles celebram com isso, fazem pessoas sofrerem, fazem negócios com isso, eles governam o reino com isso.* – Você acha que Filipe está morto?

O aposento tem uma janela alta e estreita que dá para os vinhedos. Calístenes estica o pescoço tentando ver alguma coisa, qualquer coisa.

– Acha que alguém se lembra que estamos aqui?

A resposta chega à meia-noite. Acendemos candeeiros e bebemos a água choca da manhã, mas não ousamos sair em busca de comida. Agora estamos deitados em nossos colchões, bem acordados, quando um soldado abre a porta. Um soldado: Antípatro.

– Você não – diz para Calístenes.

Eu o sigo pelos corredores desconhecidos. Egas é mais velha e rústica que a moderna e cara Péla; os corredores são mais estreitos, mais escuros, com tetos mais baixos e pisos irregulares. Passamos por sentinelas e patrulhas, soldados nervosos de rosto pálido que se assustam e se enfurecem até reconhecerem Antípatro. Fico satisfeito por não termos tentado sair da biblioteca sozinhos.

– Fique de frente para mim – diz Antípatro do lado de fora de uma porta. – Afaste as pernas – ele me revista em busca de armas. – Entre.

– O que é isso?

– Entre.

Um quarto. Alexandre está sentado na cama com a cabeça entre as mãos. Ele ergue os olhos quando entro. Sento ao seu lado e passo um braço em torno de seus ombros.

– Talvez eu quisesse isso – ele diz.

– Todos os rapazes querem seus pais mortos. Eu queria. E depois, quando isso acontece...

– Eu fiz sacrifícios por isso.

– O que você sacrificou?

– Um galo preto. Eu queria um touro, mas é impossível esconder um touro. Mas os deuses entenderam o que eu queria dizer.

– Quando foi isso?

– Depois da campanha contra os maedis, depois que ele disse que me aleijaria se eu marchasse outra vez por conta própria.

– Há três anos?

– Os deuses sabiam.

– Três anos – digo. – Filho, os deuses não esperam tanto. Você não fez isso.

– Eu sabia sobre Pausânias.

– Sua discussão com Átalo?

– E se não fosse Pausânias, teria sido outra pessoa. Os deuses me ouviram.

Aceitem a culpa. Acusem-se a si mesmos.

– Ele olhou para mim – diz Alexandre. – Eu estava atrás dele, sob a arcada, à espera de minha vez de entrar no teatro. Depois de Pausânias... meu pai não conseguiu falar, mas se virou para olhar para mim. Ele sabia que, na verdade, tinha sido eu. Os deuses abriram a porta.

Extremos opostos, mas também versões da mesma forma.

– Estava esperando muito por você – diz Alexandre. – Ninguém sabia onde encontrá-lo. Onde estava?

– Na biblioteca.

Ele começa a chorar.

– Meu pai morreu de peste – eu retiro o braço de seus ombros. – Seu pai foi morto por um assassino. O corpo precisa de um equilíbrio de fluidos. O pesar cria um excesso que liberamos através das lágrimas. Lágrimas demais e o corpo fica ressecado, o cérebro murcha. Você precisa chorar, beber água e dormir. De manhã, peça aos deuses que transformem a culpa que sente em um peixinho. Você, então, esconde esse peixinho em algum lugar dentro de você. – Aqui ou aqui – toco minha têmpora, meu coração. – Você pode viver assim. Ninguém vai saber.

– Antípatro acha que Pausânias foi pago.

– Por quem?

Ele olha para mim.

– Ele não acha isso.

– Minha mãe, então.

– Isso é ridículo. Limpe o nariz – ele limpa o nariz na manga. – Muitos homens ambiciosos veriam vantagem na morte de seu pai. Antípatro verá isso.

– Você acha?

– Faz sentido. Algum líder militar desapontado que se vê na linha de sucessão ao trono, talvez, que encontrou uma arma afiada em Pausânias. Vou conversar com ele – eu me levanto. – Você precisa dormir. Quer que eu traga um candeeiro? – ele assente. Acendo um candeeiro de mesa com uma tocha da parede e o levo até a cama, onde ele está deitado. – Tudo bem?

Ele assente.

– Você não fez isso.

Ele fecha os olhos.

Crianças andam seguras pela mão. Homens caminham sozinhos, entendeu?

Depois dos rituais de purificação e de um período de exposição pública, Filipe é enterrado com suas armas sob um grande túmulo de terra. O corpo mutilado de Pausânias é queimado no topo da pilha. Os filhos de Aéropo, um líder militar chateado com a situação, são julgados, condenados e executados. Rituais de sacrifícios, jogos funerários, honra e pompa completos à luz dourada do sol forte de um fim de tarde de verão, pólen flutuando e cintilando no ar por todos os lados.

Eu estou triste. Há um lugar pequenino em meu peito onde um homenzinho está sentado, um bonequinho, e ele chora. Eu peço que se acalme. De noite, quando bebo, ele sobe para meu ombro para um olhar tímido ao redor. Ele pensa os mesmos pensamentos que eu, do seu jeito pequenino, pensamentos muito temperados, espetos de carne, memórias pequenas e intensas. Ele tem um pouco de Arrideu, meu homenzinho, que gagueja e tem o nariz sujo, provavelmente de fraldas, provavelmente não consegue comer sozinho, mas se lembra farta,

complexa e exorbitantemente em lampejos de cor supersaturada. Aqui está um: Filipe abrindo os olhos embaixo d'água pela primeira vez e rindo, bolhas saindo em silêncio de sua boca, tentando tocar as bolhas que saíam da minha, olhando sobre o ombro para seus pés, acima da cabeça para a superfície e de volta para meu rosto. Filipe com os dois olhos abertos e rindo sob o mar.

– Tomem cuidado – diz Hérpiles.

É época de dias dourados e noites frescas de colheita. Calístenes e eu vamos fazer uma viagem enquanto podemos, antes que o clima mude. Vamos montados em Alcatrão e Dama, Beliscão fica com as bolsas. Ele bufa e ofega, incomodado com o peso do qual não está habituado. Calístenes acaricia seu focinho e lhe diz que ele ficou mole.

Pego a pequena Pítias no colo, a abraço e digo a ela que vou procurar uma casa nova para morarmos.

– Eu também? – ela pergunta.

– Você também.

Ela bate a testa na minha. Eu a ponho no chão e ela corre para o lado de Hérpiles, que carrega o bebê no colo.

Nós montamos e partimos.

– Não foi de todo ruim – diz Calístenes quando nos voltamos para acenar, referindo-se a Péla, referindo-se aos três.

– Acha que devíamos ficar?

– Em Péla? Não.

– Na Macedônia?

– É esse o objetivo dessa viagem, não é?

Seguimos para o leste, com o oceano à vista por um bom tempo e, então, seguimos para o interior. Torramos pão em galhos verdes sobre nossa fumacenta fogueira noturna e dormimos um sono difícil. Ficamos em silêncio, juntos, cada um olhando para dentro de si mesmo. Tenho uma sensação em relação a meu sobrinho, a ideia de que há algo que ele quer me contar. Não interessa. Não vou me importar com o que ele decida, seja o que for, apesar de que sentirei saudade dele.

O exército de Filipe, agora de Alexandre, anda ocupado na península Calcídica. Mesmo com apenas algumas semanas de reconstrução, trouxeram um pouco da beleza de volta, um pouco da prosperidade, das frutas, dos pássaros e das cores. Fique imóvel no crepúsculo e você pode ouvir os sussurros da própria Terra. O solo permanece quente por boa parte da noite, rostos estranhos e familiares sorriem para nós dos campos. As estrelas são respingos de líquido prateado pelo céu, um padrão salpicado como as manchas na mesa da cozinha de minha mãe. Estou quase em casa. Por todo esse tempo, estive a apenas dois dias de viagem. Calístenes sorri para mim uma ou duas vezes sem dizer nada, algo que vê em meu rosto. Vai levar um bom mês para empacotar a casa inteira em Péla e resolver meus negócios por lá, e então a estação já terá avançado demais para que mulheres e crianças viajem, tempo chuvoso e frio demais especialmente para o bebê. Vamos fazer esta viagem outra vez na primavera. Esta é apenas uma viagem de reconhecimento.

Como Antípatro me preveniu, a Costa Leste ainda está desolada. Estagira é exceção. Os campos estão cheios de mato, as vinhas grandes demais, mas a aldeia foi reformada com pedras velhas e madeira nova. Mostro a carta de Antípatro para o oficial responsável, que nos serve um guisado em sua própria tenda e diz que passou a gostar do lugar nos últimos meses. Boas maneiras. Eu digo a ele que seus homens trabalharam rápido.

Ele serve mais vinho.

– Sabemos de onde vêm suas ordens. Quem você é.

Jogamos um pouco de dados juntos, depois caminho até a praia sob a luz da lua. Calístenes segue após alguns minutos.

– Você está feliz? – ele diz.

– Estou?

– À vontade. Você pertence a este lugar.

– Acho que sim. Não sei. É um bom lugar para se viver durante a infância. Gosto de pensar em Nicômaco correndo por aqui como eu fazia quando era criança.

– Brincando com seu fantasma?

Aponto para o mar.

– Aquele garotinho está a uns 20 metros de distância e a uns 7 metros de profundidade, mergulhando à procura de mariscos. Qualquer um que quiser procurar por ele pode tentar.

Calístenes se abraça e esfrega os bíceps para cima e para baixo.

– Eu preferia ver a casa.

A propriedade de meu pai fica longe do mar. A casa grande está escura, mas um pouco distante vemos luz em uma das outras construções. Mais de perto, é a janela da casinha do jardim. Quando nossos passos ressoam sobre os seixos, uma velha aparece à porta.

– Olá, tia. – Calístenes se abaixa para cumprimentá-la.

É uma corcunda que se vira para poder olhar para nossos rostos com olhos aguçados. Eu não a reconheço.

– A senhora mora aqui? – ele pergunta.

– Eu conheço você.

Calístenes sorri.

– Acho que...

– Você, não – ela olha para mim. – Você.

Digo a ela meu nome e o nome de meu pai.

– Se me conhece, sabe onde está morando.

– Ninguém vem aqui há anos. Foi a primeira casa reconstruída e ficou vazia. Eu a conservei bem.

– Podemos vê-la?

Nós entramos na casinha atrás dela.

– Ah! – digo. É pequena. Será que eles a reconstruíram pequena ou foi minha memória que fez isso? Há seis anos estava quase toda queimada, sem telhado. É claro que a velha vive neste único aposento com a lareira limpa e a lavanda seca pendurada do teto. Como é possível que o lugar tenha o mesmo cheiro depois de tudo o que aconteceu, depois de todo esse tempo? – A senhora cuida da casa grande, também?

– Do jeito que dá. Eu a varro na maioria dos dias. Também estou tentando recuperar o jardim. Mas não consigo cuidar do pomar, só pego o que o vento derruba.

– Está sozinha?

– Sou velha demais para ir embora. Meus garotos não estão longe. Eu morei com eles por um período depois da guerra, depois da ordem de exílio, mas aqui é meu lugar. Voltei no mês passado, quando vi que a casa grande estava pronta. O exército sabe que estou aqui. O exército não se importa. Ninguém se importa. Meus meninos vêm me visitar quase sempre e trazem o que preciso.

Estou forçando meu cérebro, tentando localizá-la.

– Filhos. Nenhuma filha?

– Você deve conhecer minha garotinha.

– Devo?

– Meu bebê, Hérpiles. Ela serve a sua senhora – ela vê minha expressão. – Não, não meu bebê antes de mim.

– Não, não, foi minha mulher que morreu.

– Ah – ela relaxa, sacode a cabeça e me dá um tapinha no braço. – Sinto muito. Há quanto tempo?

– Há um ano e meio. Hérpiles... – olho para Calístenes e então afasto o olhar. Ele está examinando o teto. – Hérpiles foi um grande conforto para a senhora dela durante sua doença. Para mim, também.

– Então, você não se livrou dela, depois.

– Ah.

Calístenes está cantarolando baixinho, agora de olhos fechados.

– Não. Na verdade... – eu nunca tivera uma sogra. – Cale a boca – digo a Calístenes.

– Desculpe.

A velha ri.

– Esse tipo de conforto, então?

– Um filho é um grande conforto.

– Um filho! – ela bate palmas, puxa e afasta as bordas do vestido com as pontas dos dedos e descreve um círculo lento no meio da sala, dançando. – Um neto!

– Hérpiles está muito feliz – diz Calístenes.

As faces da velha ficaram rosadas.

– Mostro a vocês a casa grande? Ela está pronta para vocês. Vai trazê-los aqui, não vai? Pegue a lanterna para mim, meu amor. Em cima daquela prateleira.

– Amanhã.

Calístenes começa a falar sobre minha casa, Hérpiles e o bebê, a comida que comem, as boas roupas que vestem, tudo fácil e caro, distraindo-a da resposta que ele sabe que não dei. Ela nos pede para ficar, mas o oficial nos espera para um passeio pela reconstrução bem cedo, pela manhã.

– À tarde, então.

– À tarde.

Calístenes e eu caminhamos de volta até o acampamento dos soldados.

– Você vai partir o velho coração dela.

– Não posso evitar.

– Eu sei – é tarde, faz frio. Nossos hálitos viram fumaça. – Foi por isso que viemos. Para que você decida.

Não consigo falar.

– Ultimamente você tem parecido melhor – Calístenes não olha para mim. – Sua doença. Ela esteve tão mal durante um período, mas ultimamente...

– Doença?

Estamos sobre uma pequena elevação de onde observamos o acampamento dos soldados embaixo. Levanto a mão para cumprimentar a sentinela, que nos viu. Ele volta a sentar perto de sua fogueira.

– Por favor – diz Calístenes. – Você não fala sobre isso nem comigo? Já não o conheço há tempo o bastante?

Sacudo a cabeça.

– Você melhora quando tem alguém novo para amar. Primeiro, Alexandre. Agora, Hérpiles. A mim, há tempos. Você consegue sair de dentro de si mesmo. Isso o ajuda. Eu me lembro de quando fui conhecê-lo, em Atarneu. Todos me alertaram que você era um homem muito infeliz, mas nunca fui mais feliz em toda a minha vida. Você sempre teve tempo para mim, sempre quis conversar comigo. Você me dava presentes, me estimulava, fazia com que me sentisse bem-vindo, fazia com que me sentisse brilhante. Por um tempo me perguntei se o que você queria era sexo. Mas não era, você apenas me amava. Então, se casou e foi Pítias. Depois viemos para Péla e era Alexandre.

– Está com ciúmes?

– Não. Estou, claro. Mas não é isso... Estou tentando dizer que eu ando o observando há muito, muito tempo. Você tem uma doença. Todos que o amam veem isso. Quando estava em Mieza, Pítias e eu costumávamos conversar sobre você. Ela dizia que você precisava de Alexandre. Disse que se o levassem embora, você morreria.

– Bile negra – digo.

– Ela não ficava ressentida. Era mais astuta do que eu, acho que você jamais...

– Não nela, em mim. Meu pai me ensinou muito tempo atrás que a bile negra pode ser quente ou fria. Fria: ela o deixa indolente e estúpido. Quente: ela o deixa brilhante, insaciável, em frenesi. Sabe, como os estágios diferentes da bebedeira. Só que meu pai não percebia que nada disso era necessariamente ruim. As pessoas que encontram o ponto de equilíbrio entre os extremos, o meio justo...

Calístenes põe a mão sobre meu braço.

– Os melhores professores, artistas, guerreiros...

– Platão, Carolus, Alexandre...

– Fiquei oscilando entre os extremos por muito tempo. Eu encontrava uma garota e fodia até me esgotar. Depois eu queria morrer. Entretanto, ultimamente, como você diz, está melhor. Nem tão alto nem tão baixo. Talvez seja Hérpiles, talvez. Isso importa, se funciona?

– Acha que não vai funcionar aqui?

– Viu o pomar perto da casa grande?

– Ameixas.

– Ameixas. Uma das minhas lembranças mais antigas: o sabor dessas ameixas. Eu olhava para elas enquanto passávamos, agora há pouco, e pensei, pequenas demais, depois de todos esses anos. Essas malditas árvores ainda estão pequenas demais para pendurar um laço. Essa é a mobília em minha cabeça.

– Atenas, então.

– Para mim. Para você?

Ele fica tímido, parece surpreso.

Eu assinto.

– Seu trabalho é sólido. Você não precisa mais de mim. Vou lhe dar este lugar, se quiser.

Começamos a descer até o acampamento.

– Lembra como eu odiava a Macedônia quando chegamos aqui? – diz meu sobrinho.

– Lembro.

– Estagira – ele diz. – Conforto e tempo livre para escrever. Eu podia estar pior.

– Ou podia vir comigo, ficar comigo. Como colega em vez de aprendiz.

– Ou podia fazer algo totalmente diferente. Talvez me apaixonar. Viajar.

– Os dois.

Ele ri.

– Os dois, então.

– Que porra de noite fria – diz a sentinela. – Há cobertores extras na tenda de suprimentos. Peguem o que quiserem.

– Majestade.

– Mestre – diz Alexandre.

Nós nos abraçamos rapidamente. Sinto o calor seco e um pouco febril em sua pele que corresponde precisamente à vermelhidão de sua compleição. Sinto sua força e sinto o aroma leve de especiarias que o fez ser tão caro à minha falecida esposa quando menino. Estamos na biblioteca do palácio, de volta a Péla, pela última vez. Ele já é rei há oito meses.

– Não posso acreditar que você vai partir.

Dou dois presentes ao meu aluno: um volume de Homero e um de Eurípides.

– Mas estes são seus – ele os folheia. – Suas anotações estão aqui.

Assinto.

– Sempre vou dormir com eles embaixo de meu travesseiro – ele diz seriamente, e seguro um sorriso. Eu me levanto. – Não, não. Por tudo o que estou dando a você, quero mais um presente.

– O que quiser – o que mais posso dizer?

Alexandre ri e diz para uma plateia invisível.

– Olhem para ele. Parece até que pedi seu primogênito.

Sinto uma pontada de ciúme. Este é um maneirismo que não conhecia. Alexandre já caiu sob novas influências. Não estarei mais perto o bastante para observá-lo, adotar e se adaptar, observar sua mente se encher como ocorreu com seu corpo – isso é amor, então, por fim, acho, o que sinto quando olho para ele. Talvez Calístenes estivesse certo. Tão bom quanto amor.

– Uma lição. Quero uma última lição.

Nós nos sentamos.

– Acho que seria desperdício de tempo falar a você sobre moderação – eu consigo um sorriso. – Portanto, vou falar para você sobre excelência. O que é a excelência humana? Quando um homem é um homem bom? O que significa viver uma boa vida?

– Triunfar. Agir no limite das capacidades de uma pessoa. Prosperar.

– Prosperar – eu assinto. Falo sobre o exercício das faculdades de um homem e todos os modos pelos quais ele pode alcançar a excelência: no caráter, na amizade, no intelecto. Eu me prolongo no intelecto, explico que isso é a semente divina no homem que nenhum outro animal tem. Na hierarquia das excelências, o intelecto está no topo, portanto, a melhor vida humana é aquela passada na busca da excelência intelectual.

– Na filosofia – diz Alexandre.

Eu me esquivo das palavras provocadoras de meu aluno, da ironia silenciosa. Nesse momento quero enterrar meu rosto em meus livros do modo como uma vez a pequena Pítias fez nos seios de sua mãe, assim obliterando o mundo.

– Lisímaco costumava dizer a mesma coisa – diz Alexandre. – Que estava em minha natureza a excelência em todas as coisas e qualquer pessoa que ficasse em meu caminho estaria frustrando o desejo dos deuses.

– Não acho que isso seja exatamente o que estou dizendo, é?

– Não exatamente – Alexandre sorri. – Lisímaco floreia demais, ultimamente.

– É mesmo?

– Eu o promovi à minha guarda pessoal. Ah, seu rosto! Você não aprova?

– Não cabe a mim aprovar ou desaprovar. Só que...

– Só quê? – ele se inclina para frente.

– Só que eu acho que ele teve todas as pré-condições para buscar esse tipo de excelência que estou descrevendo a você. Um homem bem apessoado, um atleta, um artista, uma mente vigorosa, a mente certa para apreciar a superioridade inata da vida contemplativa. Sem falar no meio, o lazer. Sou pragmático o bastante para saber que isso é uma parte necessária da equação.

– Tenho as mesmas qualidades, não tenho?

– Se o seu pai lhe deixou a impressão de que um rei da Macedônia tem tempo para lazer, você não estava prestando muita atenção.

– Não evite a pergunta.

– Você tem as mesmas qualidades. Não, em você essas qualidades são superlativas. Você sabe disso. Sabe que não falo isso para lisonjeá-lo. Já fiz isso alguma vez?

– Não o amaria se tivesse feito – antes que surgisse uma situação mais difícil entre nós, ele diz: – Será que eu devia me retirar para uma das propriedades de meu pai e passar meu tempo em uma cadeira confortável, bebendo água e refletindo sobre a maravilha da criação?

– Em uma cadeira menos confortável. Por falar nisso, a propriedade de meu pai é em Estagira – eu me asseguro que ele olhe para mim. – Nunca morei lá adulto.

– Um homem que se fez por si mesmo.

– Isso pode ser difícil de alcançar. Mais difícil do que você pode saber.

Ele ri.

– Você acha que sua vida é perfeita. Acha que todos deveriam querer ser você. Em todos os nossos anos juntos, você fez suas teorias a partir de acidentes em sua própria vida. Construiu toda uma filosofia em torno da virtude de ser você. Conchas são dignas de serem estudadas porque você adora nadar. A violência devia sair de cena porque você nunca conseguiu deixar a tenda em Queroneia. O melhor governo é regido pela classe média porque você vem da classe média. A vida deve ser passada em contemplação silenciosa porque a vida nunca lhe ofereceu mais.

– Me diga o que é mais.

– Há todo um mundo a mais – os olhos dele se arregalam. – Você podia viajar comigo, sabia? Não vou ficar aqui. Vou para o Oriente, e mais para o Oriente e ainda mais para o Oriente. Vou mais longe que qualquer outro já foi e depois vou ainda mais longe. Animais que ninguém viu. Oceanos nos quais ninguém nadou. Plantas novas, povos novos, estrelas novas. A minha, por exemplo. A sua também. Eu prometo que ficará confortável. Vamos carregá-lo em um palanquim, terá almofadas, escribas, carroças gemendo com todos os espécimes que coletar. Você não vai nem perceber o exército. Apenas iremos à frente abrindo caminho para você. Para conhecer o desconhecido, não é essa a maior das virtudes, a maior felicidade? Não é exatamente disso que estamos falando?

– Você mistura prazer com felicidade, com a verdadeira felicidade duradoura. Algumas emoções, algumas sensações. A primeira mulher, o primeiro elefante, a primeira refeição condimentada, a primeira ressaca, subir uma montanha pela primeira vez e a primeira vista que se tem do outro lado desde o topo. Você quer enfileirar uma vida de emoções.

– Então, me ensine mais. Venha com meu exército. Venha comigo. Você tem sido um pai para mim. Não me deixe órfão pela segunda vez.

– Você preparou essa fala?

– Nunca agrado você. Nem quando sou refinado nem quando sou tolo. Sim, eu preparei essa fala. Isso é tão horrível assim? Não somos tão diferentes, afinal de contas, você e eu. Nós dois trabalhamos pelo que queremos. Nada vem fácil. Seu trabalho flui com facilidade para você?

– Não.

– Olhe para mim – ele se levanta. – Sou baixo. Gaguejo quando falo. Fico corado. Tenho medo do escuro. Eu tenho um branco no meio da batalha e não me lembro de nada depois. Eles olham para mim e dizem "Grande guerreiro", fala bem, elegante, bom aluno da maior mente do mundo. Eu estou me segurando pelas pontas dos dedos e você também.

Eu assinto.

– Talvez, no fim das contas, você tenha me transformado em você. Uma superfície bela e feroz sobre a bagunça por baixo. Como você melhorou meu irmão, ensinando-o a falar, a montar. Isso é você, não é? Você, ele e eu?

Eu não digo nada.

– Vou dizer o que aceito, em sua teoria da felicidade – ele diz. – Aceito que a felicidade maior chega para os que são capazes das coisas mais elevadas. É aí que deixamos meu irmão para trás. É onde eu e você nos afastamos do resto do mundo. Eu e você sabemos apreciar a glória das coisas. Andamos até o limite das coisas como são conhecidas por todos os outros e as entendemos e as experimentamos, e, então, damos o passo seguinte. Vamos a lugares onde ninguém esteve antes. Esses somos nós. É quem você me ensinou a ser.

– Eu o ensinei isso?

– Eu o deixei triste.

– Sim – toco minha testa. – Deixou, sim.

O garoto que sabia onde encontrar a cabeça, o coração, a respiração, o cérebro. O garoto que cheirava tão bem. O garoto que corria da chuva.

– Majestade.

– Fique comigo – ele diz. – Não me faça dar o passo seguinte sozinho.

Partimos em um dia ensolarado, quando a luz do sol cintila no pântano e deixa o oceano ofuscante.

Alexandre me encheu de mercadorias, utensílios, serviçais e dinheiro até eu implorar a ele que parasse. Hérpiles vai com as crianças em uma carroça forrada de peles. Ela está alegre e plácida, amamentando o bebê e conversando com a pequena Pítias, já com quase quatro anos, que está excitada e impaciente e já demonstra o esforço ao redor dos olhos, sinal das dores de cabeça que a afligem. Faço um gesto para Hérpiles, para lembrá-la disso. Sei que estou vendo na pequena Pítias a ansiedade que sua mãe estaria sentindo por causa de uma viagem dessas. Hérpiles, em contraste, poderia estar indo à praia ou de volta a Mitilene, para ela dá tudo no mesmo. Os escravos, Tico, Simon e os outros, têm uma carroça só para eles. Fílis está montado ao meu lado, pois meu plano para ele finalmente se realizou. Ele não consegue falar. Está apavorado.

– Tio – Calístenes estende a mão.

Ele vai servir a Alexandre em suas expedições como historiador oficial. Viajar, então. Com sorte o amor ainda está por vir. Nós nos abraçamos e nos despedimos.

Estou prestes a montar quando ele diz:

– Há mais alguém que quer se despedir.

Um rapaz alto com um jeito de andar familiar sai de trás de uma carroça, onde estava escondido com o jovem tratador de cavalos que agora é seu acompanhante. Os dois sorrisos são enormes.

– Agora quem é? – digo, sabendo.

– Não quero que você vá.

O rapaz me abraça, até chora brevemente, enquanto acaricio seu ombro e seu cabelo.

– Tenho muito orgulho de você, Arrideu.

Isso, então, é o que vejo ao partir: meu sobrinho, agora um macedônio de coração, e o tolo ao seu lado, já não tão tolo assim, uma mão erguida para se despedir, até que eles se reduzem quase a pontos em minha visão.

Assim que não há mais ninguém à vista, desmonto e subo em uma carroça para poder escrever. Chega de medicina, política e de dar aula para crianças. Chega de brincar. Logo estarei sozinho em um quarto silencioso onde, para o resto de minha vida, posso flutuar cada vez mais longe no mundo, enquanto meu aluno, mudando os limites de todos os mapas, mergulha cada vez mais fundo no poço de si mesmo. *Nunca entre em uma discussão que você não possa ver imediatamente uma saída.* Será que alguém pode me dizer o que é uma tragédia?

EPÍLOGO

Cleópatra e sua filha bebê foram assassinadas logo após a morte de Filipe, supostamente por Olímpias. Leônidas uma vez repreendeu o menino Alexandre por desperdiçar incenso no altar, dizendo que ele não devia ser extravagante até conquistar os países que produziam essas especiarias. Anos mais tarde, segundo Plutarco, Alexandre enviou para Leônidas, de Gaza, o equivalente a 500 talentos de incenso de olíbano e 100 de mirra. Alexandre conquistou a Pérsia, o Egito e liderou seu exército até a Índia e o Afeganistão. No oráculo de Amon, em Siwa, disseram que ele perguntou se algum dos assassinos de Filipe ficara sem punição e se Filipe era mesmo seu pai. Ele lutou para fazer uma síntese das culturas oriental e ocidental, adotando costumes e o modo de vestir dos persas. Seu comportamento durante as longas campanhas tornou-se cada vez mais instável: bebia muito, sofria ataques violentos de fúria seguidos por depressão e culpa paralisantes, e se recusava a ir para casa. Teve duas esposas e morreu na Babilônia, de um problema estomacal, aos 32 anos. Ptolomeu tornou-se um dos maiores generais de Alexandre e mais tarde governou o Egito, onde estabeleceu a dinastia ptolomaica que terminou na época dos romanos com a morte de sua tatara-tatara-tatara-tatara-tatara-tatara-tatara-tatara-neta por uma mordida de serpente. Heféstion permaneceu como companheiro constante de Alexandre e morreu em batalha apenas algumas semanas antes do próprio Alexandre. Calístenes acompanhou Alexandre em suas campanhas como historiador, mas caiu em desgraça ao criticá-lo por aceitar que seus soldados seguissem a moda oriental. O antigo biógrafo Diógenes Laércio diz que Calístenes foi confinado em uma jaula de ferro e carregado até ficar infestado de vermes, devido à falta de cuidados adequados, e finalmente foi jogado para um leão e encontrou seu fim. Arrideu se tornou regente da Macedônia durante a longa permanência de Alexandre na Ásia e rei após sua morte. Ele era assistido pelo general Antípatro. Olímpias discutia frequentemente com Antípatro e ordenou o assassinato de Arrideu para que ela se tornasse a regente.

Aristóteles voltou para Atenas para dirigir sua própria escola, o Liceu, até que o crescimento de um sentimento antimacedônio após a morte de Alexandre o obrigou a deixar a cidade pela segunda vez. Ele passou seu último ano na guarnição macedônia de Cálcis, na Eubeia, onde morreu aos 61 anos.

O testamento de Aristóteles sobrevive:

> Tudo ficará bem, mas caso algo aconteça, Aristóteles registrou estas disposições. Antípatro deve ser o executor em todos os assuntos e em geral, mas, até Nicanor chegar, Aristômenes, Timarco, Hiparco, Dioteles e (se ele consentir e as circunstâncias permitirem) Teofrasto devem cuidar tanto de Hérpiles e das crianças quanto da propriedade. E quando a menina (a filha Pítias) tiver crescido deve ser dada em casamento a Nicanor, mas se algo acontecer à menina (que os céus não permitam e nada assim irá acontecer) antes do casamento ou se estiver casada, mas antes dos filhos, Nicanor deve ter plenos poderes, tanto em relação à criança quanto a todo o resto, para administrar de maneira digna tanto para ele mesmo quanto para nós. Nicanor deve cuidar da menina e do menino Nicômaco do modo que achar apropriado em tudo relacionado a eles como se fosse pai e irmão. E se algo acontecer a Nicanor (que os céus não permitam!) antes de se casar com a garota ou após desposá-la, mas antes de haver filhos, qualquer arranjo que ele faça deverá ser válido. E se Teofrasto desejar viver com ela, deve ter os mesmos direitos de Nicanor. Em quaisquer outros casos os executores, com a consulta de Antípatro, devem administrar os interesses da menina e do menino da maneira que acharem melhor para eles. Os executores e Nicanor, em minha memória e da afeição firme que Hérpiles demonstrou por mim, devem cuidar dela em todos os outros casos e se ela desejar se casar, providenciem que seja dada a alguém merecedor. E, além do que já recebeu, devem dar a ela um talento de prata da propriedade e três criadas à escolha dela, além da criada que ela tem atualmente e do criado Pirreu. E ela pode decidir permanecer em Cálcis, na casa do jardim ou em Estagira, na casa de meu pai. Qualquer dessas casas que ela escolha, os executores devem mobiliar com os móveis que achem adequados e que tenham a aprovação de Hérpiles. Nicanor deve cuidar do menino

Mírmex, que ele seja devolvido aos seus de maneira digna de mim e com sua propriedade que recebemos. Ambracis deve ser libertada e no casamento de minha filha deve receber 500 dracmas e a criada que ela agora tem. E Tale deve receber, além da criada que tem agora e que foi comprada, mil dracmas e uma criada. E Simon, além do dinheiro já pago a ele para a aquisição de outro serviçal, que tenha um criado comprado para si ou receba uma soma complementar de dinheiro. E Tico, Fílon, Olímpio e seu filho devem ser libertados no casamento de minha filha. Nenhum dos serviçais que me serviram deve ser vendido, mas todos devem continuar empregados e quando chegarem à idade apropriada devem receber sua liberdade se a merecerem. Meus executores devem cuidar que as imagens contratadas a Grilos sejam terminadas, que sejam erguidas, principalmente a de Nicanor, a de Proxeno, que eram meu desejo ver executadas, e a da mãe de Nicanor. Também devem erguer o busto de Arimnesto que foi executado, como um memorial a ele, já que morreu sem filhos, e deve-se dedicar a estátua de minha mãe a Deméter em Nemeia ou onde quer que achem melhor. E onde quer que me enterrem, que sejam lá dispostos os ossos de Pítias, de acordo com suas próprias instruções. E para comemorar o retorno seguro de Nicanor, como jurei em seu nome, devem erguer em Estagira estátuas de pedra em tamanho natural de Zeus e Atenas, os Salvadores.

AGRADECIMENTOS

Muito obrigada a Denise Bukowski e a Anne Collins. Reconheço agradecidamente o auxílio financeiro do Conselho para as Artes do Canadá.

Os seguintes livros foram especialmente úteis: para história da Macedônia, a *Vida de Alexandre,* de Plutarco; *A History of Macedonia Volume II: 550-336 a.C.,* de N.G.L. Hammond e G.T. Griffith; e *The Cambridge Ancient History, Volume IV: The Fourth Century B.C.*; para medicina antiga, *Hippocratic Writings,* editado por G.E.R. Lloyd, traduzido por J. Chadwick e W.N. Mann; para a vida e o pensamento de Aristóteles, *Aristotle: Fundamentals of the History of His Development,* de Werner Jaeger, traduzido por Richard Robinson; *Aristotle: A Brief Introduction,* de Jonathan Barnes; *A History of Western Philosophy: The Classical Mind,* de W.T. Jones; e *The Fragility of Goodness: Luck and Ethics in Greek Tragedy and Philosophy,* de Martha Nussbaum. Para traduções da obra de Aristóteles, utilizei principalmente as series Loeb Classic Library e Penguin Classics. A tradução do testamento de Aristóteles é de R. D. Hick (Loeb Classical Library).

Para um relato ficcional do período que Aristóteles passou na Macedônia, sob a ótica de Alexandre, ver o excelente romance de Mary Renault, de 1969, *Fire from Heaven.*

As traduções que citei diretamente são *Mênon,* tradução de Benjamin Jowett; *As bacantes,* de Eurípides, tradução de Kenneth Cavander, e *Édipo Rei,* de Sófocles, tradução de Dudley Fitts e Robert Fitzgerald. A epígrafe foi extraída de *Plutarch's Lives: Complete and Unabridged in One Volume,* tradução de Dryden, revisada por Arthur Hugh Clough. Carolus, Ilaeu, Atéas, os médicos militares, os cavalos e o tratador são criações ficcionais. Os estudiosos vão notar que omiti o filósofo Teofrasto, um seguidor de Aristóteles, que, acredita-se, o acompanhou à Macedônia. Os estudiosos também vão perceber que atrasei a morte de Espêusipo por conveniência da narrativa. Os estudiosos vão ficar loucos por eu ter mandado Aristóteles para Queroneia. Não há qualquer indicação em seus escritos ou em quaisquer outros de sua presença ali.

Fizemos todos os esforços para contatar detentores de direitos autorais. No caso de alguma omissão ou erro não intencional, favor entrar em contato com os editores.

O primeiro livro de ficção de Annabel Lyon, a coletânea de contos *Oxygen,* obteve muitos elogios e foi indicado para os prêmios Danuta Gleed e ReLit. Sua segunda coletânea, de três novelas, *The Best Thing for You,* foi indicada para o Ethel Wilson Fiction Prize. Seus contos foram publicados em inúmeras publicações, como *Toronto Life, The Journey Prize Anthology* e *Write Turns: New Directions in Canadian Fiction.* Lyon também é colaboradora frequente dos jornais *Vancouver Sun* e *Globe and Mail.* Além de literatura, Annabel Lyon estudou música, filosofia e direito. Ela é professora de redação literária no programa Booming Ground da University of British Columbia. Ela mora em New Westminster, BC, com o marido e dois filhos.